JN122002

英龍伝

佐々木 譲

毎日文庫

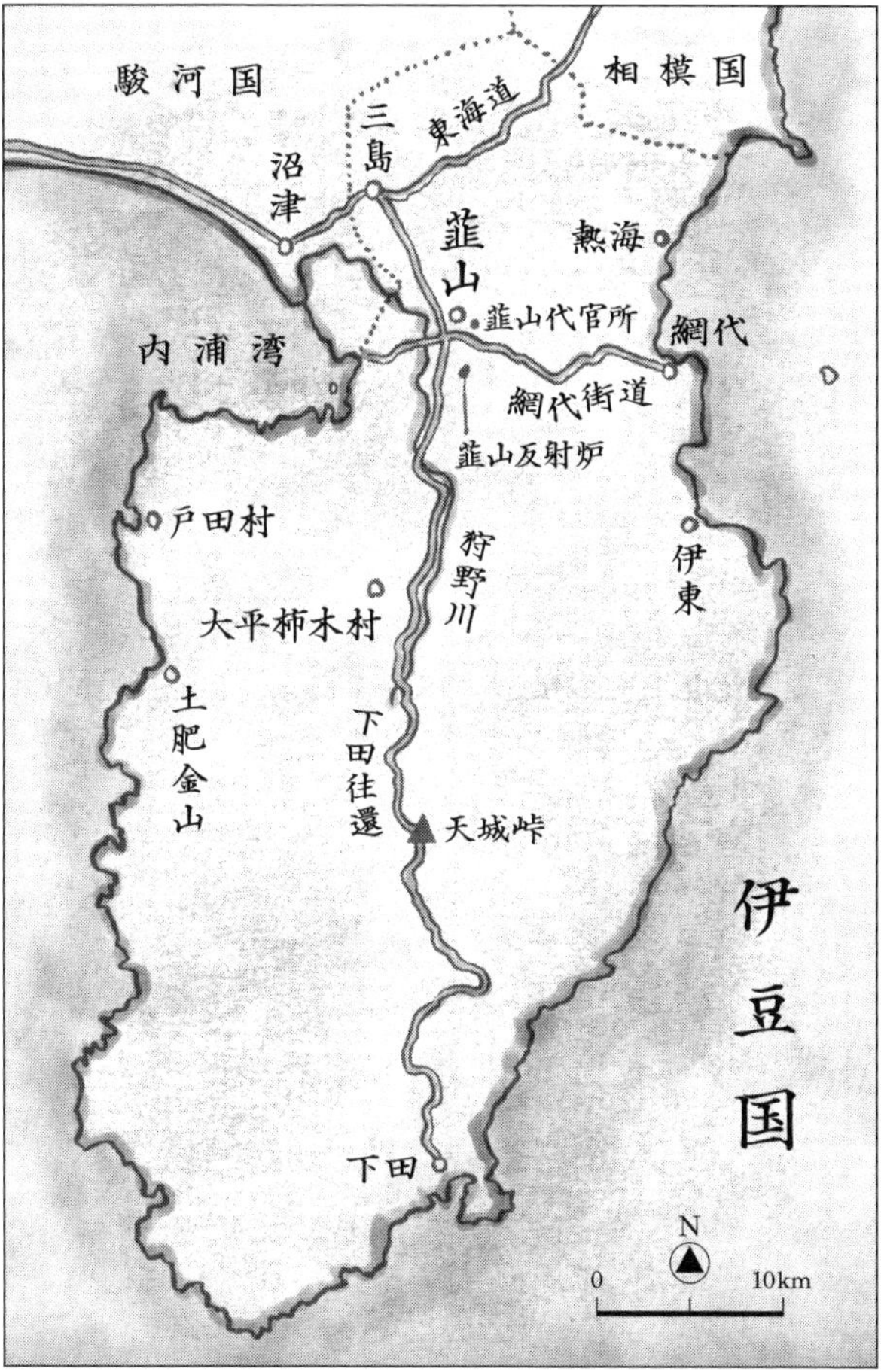
駿河国
相模国
東海道
三島
沼津
韮山
熱海
韮山代官所
網代
内浦湾
網代街道
韮山反射炉
戸田村
伊東
狩野川
大平柿木村
土肥金山
下田往還
天城峠
伊豆国
下田
N
0
10km

英龍伝

1

ペリー提督率いる四隻のアメリカ海軍太平洋艦隊が浦賀《うらが》を出航していったのは、嘉《か》永《えい》六年（西暦一八五三年）六月十二日の朝である。

開国要求の大統領親書を幕府に受け取らせたことで、ペリーにとっては最初の目的を達しての一旦退去であった。翌年春に再来航し、国書への回答を受け取ると幕府に念を押した上での出航である。

艦隊退去の報《しら》せは、この日の午《ひる》過ぎには江戸城に届いた。

浦賀奉行所の懸命の交渉により、艦隊の江戸湾進入もなかった。江戸湾海岸線に展開した諸藩の部隊とも、偶発的な衝突などは起こっていない。衝突から戦闘、そして江戸城攻撃、戦争へ、という最悪の危機は回避できたのだ。幕府は艦隊退去の報に安堵したが、幕府開闢《かいびゃく》以来の国難が現出したことは間違いなかった。

翌春のペリー艦隊再来航までに、開国か開国拒絶か、国論をまとめねばならなかった。どちらを選択するにせよ、激動は必至である。開国することの危険は目に見えており、世界に風穴が開いた日の本が、これまでの社会のままであるはずもない。ほどなく幕藩《ばくはん》体制も、大きな変化を余儀なくされるだろう。その変化によって社会不安が増大することも必至だが、その規模がどれほどのものになるかは、誰にも読めない。

かといって、ここにきてもなお開国を拒絶するなら、次に来る事態はアメリカをはじめとする諸外国との戦争である。そのときはたして日の本には、十にひとつの勝ち目もあるのかどうか。阿片《あへん》戦争が示すものは、日の本の明日ではないのか？　それでもなお祖法《そほう》に固執することに、意味はあるのかどうか。

答を出すことは容易ではない。

しかし、結論の先延ばしはできなかった。幕府中枢にいる者が、ペリーの再来航までに、どう結論を出すか。江戸城内は、ペリー艦隊来航のあった六月三日から騒然としていた。

誰もが情報を求め、分析を聞きたがり、先の見通しを知りたがった。幕閣《ばっかく》たちやその部下たちが、詰めの間《ま》で、廊下で、呼ばれた先の部屋で、額を寄せ合っては話し込んでいる。頻繁に相手を変えて、同じ話題を繰り出している。誰も声をひそめていない。もはやそれは、隠して語らねばならぬ事案ではなかった。江戸城本丸は、突つかれた蜂の巣さながらであった。

老中の阿部正弘も、浦賀からのペリー艦隊退去の報を聞き終えて、しばらくのあいだ無言だった。下ぶくれの、ふだんは柔和に見えるその顔が、こわばっている。阿部の前に居並ぶ幕閣たちと三奉行が、息を呑《の》んで阿部の発言を待っている。

黒書院溜之間《くろしょいんたまりのま》である。幕府首脳たちが評議を行うのに使う部屋であった。九日前にペリー艦隊来航の報せが届いて後は、連日遅くまでこの部屋では、首脳たちによる議論が続けられてきた。しかし、開国をめぐる方針はおろか、当面幕府が取るべき対応策にさえ、結論は出ていない。すでに、誰もがこの果てのないとも見える議論に疲れ切っていた。しかし、動かないわけにはいかないのだ。

やがて阿部は、幕閣や奉行たちひとりひとりの顔を見渡してから、かすれた声で言った。

「江川を。江川太郎左衛門を呼び出せ」

その言葉を待っていたかのように、勘定《かんじょう》奉行の川路左衛門尉聖謨《かわじさえもんのじょうとしあきら》が応えた。

「ただちに、出府を命じます」

言い終わらぬうちに、川路は立ち上がっていた。

伊豆・韮山《にらやま》の代官、江川太郎左衛門英龍《ひでたつ》が、幕府内で復権した瞬間だった。

じっさいはこの日、江川太郎左衛門英龍は、伊豆・下田にいた。

この九日前、六月三日夕、外国艦隊が江戸湾方向に向かったとの報せを下田から受けると、英龍は代官所手下の者、塾の門下生たちに武装を命じ、また地元の農民の中から抜擢して訓練を施した者たちを緊急招集して、下田に向かったのだった。下田は江戸湾防備の要衝であり、ことと次第によってはアメリカ艦隊の上陸もあるかもしれなかった。いま下田奉行所は廃止されており、韮山代官の支配地である。防備は韮山代官の任務であった。

英龍の率いた一行は網代《あじろ》街道を使い、山伏峠を越えて伊豆の東海岸、網代へと向かった。網代に着くとただちに用船を手配、海路下田を目指したのである。六月四日昼には、英龍は武装部隊を率いて下田港に入ったのだった。

下田に上陸すると、英龍は備えてある野戦砲を用意し、部隊に臨戦態勢を取らせた。

その英龍のもとに、浦賀奉行所から報せが届いた。外国艦隊は、アメリカ太平洋艦隊の一部四隻、浦賀沖に投錨《とうびょう》したと。四隻のうち二隻は外輪を備えた蒸気船とのことである。率いているのは、アメリカ海軍のペリー提督。彼はアメリカ合衆国の大統領より、将軍宛の国書を携えてきたのだという。浦賀奉行は、長崎に回航せよと通告したが、ペリーはあくまでも浦賀での国書受領を求めた。どうしても拒否するなら、江戸湾に進入、直接将軍に面会すると。浦賀奉行は、砲撃による強制排除の途は取らず、艦隊を浦賀沖に留めたまま幕府からの指示を待っているとのことだった。

英龍は下田で、幕府から命が出るまで待機することにした。韮山代官組がそっくり江戸湾防備に加わることになるかもしれなかった。

やがて、アメリカ大統領からの国書を久里浜《くりはま》で受領する、という決定が伝わる。一切の外交交渉は長崎で、という二百五十年続いた伝統は終わったということだった。下田から久里浜への移動の命令があるかもしれずと、とりあえず配下の者たちの戦闘態勢は解いたが、次いで、国書受領がつつがなく終わったという報せがきた。そうして、十二日の、ペリー艦隊出航の報せである。

ただ、じっさいにペリー艦隊が日本沿岸から退去したのかどうか、見極めることができなかった。近隣の港への入港、上陸も十分に予想できたから、英龍は部隊をそのまま下田に留め置いた。

ペリー艦隊が出航した翌々日、六月十四日である。韮山代官所から下田に使いが到着した。

「ただちに出府されたしと、勘定奉行川路左衛門尉さまよりの命が届きました」

その名が出ることは想像外ではなかったが、英龍は確かめた。

「川路殿から？」

「はい」

川路は同い年で、幕府内の同志とも親友とも言ってよい男である。同時に勘定奉行というういまの彼の地位は、韮山代官の監督官という立場でもあった。

翌十五日、英龍は家中の者と塾生たちをまとめ、韮山に帰った。韮山を発ったのは十六日、江戸に到着したのが十九日である。

英龍にとって、みずからの知見と能力をあらためて公儀のために役立てるときがきたのだった。


江川太郎左衛門英龍。幼名は、最初は芳次郎《よしじろう》、後に邦次郎《くにじろう》となった。字は九淵《きゅうえん》。号は坦庵《たんなん》である。

英龍は、十九世紀の始まった年、享和《きょうわ》元年（一八〇一年）五月十三日に、伊豆国田方《たがた》郡の江川家韮山屋敷に生まれた。

父は江川太郎左衛門英毅《ひでたけ》。江川家の三十五代当主であり、伊豆韮山の世襲代官であった。英龍が生まれたとき、満三十歳である。

代官職を世襲する江川家は、平安末期に伊豆に移住したと伝えられる武家の一族である。最初宇野姓であったが、宇野治長《はるなが》が源頼朝の挙兵に従った功を認められて江川荘を安堵され、以降江川姓を名乗るようになった。鎌倉幕府滅亡の後は後北条家に仕えたが、豊臣秀吉の小田原攻めの際には、当主英吉と長男英長とが北条、豊臣それぞれに分かれて従うことで家を守ろうとした。江川英吉は、北条家・韮山城の曲輪《くるわ》のひとつ、江川砦で防備についた。

　この韮山城をめぐる戦いは三カ月あまりも続いた。守る北条軍は三千六百。城を攻囲する豊臣軍は四万五千である。最後には江川英長が北条氏規の降伏の意志を豊臣方の武将・徳川家康に伝え、韮山城は開城となった。韮山城には、家康家臣の内藤信成が入った。

　この戦役のさなか、家康は伊豆で見初《みそ》めたお万を、側室として迎えた。形の上では、お万を江川英長の養女とした上で、輿入れさせたのである。お万の方が産んだふたりの男児は後に、紀井徳川家頼宣《よりのぶ》、水戸徳川家の頼房《よりふさ》となった。お万は、後の養珠院《ようじゅいん》である。

　その誼《よしみ》もあり、北条攻めで北条家との和睦に功のあった英長が、慶長元年（一五九六年）に韮山代官となった。以降、この韮山代官職は、江川家が世襲することとなって、幕末まで続くのである。当主は代々、太郎左衛門の名を引き継ぐ。

　役所のある韮山は伊豆半島のつけ根、西が田子ノ浦に面した平野の中にある。一帯は平坦地に標高の低い里山が散らばる地形で、平野の東側には、箱根から南に延びる山稜が衝立《ついたて》のように立ち上がっている。北北西の方向に、富士山がある。韮山から見る富士山は、右側の山裾のほうがゆるやかな、非対称の山容をしている。

代官役所と江川家の拝領屋敷は、かつての韮山城・江川砦の跡地にある。韮山城自体は、慶長五年に廃されていた。

伊豆国には、東海道三島宿と半島南の下田とを結ぶ下田往還、また天城路《あまぎじ》とも呼ばれる街道が南北を貫いている。また半島東海岸の網代と、西海岸の内浦湾（沼津市）とのあいだは、網代街道で結ばれている。韮山は、ちょうどその下田往還と網代街道が交差する位置のあたりである。三島宿から韮山までの距離はおよそ二里半、韮山から下田まではおよそ十二里、下田往還を南に向かえば、平野はすぐに山塊に突き刺さるように狭くなり、道には勾配がつく。往還を南北に分ける天城峠までは、韮山からおよそ八里である。

英龍が生きた時代、伊豆国は幕府領と旗本領、藩領とが複雑に入り組んだ土地であった。このうち幕府領を支配していたのが、豆州《ずしゅう》韮山の世襲代官である江川家である。また江川家は、伊豆のほかに相模・駿河・甲斐・武蔵の天領の支配も任されていた。英龍が韮山の代官となった当時は、五万四千石分が支配地であったが、後に二十六万石分の土地を任されることになる。

伊豆以外の土地の行政事務のために、江川家には江戸にも拝領した屋敷があった。場所は両国橋で大川を東に渡った先、本所の南割下水《みなみわりげすい》である。すぐ西には大川に面して御竹蔵があり、かつての吉良屋敷もさほど遠くはない。韮山では、代官所と江川家の私邸は分かれて建っていたが、江戸屋敷のほうは、代官所と私邸との区別はなかった。韮山と江戸、それぞれに、手附や手代、書役《かきやく》などの部下が配置されていた。この時期の部下の数は、江戸役所が十四人、韮山役所が七人であった。

代官は、毎年おおむね一月から六月を韮山で執務し、七月から翌年正月明けまでを江戸役所で務めにあたるのがふつうだった。もちろんこの期間に拘わらず、必要に応じて韮山と江戸とを行き来する。

2

韮山の五月は、緑濃く、日差しはまぶしいばかりである。水田の稲も青々と、日々伸びている盛りであった。紫陽花《あじさい》、透かし百合、水辺には菖蒲《しょうぶ》といった花が咲き誇っており、その香も芳《かんば》しい季節である。

その五月の半ばに、代官所裏手の江川家の屋敷で、赤ん坊の泣き声が聞こえた。書斎でその泣き声を待っていた英毅は、思わず立ち上がった。

ほどなくして、書斎の外から最年長の下女の声があった。

「男の子でございます！」

心なしか、その声もはずんでいるようであった。

やがて、英毅は離れにある部屋に迎え入れられた。久子は寝具の上で上体を起こし、赤ん坊を抱いている。

英毅は、妻の久子から赤ん坊を受け取ると、抱き上げて言った。

「大きな子だな。一貫目はあろうか」

久子が言った。

「お腹にいたときから、元気でした。大きく育ちましょう」

英毅は、その大きな赤ん坊を頭の上まで持ち上げて言った。

「芳次郎と呼ぼう」

「よし、の字は？」と妻が訊く。

「芳しき、だ」

「いい名でございます。でも、この子には、もっと力強い名前がよいかもしれませぬ」

「子供のうちは、風雅な名でもよいさ」

英龍は、英毅の次男である。嫡男で三歳年上の倉二郎は、江戸屋敷で育っている。

英毅が、生まれたばかりの次男を抱いてその顔を見つめていると、妻が言った。

「どうなされました。心配ごとでも？」

「ん？」英毅は我にかえって言った。「いや、なんでもない」

英毅は赤ん坊を妻の腕に返すと、離れのその部屋を出た。

妻が見抜いたとおり、心配ごとはあった。このころ江川家の財政は、英毅の父、英《ひで》征《ゆき》の時代の放漫な治県事務により、破綻しかかっていたのだ。寛政四年、英征の死により、二十二歳で代官職を継いだ英毅は、なんとか財政の立て直しをはかろうとした。新田の開発や荒蕪《こうぶ》地《ち》の開墾、植林など、さまざまな殖産事業を試みている。しかし、どれもまだ成果を上げるには至っていない。家計も倹約に倹約を重ねているが、限りがある。暮らし向きは厳しいままであった。

英毅は、声には出さずに思うのだった。

「この格の幕臣の中では、江川家はおそらくもっとも貧しい家であろう」

江川家は、俸禄こそわずか百五十俵であるが、おおよそ三千石の旗本と同格の扱いである。

しかし代官は、難しい職務である。裁量の幅は狭いのに、求められることは多かった。自分自身がそうとうに富裕でもないかぎり、円滑な御領経営は難しい。天領に不正が起こりがちな理由も、代官制度自体の欠陥である。ましてや江川家のように世襲代官であれば、江川家の家計と役所経費は事実上分離できぬことになる。江川家代々の代官が私財を提供して役所運営にあたるうちに、江川家も代官所も窮迫するという事態になるのは必然であった。とりわけ、代官職にある者が凡庸であるような場合は。

英毅が代官職を継いだころの韮山代官所は、このような理由で財政の悪化は極度に進み、ほとんど破綻に瀕していたのだった。

芳次郎三歳のころ、江川家に一大事件が起こった。後にその顚末を繰り返し聞かされて、芳次郎の基本的な生き方の姿勢が決まったほどの事件だった。

享和三年の夏である。このとき英龍の父、英毅は、江戸の本所南割下水にある江戸屋敷に滞在中であった。武蔵国の治県事務は、韮山の代官所ではなくこちらの江戸屋敷でおこなわれている。

このとき英毅は、代官所手代の望月鴻助《こうすけ》を紀州家江戸市ヶ谷屋敷に遣わしたのだった。お万の方の縁を頼りに、借財を申し込むためである。勘定所の監査は、ひと月後に迫っている。なりふりかまわず新たに借財しなければ、もうどうにもならぬところまで、韮山代官所は追い詰められていた。

望月鴻助は、紀州家家老の安藤礼右衛門に深々と頭を下げて言った。

「恥を忍んで申し上げます。誠に申し上げにくいことながら、主家江川家は財政窮迫、このままでは代官職さえ勤められぬところにまで追い詰められております。新田の開発や荒れ地の開墾などを心がけてまいりましたので、来年になれば作徳米《さくとくまい》も増えるのでございますが、来月をどうしてもしのぐことができませぬ。すべては先代の英征殿の失政によるものにございますが、どうか窮状お汲《く》み取りいただき、金一千両お貸しくださいますよう、お願いつかまつる次第にございます」

　安藤が、冷笑して言った。

「この件、英毅殿は承知されておるのか？」

「承知しております。こちらの書状は、江川太郎左衛門英毅さまじきじきに認《したた》められた請願書にございます」

「本人は屋敷でのうのうとして、家来を金の無心にやったというのか」

「無心に参ったわけにはございませぬ。借財のお願いでございます」

「同じことよ。どうしてもというならば、主人がじきじきに出向いて、頭を下げるべきであろうに」

「願い、聞いてはいただけませぬか」

「藩にも事情がある。お断り申し上げる」

　望月鴻助は英毅のもとにもどって、うなだれて言った。

「残念ながら、断られました」

「そうか」英毅も暗い声になって言った。「やはり、無理であったか」

　すでにこのとき、英毅は年貢米金にさえ手をつけて借財の返済にまわしていた。勘定所もいったんは韮山代官所の事情を勘案して監査を延長していたが、ひと月後には確実に実施される。このとき、年貢米金が帳簿どおりに残っていなければ、それは代官の横領となる。八月上旬には、なんとしてでも年貢米金分の金は用意しておかねばならないのだ。

「すまぬが、もう一度書状を書く。もう一度だけ行ってくれぬか。少額でもよいからと」

英毅は言った。

「申し訳ございませぬ。役に立たぬ使いとなりました」

望月鴻助は言った。

「そういたします」

英毅は小さく溜め息をついて腕を組んだ。

「来月、来月さえ乗り切れば、作徳米が入る。なんとか来年までしのげるのだ」

翌々日、望月鴻助は、再度市ヶ谷の安藤礼右衛門宅を訪ねた。しかし対客所で待っていると、家の者は、礼右衛門は不在と伝えにきた。

望月鴻助はその対応を予測していた。そのとき自分が取るべき態度についても、心に決めていた。ひとり残された対客所で、望月は小刀を腹に突き刺して、右にぐいと引いた。安藤家の家来衆が対客所の異変に気づいたときは、もう遅かった。

望月鴻助が安藤礼右衛門宅で割腹したとの話は、すぐに紀州家宰相の徳川治寳《はるとみ》の耳にも届いた。治寳は安藤礼右衛門の対応に激昂して言った。

「江川家を天下の笑い物にさせるな！」

それから、小さく溜め息をついて漏らした。

「かつて太郎左衛門と言えば、代官中に令聞あったものだが」

治寳は、望月鴻助割腹の一件を江川家の江戸屋敷に連絡すると同時に、江川英毅に一千両を貸す旨伝えた。

英毅は連絡を受けて呆然と立ち尽くした。

「望月、死んで千両を作ったというのか」

芳次郎は、物心ついたときから、父からも母からも何度も、繰り返しこの話を聞かされることになる。


芳次郎は、両親が期待したとおり、大柄な、健康な男児として育っていった。

芳次郎は、幼少期はほとんど韮山の屋敷で過ごした。大人の脚で江戸と韮山とは丸三日、ときに四日という距離だが、三島宿から東海道に入ってすぐ、箱根の山道となる。子供の芳次郎が、父親の移動に合わせて韮山と江戸とを行き来するのは難しかった。だから、芳次郎は韮山で、兄の倉二郎は、江戸屋敷でそれぞれ育ったのだった。

子供の教育を考えれば、韮山はあまり恵まれた環境とは言えなかったが、芳次郎は次男である。代官職を継ぐわけではない。いずれ成人したら養子に出すことになろうから、英毅もあまり芳次郎の教育について細かな心配をすることはなかった。当面は韮山で、家臣の子供たちに混じって読み書きを習い、儒書を素読《そどく》していれば十分、という思いだったのだ。

その英毅自身は、本来は風流人であり、書画に、笙《しょう》の演奏もたしなんだ。さらに天文学と測地術を学んでいる。算学的な思考が自分に向いていると意識しており、さらに本草学《ほんぞうがく》（博物学）も好みだった。ただ、財政逼迫の時期には、趣味や学問に耽溺《たんでき》することを厳しく戒めていた。何より、家臣に示しがつかなかった。江川屋敷に、江戸の文人墨客《ぶんじんぼっかく》を招いて親しく交わることも控えていた。ただ、望月鴻助の死から三年、苦境に耐えて、ようやく本来代官職にはありえないような困窮から脱していた。英毅のとった支配地での殖産政策が、実を結んでいたのだ。

芳次郎の成長に連れて、彼が知的な好奇心の旺盛な子であることがわかってきた。文字の覚えも早かった。

手習いの具合を見ていると、芳次郎は算学を面白がっている。さらに、ふつうの子供以上に、本草学にも興味を示した。草や石の名前をどんどん覚えた。植物や動物の部位の名を英毅に訊くことも頻繁だった。英毅が伊能忠敬《いのうただたか》から暦学を学んだときに購入した子午線儀や暦盤にも興味を示した。

また、いくらか写生を学び、本草学の図譜を見るようになると、芳次郎は植物や動物を精密に描くようになった。植物を描くときは花や葉だけを描くのではなく、根を抜き、その姿を角度を幾様にも変えて写した。猟の獲物の死骸なども、丹念に写し取った。自然に対する好奇心が旺盛で、観察力があることは間違いなかった。

芳次郎が七歳になったころである。

初夏の昼食どき、芳次郎の姿が見えないことがあった。下女たちも、どこにいるか知らないという。屋敷の中を探し、渡り廊下から代官所に入って見てまわったがいない。もしや、厩《うまや》にでも？

馬の性質もよく知らない子供は、うっかり近づいて蹴られたりすることがままある。英毅は外に出て代官所の厩まで行ってみたが、ここにも芳次郎の姿はなかった。

思いついて、英毅は代官所の裏手へとまわってみた。代官所には、ごく簡単な鍛冶《かじ》場があって、ときおり職人が呼ばれて鋳掛《いかけ》仕事をしたり、刀剣類を鍛え直したりするのだ。この日は、江戸から刀工が来ている。松根の炭の質のいいものがないか、韮山に探しにきたのだ。前年にも来た職人だ。英毅は彼に松根炭を分ける代わりに、脇差しをひと振り、作ってくれないかと頼んだ。その刀工は庄司美濃兵衛という中年男だった。

去年、その美濃兵衛が来たときも、芳次郎は熱心にその鍛冶仕事を見つめていた。

行ってみると、はたして芳次郎は鍛冶場の隅で、美濃兵衛の作刀仕事を凝視しているのだった。

「そんなに面白いか」と英毅は芳次郎に訊いた。

「はい、父上」と芳次郎は英毅を見上げて答えた。「鉄って、川の砂から取り出すんですね」

「教えてもらったのか？」

金槌をふるっていた美濃兵衛が顔を上げて、そのとおりだとうなずいた。

「若さまは、いろいろ聞いてきました。わたしにも答えられないようなことまで」

「たとえば？」

「砂鉄から鉄を取り出す方法。じつを言えば、わたしはたたら場を見たことがないんです。よく知りません」

芳次郎が、父は知っているのか、という顔で英毅を見上げてきた。もちろん自分は、砂鉄を採る方法、砂鉄から鋼を取り出す技術について知識は持っている。鉄鉱石を原料に、溶鉱炉で鉄を取り出す当世の技術についても。しかし、七歳の子供にうまく伝えられるかどうか。

「炉の中で炭をおこし、真っ赤に燃えた炭の上に砂鉄を足して溶かす。砂鉄はわかるか？」

「鉄を含んだ砂粒のことですね。西国の川床でたくさん採れるとか」

「そうだ。その砂鉄を炭をおこして溶かすと、最後には炉の床に鉄だけが固まって残る」

「砂鉄は火で溶けるのですか？」

「熱を上げてやれば、鉄は溶けてそれ以外の石とに分かれるのだ。しかし溶かすのは簡単なことではない。炉は特別な造りだ。それより、昼だ。行こう」

「はい」

そう、答えながらも、芳次郎はもっと鍛冶場の仕事を見ていたい様子だった。

十歳になるころからは、芳次郎は心得のある者に撃剣を習うようになった。馬術を教わったのは、十二歳前後からである。大きな動物を御するには、そこそこの体格になっていることが必要だった。

また江川家の男児に伝わる素養として鉄砲の撃ち方を覚え、ときに伊豆の山中に分け入って鹿や雉《きじ》を撃った。

韮山の代官所の門の脇に、小さな広場があった。木も植えずに、ただ均《なら》してある区画だ。馬術の稽古を始めた直後である。この広場で代官所の馬に乗っていて、芳次郎は振り落とされた。馬が、芳次郎の指示を聞かずに逆らって後ろ脚を上げたのだ。芳次郎は馬の頭を越えて地面に転がり、したたかに肘を打った。

泣きじゃくりながら屋敷にもどると、母親が湿布薬を塗りながら言った。

「泣いてはいけませぬ。うちには、もっと辛い想いを耐えてきたご家来衆がいるのです。こんなことでお前が泣くと、それはご家来衆の悲しみや痛みを笑うのと同じなのですよ。お前たちの涙もこの程度のものだ、と言っているようなものなのですよ」

それが望月鴻助の忠死のことを指しているのだとはすぐわかった。しかし、自分の痛みも耐えがたいことはたしかなのだ。

芳次郎は、口をとがらせて言った。

「主人は、どんなときでも泣いてはいけないのですか」

「いけませぬ」母親の言葉はきっぱりしていた。「主人であれば、泣いてはいけませぬ。主人であらばこそ免れ得ている辛さや痛みのほうがずっと多いのです。お前は泣いてはいけませぬ。それは、主家の男児の務めです」

それを言う母親の真摯な目と厳しい口調に驚きつつ、芳次郎は言った。

「もう泣きませぬ、母上」

江川家には、長崎からカステイラの作り方が伝わっており、滋養食として、ときにもちろん菓子として食べることがあった。鶏卵と小麦粉、砂糖が材料であるから、財政が破綻しかけていた時期には作るのもはばかれていたが、芳次郎が馬に乗れるようになるころにはまた作られ、食べられるようになっていた。芳次郎は、母の作るカステイラが好みだった。

落馬して腕をしたたかに打ったその日、昼過ぎに母はカステイラを芳次郎に出してくれた。

「泣かなかったご褒美です」と母が微笑して言った。

3

芳次郎が十歳のとき、英毅がふたりの男の子に諱《いみな》を与えた。芳次郎には「英龍」、三歳年上の兄・倉二郎には「英虎《ひでとら》」である。

芳次郎は、五人きょうだいのひとりとなっていた。長男が倉二郎。次男が芳次郎。三男が昌之助。昌之助は一歳で死んだ。長女は、お亀、である。次女が、お京、だった。芳次郎はとくに末妹のお京を可愛がった。

お京も芳次郎を慕った。幼いお京は、よく芳次郎に「絵を描いて」とせがむのだった。芳次郎が花や小鳥、猫を描いてやると、お京は喜んでその絵を家の者に見せてまわるのだった。

その姿を見て、芳次郎はお京に言ったことがある。

「お前が嫁に行くときには、輿《こし》入れ道具におれが絵を描いてやろうかな」

お京は目を輝かせて言った。

「約束して。兄さま」

「ああ。約束する」

妹の輿入れ道具に描くとなると、稚拙《ちせつ》なものでは許されない。もっと巧みにならねばならなかった。絵を描く動機が強いものになった。その約束は後年、お京が嫁入りするとき、実現することになる。

十二歳になったとき、芳次郎は江戸役所の事務見習いを父親から命じられた。

「これから半年」と父が言った。「江戸役所で、仕事を覚えよ」

このとき、初めて芳次郎は江戸に出た。そもそも旅することが最初である。何日も前から、芳次郎は興奮で眠れなくなった。

梅雨の明けた七月、東海道を三泊四日の旅だった。父がまだ子供の身体の芳次郎に合わせて、ゆったりした旅程にしたのだ。

生まれてこの方、会ったことのなかった兄と顔を合わせたのもこのときが最初である。兄は三歳年上だが、小柄で色白の少年だった。

「背が高いんだな」と、兄の倉二郎がうらやましそうに言った。

父が笑って兄に言った。

「田舎で毎日、泥まみれになって遊んでいるんだ。大きくもなる。顔もこのとおり、真っ黒だ」

兄とは、最初だけぎこちなかったが、すぐにうちとけ、仲良くなった。

翌日には役所の部下たちとの顔合わせがあった。役所の十四人の手附や手代たちが、興味津々《しんしん》という顔で芳次郎を見つめてきた。

江戸に着いた翌日から三日間は、父はほうぼうに報告に出向くため、ほとんど役所を留守にしていた。

芳次郎が江戸の町をゆっくり歩くことができたのは、江戸に着いて五日目のことである。父と兄、そして役所の部下ひとりと一緒に、江戸の城下を少しめぐったのだ。江戸の町を早いうちに知っておけ、という父の意向だった。

両国橋を渡り、両国西広小路へと入った。芝居小屋や見せ物小屋などが建つ開けた一角で、西の端には浅草門がある。

西広小路からは、町人地の中、本町通りを江戸城に向かって進んだ。本町通りは奥州街道の一部で、芳次郎は四日前にもこの道を通って、江戸屋敷に向かったのだった。商家の建ち並ぶ、繁華な通りだった。

横山町、旅籠《はたご》町、大伝馬町と抜け、外堀の常磐橋門北詰めに達した。常磐橋を渡って外堀の内側に入ると、もう町屋は見当たらなかった。奉行所などの役所や大名屋敷があるばかりなのだという。

道三堀の南岸を歩き、評定所と伝奏屋敷の脇を通ると、和田倉門の前に出た。芳次郎たちはこれを外から眺めてから、大手門を目指した。和田倉堀に沿って歩いて、二町ほどで内堀に面した広場に出た。目の前の橋の向こうに、両手を広げるように建つ白壁の高麗門がある。これが大手門の一ノ門で、その奥右手に建つ、渡櫓門が二ノ門だという。

芳次郎は、それぞれの門や櫓《やぐら》の美しさに目を見張ったのはもちろんだが、石垣の力強さ、豪壮さにも強く感じ入った。将軍の持つ強大な権力が、目に見えるかたちをとって、そこにあった。寛永《かんえい》のころに築かれたという天守は、明暦《めいれき》の大火で消失したまま、再建されていない。残念なことに、濠の向こうに、本来なら天頂を指すように建っていたはずの天守を見ることはできなかった。

大手門を眺めると神田橋門へと歩き、神田橋見附に出た。両国西広小路ほどではないが、ここもかなりの賑わいを見せる場所だった。そこからまた両国西広小路まで歩き、浅草門を出て浅草に入った。

浅草で父は、天文台まで連れていってくれた。天文台は、父が天文学を学んだ幕府天文方の御用屋敷の中にあった。蔵前通りから西に少し入った場所で、塀の外からでも敷地内に築かれた小山が見える。小山は高さ三十尺以上はあるようだ。斜面は草に覆われ、かなり急勾配の石段が設けられていた。頂き部分には、小屋と櫓が建っている。

「あれが天文台だ」と父が櫓を指差して言った。

櫓の上、手すりの内側に、大きな輪をいくつか組み合わせたような仕掛けが見えた。

父がつけ加えて教えてくれた。

「渾天儀《こんてんぎ》だ。天体の位置と動きを、あの道具を使って測る」

天文台を見たあと、再び両国西広小路に戻って両国橋を渡り、本所南割下水の江戸屋敷へと帰った。

帰路、父が芳次郎に訊いた。

「公方さまのお城とご城下、驚いたろう？」

「はい」と芳次郎は興奮を隠さずに答えた。「夢に見ていた江戸の、何倍も何倍も大きうございました」

「ここで、数千もの幕臣が、それぞれの職分で日の本を動かすために働いている。町奉行や勘定奉行、そしてその配下の者たち、あるいは御徒組。いずれも身を惜しむことなく日々おのれの務めに勤しんでおるから、世の泰平がある。城下のこの繁栄があるのだ」父は兄の倉二郎に顔を向けた。「お前も、そのひとりとなる」

兄が言った。

「はい。心得ています」

「いっそう学べよ。代官に必要な素養を身につけよ」

「学びます。そうなります」

芳次郎は、父に訊いた。

「わたしは、何になればよいのでしょう？」

役人という道もあるだろうが、かなりその入り口は狭い。

父は答えた。

「江戸にいるあいだに、見聞きを広めよ。何かこれこそというものが、見えてくるだろう」

「はい」

父が芳次郎に何を期待しているのか、このころの芳次郎にはわからなかった。

父が公務で忙しく、芳次郎の相手をしていられなくなると、兄の倉二郎が代わって江戸の町を案内してくれた。

中でも芳次郎が気に入ったのは、神田明神に近い湯島の昌平坂学問所だった。儒家の林家の私塾であった昌平黌《しょうへいこう》は、寛政期に幕府直轄の教学機関となった。幕臣の子弟を教育する、五年制の幕吏《ばくり》養成校である。朱子学を教えるだけではなく、歴史、地理や、算術、博物学も講じている。いまは幕臣だけではなく、藩士や、郷士、浪人の聴講も許されていた。敷地の中には、いくつもの教堂のほか、学寮もあって、この学問所の中で起居する学生もいるのだった。孔子廟への参詣を理由に、芳次郎たちは学問所の中に入った。ちょうど座学の合間の休憩どきであったか、構内を学生たちが低い声で言葉を交わしながら行き交っていた。堅苦しい印象はあったが、同時にその静《せい》謐《ひつ》で知的な空気に、芳次郎は魅了された。

学問所を出てから、芳次郎は倉二郎に訊いた。

「兄上も、いずれ学問所に通うのですか？」

兄は首を振って言った。

「どうかな。父上は何も言っていない。役所にくる学者たちから学ぶだけで十分、ということだろう」

「学問吟味《ぎんみ》も受けない？」

学問吟味とは、幕吏となるための試験だ。甲乙丙と、三段階で学問の履修度が評価される。甲の成績を取れば、高位の役に就くことができる。乙ならば、その下の役。丙では役に就くことはできない。

「おれは」と兄は言った。「代官職を継ぐ身だ。学問吟味は受けなくていい」

たしかだ。世襲の代官職を継ぐのに、学問吟味で甲の成績を収めることは義務ではないはずだ。

でも、と芳次郎は湯島の坂道を下りながら思ったのだった。

自分は嫡男ではない。母や役所の者たちがときおり言っているのを耳にする。たぶん自分はいずれ、他家に養子に入ることになる。そのためにも、いい役に就けるだけの学問と教養を身につけていなければならないはずだ。学問もできず、役所の仕事にも無能であれば、養子の声がかかるはずもないのだ。芳次郎はやっと十二歳だが、幕臣の家に生まれた男児として、その程度には自分の未来を考えていた。

韮山に帰るまでの半年のあいだ、事務手伝いの仕事はほんのわずかで、あとは倉二郎と共に、屋敷にやってくる学者たちから学んだ。よき師につける期間は限られている。貪欲にならねばならなかった。芳次郎は兄があきれるほどの身の入れようで経書を素読し、解釈を聞き、習字に励んだ。算術も韮山で習った水準以上のものを修め、身につけていった。

ある日、父の英毅のもとに客があった。しばらくして、父が芳次郎を呼びにきた。

「わたしの部屋にきて、一緒に話を聞け。よそでは聞けぬことが聞ける」

経書を黙読していた芳次郎は、すぐに腰を上げて父親の部屋に向かった。兄の倉二郎はこの日、風邪気味で伏せっていた。

父の書斎に入ると、歳のころ五十前後と見える男が、部屋に端座していた。

父親が紹介した。

「こちらは間宮林蔵《まみやりんぞう》さま。北蝦夷《えぞ》地から東蝦夷地まで、難儀な旅を続けて、本邦の地図作りに貢献されたお方だ」

芳次郎は思わず訊いた。

「では、伊能忠敬さまのもとで？」

間宮林蔵は、穏やかな声で言った。

「伊能さまには、師父のごとく指導していただきました。測量術を伊能さまから学び、わたし自身は、伊能さまの行けなかった東蝦夷地、北蝦夷地を歩測してまいりました」

父が言った。

「芳次郎です。芳次郎、間宮さまに蝦夷地の様子など、とくと聞かせていただきたく、お招きしたのだ。そばで聞いているがよい」

「はい」

間宮林蔵は、自分が見聞してきた蝦夷地の様子をつぶさに語った。その地勢、その気候、そこに住むひとびと、その暮らし、その地の産物といったことだ。ときおり父が質問をはさみ、間宮林蔵はこれに答える。そしてまた続きを語り、また質問、答。それが繰り返された。

それは、興味尽きない話だった。そもそも芳次郎は、伊豆と江戸しか知っている土地がない。好奇心は旺盛だから、都や長崎の話でさえ興奮するのに、それが蝦夷地の話となればなおさらだ。ふと気がつくと、芳次郎は間宮林蔵のほうへ大きく上体を傾けて聞き入っていたのだった。

そのうちひとつ、どうしても知りたいことが生まれた。土地を測るとは、いったいどのようにするものなのだろう。どうすれば、土地の形を正確に、地図として描くことができるのだろう。

話が一段落したところで、芳次郎は訊いた。

「土地を測るとは、いったいどのような技なのでしょうか。測量術とは、どのような学問なのでしょうか」

間宮林蔵は、日に灼《や》けたその顔に笑みを浮かべて言った。

「まず距離を測ります。歩測といって、歩幅と歩数で測る方法と、実測といって、縄や鎖、竿を使う方法があります。曲がり角では、方位盤を用いて角度を測ります。これを積み重ねて、大きな土地の距離と形を知るのです」

「その場合」芳次郎は首を傾けて訊いた。「坂道などの距離はどう測るのでしょうか。坂道を歩いた距離と、それを紙に写したときの距離には、開きが出ると思うのですが」

「よいことを聞かれる。その場合は象限儀《しょうげんぎ》という勾配を測る器具を用い、割円八線表にて平面の距離を割り出します」

「カツエンハッセンヒョウ？」

「算学を応用したもので、簡便に平面上の距離を出すことができます」

「ということは、測量術とは、算学なのですか？」

「天文学も取り込んだ術です。それはつまり暦学も、ということになりますか」

「測量術を用いれば、世界のどの土地の形も正確に描くことができるのですか」

「できます」

父の英毅が言った。

「測量術は、代官所にも必要な学問かもしれぬな。芳次郎、学んでみるか」

芳次郎は大きくうなずいた。

「はい、父上」

間宮林蔵が言った。

「この話の流れでは、それがしが教授ということなのでしょうな。いつから始めますかな？」

「明日からでも、ぜひ」と芳次郎は言った。

師走、韮山に帰る日が近づいてきて、とうとう芳次郎は父に言った。

「わたしは江戸で学ぶことはできませんか？」

通いでもいい。できることならば学問所で学びたかった。将来何になるかは決めていないまでも。

英毅は困ったように芳次郎を見つめてきた。

「韮山で、わたしを補佐するのは誰だ？」

それ以上は何も言えなかった。自分は韮山で、ろくに師とすべき人物もいないあの土地で、独り学ぶしかないのだ。

翌年、年が明けて父親が年賀のあいさつを各方面へすませると、芳次郎は父と一緒に韮山に帰った。それからしばらくは、芳次郎はまた年を通じて韮山で過ごすようになる。

芳次郎は十六歳になり、身長は五尺六寸（約百六十八センチ）となった。歳の割にかなり大柄である。しかもまだ成長は止まった気配がない。すこぶる健康な青年だった。

長男の倉二郎は、すでに代官見習いとして正式に幕府の許しをもらい、世襲の準備を進めていた。ただ、このころから倉二郎は、身体の弱さが目立つようになっていた。寝込むほどではないにしても、さほど頑健な身体とは言い難かった。持久力がない。そのため、何をするにしても、集中力が続かない。学問も敬遠しがちとなっていった。

顔だちからも、幼さが抜けない。歳相応に生育していない印象がある。

英毅は、倉二郎を江戸で育てたことが誤りだったかと悔やんだ。幼いころ、韮山で野山を駆け回らせて育てていれば、芳次郎なみの体格と健康さを持つことになったのではないかと。早めに嫁を取り、跡継ぎを作るべきかもしれなかった。

その英毅の思いを見透かしていたように、縁組の話が舞い込んできた。交代寄合の山崎欣也という旗本の娘を倉二郎の嫁にどうか、とのことだ。英毅はためらうことなくこの縁談に乗った。すぐに祝言《しゅうげん》となり、倉二郎は十九歳で妻《めと》を娶ったのだ。しかし、嫁はなかなか身籠もらなかった。

倉二郎が祝言を挙げてから半年も経つころには、また跡継ぎの件が英毅を悩ますようになった。ときおり英毅は、ふたりの男児の顔を交互に思い浮かべながら、べつのことも思うのだった。

このままでは、倉二郎は男児を作らぬままに早死にするかもしれぬ。そのとき、江川家当主となるのは誰だ？　韮山代官職を継ぐのは誰だ？

その事態を見込んでおかねばならぬとするなら、芳次郎により高い学問を身につけさせるべきだろう。いまでも同格の旗本の家に養子に出して恥ずかしいような男児ではないが、自分の跡継ぎとして十分な評価を得るには、若干の不安もある。韮山に置いていてはならない。江戸に出そう。

文化十五年の正月、韮山に帰って芳次郎の顔を見たときに、気持ちは決まった。英毅は久子に言った。

「芳次郎を、江戸に出す」

久子は、少しの沈黙のあとに言った。

「そろそろかと思っておりました」

英毅がその先に何を見据えているか、承知している、という口調だった。

英毅はつけ加えた。

「江戸で、本物の人物に触れさせなければならぬ」

「江戸ならば、あの子の師となる方は、数えきれぬほどいらっしゃることでしょう」

「撃剣の道場にも通わせる」

「どちらか、もう心づもりでも？」

「神道無念流の撃剣館。岡田十松《じゅうまつ》という剣術家が師範だ」

門下生三千人とも四千人とも言われる、江戸でも有数の名門剣道場である。

「その名は世に響いておりますね。容易に芳次郎を門弟にしてくれますか？」

「さいわい、つながりがないでもない。頼み込めば、十松は聞いてくれよう」

「よいお考えです」と久子が同意した。

改元されて文政元年の夏、芳次郎は父について江戸に出た。

英毅がすでに岡田十松と話をつけていた。芳次郎はすんなりと撃剣館に入門を許された。道場は、神田裏猿楽町である。

撃剣館には、芳次郎より三歳年上の斎藤弥九郎という内弟子がいた。三人の師範代のひとりである。細身で、俊敏そうな体軀《たいく》の青年だった。

入門したその日、師範代である弥九郎と手合わせとなった。芳次郎は、これまで剣術は韮山役所の男たちから教わっただけである。簡単に小手を打たれ、面を取られた。自分は剣術の基礎もできていなかったと思い知らされた。

弥九郎も、不思議そうな顔で言った。

「芳次郎さん、その身体なのに、腕のほうはいくらか見劣りがする」

弥九郎の言葉には、かなり訛《なまり》があった。江戸の生まれ育ちではないようだ。もしかすると、武士ですらないのかもしれない。

芳次郎は答えた。

「正規の剣術を学んだことがないのです。よろしくお願いします」

「韮山代官の江川殿のお身内か？」

「はい。江川芳次郎です」

弥九郎は筆と木札を用意すると、江川芳次郎と墨で素早く認《したた》めた。かなりの達筆だった。

弥九郎はその札を、門弟たちの名札が並ぶ壁の末尾に掛けた。藤田虎之助、という名札の次である。すぐ前に入門したばかりだという藤田虎之助という少年は、水戸藩士とのことだった。

弥九郎は振り返ると、芳次郎に訊いてきた。

「ずっと江戸住まいなのかな？　韮山で過ごすときもあるのだろうか」

「代官所江戸役所の事務見習いとして出府しました。これからは、正月や法事などで韮山に帰るときはあるでしょうが、だいたいは江戸にいることになっています」

「年を通して通えるわけだな？」

「はい、おおむね」

「この道場では、門人は家柄では区別されぬ。町民の門弟もいる。岡田先生はみなを平等に扱うし、門弟たちにもそれを求めている。稽古でも、相手が藩主だろうとお偉い旗本だろうと同じ門弟のひとりだ。かまわないのか？」

「それを望んでいます」江川家は旗本であり、格としては三千石取りの扱いである。しかし、剣術を習いにきているのに、周囲や兄弟子たちにその格のことをいちいち気にされてはかなわない。「厳しく鍛えてください」

すぐに芳次郎は、この兄弟子と親しくなった。弥九郎のほうも芳次郎を、じつの弟のように見てくれているのではないか、と感じるときがある。いわゆる「うまが合う」同士だった。

弥九郎と親しくなってから、芳次郎は彼に訛りのことを訊いた。上方の訛りではないようだし、かといって越後とか南部でもない。どこなのだろうと。

「越中だ」と弥九郎が答えた。「おれは、越中の百姓の出なんだ」

芳次郎は驚いた。農民の出？　あの筆づかいひとつ取ってみても、そうとは思えなかったからだ。

弥九郎が続けた。

「父は郷の組合頭だったが、百姓には変わりはない。おれは十五のときに江戸に出て、旗本の能勢さまの小者として働くようになった。目をかけてもらったので剣術を学び、学問もかじることができたってわけだ」

主人に目をかけてもらい、剣術修行も学問もさせてもらった！

弥九郎はそうとうの人物ということだ。そうさせたいと主人が思うだけの才が滲《にじ》み出ていたわけだ。人柄も、悪かろうはずがない。弥九郎は、ただ剣術の上手というだけではない。

弥九郎が、かすかに心配そうな顔になって訊いた。

「おれは、そんなに田舎者と見えたのか？」

「そういう意味ではありません」芳次郎はあわてて言った。「ただ、どこのお国訛りか、知りたくなっただけです。わたしは、伊豆と江戸しか知りませぬし、長旅もしたことがありません」

入門して半年も経つころには、芳次郎にとって弥九郎はもっとも親しい友のひとりとなった。

あるとき茶屋で汁粉を食べながら、弥九郎が頼んできた。

「その言葉づかい、もっとくだけてくれないかのう。おれお主の仲でいいかと思うが」

「師範代にそういうわけにはいきません」

このころ、将軍家に男児が生まれ、嘉千代と名付けられた。嘉と芳の読みが同じなので、父の英毅は次男の幼名をあらためた。新しい幼名は邦次郎である。

しかし、弥九郎を含め、周囲はそのまま芳次郎と呼び続けた。

武の道で邦次郎は精進を続けた。撃剣館に入門してからわずか二年後には免許皆伝、師範代に加わった。このころ、身長は五尺六寸一分（百七十センチ弱）。面長で大きな目の顔だちからは、子供っぽさは抜けていた。

師範の岡田十松が、免許皆伝を邦次郎に告げたとき、十松がつけ加えた。

「この免許皆伝は、与えるのが遅すぎたとさえ思っているのだ。これから弥九郎たちを手伝ってくれ」

「と言いますと？」と邦次郎は訊いた。

「師範代として、年若の門弟の稽古をつけてやってほしいのだ」

「師範代としてですか？」

「いやか？」

「わたしには、荷が重すぎます」

「それだけの腕もない者に、こんなことを指示はせぬ」

邦次郎は当惑しつつも頭を下げた。

その日、稽古場を出るとき、斎藤弥九郎が邦次郎に言った。

「お主ほどの勢いで免許皆伝まで進んだ者はおらぬわ。これからはお主の稽古相手にならずにすむと思うと、気が楽になる」

彼はこの二年間、ずっと邦次郎の稽古相手だった。いま、師範代のひとりに邦次郎が加わったのだ。

弥九郎が続けた。

「こんどこそ、おれお主の言葉にあらためろよ」

まるっきり変えるというわけにはいかなかったが、それでも邦次郎は意識して、同輩としての口調を使うようになった。

ほどなくして江戸の剣術家や稽古生たちは、邦次郎や弥九郎たち四人の師範代を、撃剣館の四天王、と呼ぶようになった。

その年、文政三年の夏、師範である岡田十松が急死した。

十松には三人の息子がいた。次男の十太郎は剣術には興味がなく、三男の十五郎はまだ子供だった。長男の熊五郎利貞が二代目岡田十松となったが、遊び人である。ほうぼうに借金を作っては、悶着を起こす。次第に稽古に出てくることが減った。悪場所にいりびたり、果ては、賭場の用心棒をやっている、との評判さえ邦次郎たちの耳に入るようになった。

しかたなく最年長の師範代である松山直次郎や邦次郎たちが、二代目師範が顔を見せぬ道場で門弟たちに稽古をつけていた。

その師走である。稽古納めの日に、邦次郎は他道場から出稽古に来た青年と会った。歳は邦次郎と同じくらいか。小柄で、快活な様子の青年である。

川路弥吉と名乗った。

邦次郎が相手をしたが、剣術の腕のほうは出稽古が必要なほどのものではなかった。自分の通う道場にもいくらでも稽古相手がいるだろう、と思える程度の技量だ。おそらく、その道場でも免許皆伝は受けていまい。ただ、人柄の真面目さが伝わる剣法だった。

対戦のあとに聞いてみると、弥吉という青年は、初めは柳生新陰流の中野金四郎の道場で学んだという。いまは、直心影流の酒井良佑の門下とのことだった。直心影流は、撃剣館ともわりあい行き来がある。とくに団野源之進の一門の勝小吉《こきち》という青年が、ときおり同輩たちを連れてやってきていた。

　邦次郎は名乗った。

「わたしは江川邦次郎。一年前に師範代となったばかりです」

　弥九郎がつけ加えてくれた。

「十七でここの門弟となった。それから二年で師範代になった男だよ」

　話しているうちに、弥吉がおおらかで、ひとをなごませる性格の青年だとわかった。すぐにきさくに口をきけるようになった。歳も、やはり邦次郎と同じ二十歳だった。

　邦次郎は弥吉に言った。

「失礼に聞こえたらすまない。西国の出だろうか？」

　川路弥吉は微笑した。

「訛りはなかなか抜けませんね。生まれは豊後《ぶんご》の日田《ひた》です。八歳までは日田で育ちました」

「八歳で、豊後から旅してきたのですか？」

「家族揃って、江戸に出てまいりました」

「難儀な旅だったことでしょうに」

「お代官の帰府の際、それに従っての旅でした」

「というと？」

「父は、日田代官所の手附でした。お代官の羽倉さまに強く推していただき、江戸に出て御徒となったのです」

「羽倉さまというと、いま下毛《しもげ》のお代官の羽倉さまかな？」

「はい。羽倉陽三郎さまです」

羽倉左門という名でも知られている旗本だ。若いが有能な代官として、最近父親もその名をよく口にしている。

弥吉の語るところによれば、彼の父親は内藤吉兵衛といい、日田代官所で先代の日田代官、羽倉秘救《やすもり》にその働きぶりを認められ、目をかけられていた。羽倉は、吉兵衛に江戸に出るように勧め、御徒として仕官できるよう、手筈も整えてくれた。帰府の際には内藤一家を伴うことになっていたという。しかし秘救は帰府前に日田で急死し、息子の羽倉陽三郎がすぐに日田代官職を継いだ。陽三郎はこのとき十八歳だった。日田代官はべつの者に交代することになり、陽三郎は江戸に戻ることになった。先代との約束どおり、内藤吉兵衛一家も、陽三郎に従って江戸に出たのだ。陽三郎は帰府後、越後脇野代官所に赴任していったのだという。

弥吉は続けた。

「わたし自身は、小普請組の川路三左衛門さまの養子です」

「養子に出たということは、上にご兄弟がおられるのだな」

「いえ、わたしが長男。内藤家は、弟のどちらかが継ぐでしょう」

ほう、と邦次郎は驚いた。たしかに長男が養子になることも、けっして稀ではないが、弥吉はそうとうに強く見込まれたということだろう。

邦次郎は言った。

「きょう、こんな稽古納めの日に、出稽古にこなくてもよかったでしょうに」

「じつは、役所勤めが忙しくなりまして、剣術の稽古は今年で終わらせようかと思っているのです。最後の日には、なんとか撃剣館の師範代にお手合わせをお願いしたくて、きょうやってきた次第でした」

「勤めはどんな？」

「勘定奉行所です。一昨年、支配勘定出役となりました」

「ほう」と、邦次郎は感嘆した。小普請組から、勘定奉行所への出役。なかなかあることではないし、下級職とはいえ能力が試されたうえでの採用となる。たしか勘定奉行所の場合は……。

それを口にしないうちに、弥吉が答えた。

「筆算吟味を受けました」

邦次郎は、弥吉の話をすばやく反芻《はんすう》した。父は豊後の代官所手附。御徒となって江戸に出て、自分は小普請組御家人の養子。筆算吟味に合格して勘定奉行所支配勘定出役……。妙にこの弥吉という青年のことが気になった。

弥九郎も、弥吉が遠国の出と聞いて、同じような気持ちとなったらしい。弥吉に言った。

「稽古納めが終わったら、神田のほうで何か食べようかと思っているんだ。一緒にどうだ？」

弥吉は頰を輝かせた。

「いいんですか？」

「おれも田舎出だ。お主の話がなぜかひとごととは思えない。聞かせてくれ」

「喜んで」

鍋を囲んでの会話ははずんだ。

初対面ではあったが、邦次郎はこの日、ずいぶんとぶしつけに弥吉の生い立ちやいまの細かなところを訊いた。弥吉のほうも、自分の身の上を語ることを嫌がるでもなく、かといって虚飾を交えたと感じさせることもなく、楽しげに答えてくれた。やがて話題は、豊後の事情となり、豊後から江戸までの旅のあれやこれやということになった。興味尽きない話であった。

その夜、邦次郎は川路弥吉という同い年の青年と、友人同士になったことを確信した。

4

邦次郎が神道無念流の免許皆伝を受けた後あたりから、兄の倉二郎が身体の不調を訴えるようになっていた。脚が冷えて、ときにしびれが激しくなるのだという。歩いているときに激痛が襲うこともあるとか。次第に歩くことも困難となった。

年が明けると、兄は寝込んだまま起き上がれなくなった。寝込んでから、兄の衰弱は早かった。半年もたたぬうちに、息を引き取った。文政四年六月没。二十四歳だった。

葬儀が終わったあとに、邦次郎は父親の書斎に呼ばれた。英龍が父の正面に正座すると、父は謹厳な面持ちで言った。

「お前が、江川家の総領だ。当主を継ぐ。次の韮山代官は、お前だ」

なんと応えてよいものかわからず、邦次郎は黙って両手を畳につき、頭を下げた。正直なところ、兄の死や、自分が嫡子となることなど、考えたこともなかったのだ。

それほどに兄の死は邦次郎にとって唐突であり、意外なものだった。邦次郎、二十一歳になっていた。父・英毅は、このとき五十一歳である。代官見習いの死であるから、葬儀はその家格にふさわしいかたちでとりおこなわれた。江川家の江戸での菩提寺は、浅草・本法寺である。

ここに川路弥吉が顔を見せてくれた。型通りのあいさつのあとに、弥吉が言った。

「こんなときに、自分のことですまないが、邦次郎さんには伝えておきたくて」

「なんだろう？」邦次郎は弥吉を見つめた。葬儀の場ではあるが、弥吉の顔にはかすかに喜びが見て取れる。「よいことだな」

「支配勘定に任ぜられました。それと一緒に、評定所留役助《とめやくすけ》に」

邦次郎は驚いた。

たいへんな昇進だ。これまでは、弥吉は小普請組から勘定所への「出役」、つまり出仕で、見習いである。それが、勘定奉行所へ完全に移籍となったということだ。しかも同時に、評定所留役助。評定所に持ち込まれる案件をあらかじめ精査して所見をつけるという職である。弥吉の家柄と、彼が自分と同じ年齢だということを考えれば、大抜擢だ。

弥吉がつけ加えた。

「兄ぎみのことは、衷心よりお悔やみ申し上げます。でも、訃報に接して、わたしが最初に何を考えたか、話してもいいですか？」

「そんなに勿体をつけないでください」

「これで、邦次郎さんが韮山代官となる。わたしは評定所で、上役に引き立てられた。わたしたち、もしかすると、いずれもっと大きな役を得て、ご公儀に尽くすことができるかもしれません」

なるほど。不謹慎かもしれぬが、そのような未来が見えてきた、ということなのかもしれなかった。邦次郎は言った。

「一度、弥吉さんの昇進祝いをしなければなりません」

「浮かれずに、やっていくつもりです」

「弥吉さんは、まだまだ高いところへ行く。わたしも、自分のことのようにうれしい」

「近いうちに、またぜひ語り合う機会を」

「いつでも」


十一月、邦次郎は正式に英毅の嫡子となった。

邦次郎にとって、代官職を継ぐための教育と訓練があらためて始まった。

このころには、すでに代官所と江川家の財政も危機を脱していた。千両の金のために家臣をひとり失った英毅であったが、文政の時代にはむしろその行政能力を高く評価されるようになっていた。

家計に余裕ができてきたことで、文化人との交遊も広がっていた。江戸の役所に詰めているとき、英毅は暇をみては多くの文化人と交わり、集まりに顔を出した。英毅が交遊を持った人物としては、次のような名を挙げることができる。

文人・狂歌師の大田南畝《なんぽ》。

漢詩人の大窪詩仏《しぶつ》。

儒学者、頼杏坪《らいきょうへい》。

浮世絵師で戯作者の山東京伝《さんとうきょうでん》。

蘭学医の杉田玄白《げんぱく》。

蘭学者で絵師でもあった司馬江漢《しばこうかん》。

浮世絵師の歌川豊国。

画家の大国士豊《おおくにしほう》。

そして、先に述べたように、探検家の間宮林蔵。

さらにかつては禁書であった林子平《しへい》『海国兵談』も、写本が黙認された後は全巻揃えて読んでいる。英毅は幕臣の中でも一級の教養人であった。

その父の手配により、邦次郎はどの学問の分野でも、当代一流の人物に師事することができた。詩文は大窪詩仏、経書は頼杏坪、絵画は大国士豊という具合である。

その大国士豊は、邦次郎の画才に目をみはった。邦次郎は子供のころから、筆と絵の具の扱いを父に習い、本草学の図譜に親しんでいた。みずからも植物や動物を写生するのが大好きだった。様式的な画風も、たちまちのうちに身につけてしまったのだ。

邦次郎が二十二歳になったとき、父の英毅が妙に真剣な顔で言った。

「いい歳になった。嫁を取るぞ」

そろそろ父がそれを言い出すとは、予測がついていた。二十二歳。武家の男児なら、嫁を取るのがふつうの歳だ。兄は十九歳で嫁を娶ったのだ。

黙っていると、父は言った。

「よいな？」

いいも悪いもなかった。旗本であり、やがて代官となる身だ。父が決める縁談を受け入れるしかない。町人とは違う。町人であれば、好いた惚れたで夫婦となれるかもしれないが、武士であっては、そんな好みよりも、家を存続させることが大事だ。家の存続がすべてだ、と言ってもいい。きょう話題にした以上、たぶん父は、江川家と同格の旗本とのあいだで、ひそかに縁組を進めていることだろう。もしかすると、勘定奉行の裁可をすでにもらっているかもしれない。

「はい」と邦次郎は答えるしかなかった。

たちまちのうちに、父は旗本の北条権四郎氏征《うじまさ》と縁組の話をまとめ、その娘を邦次郎の嫁に迎えることにした。娘は、やす、という名で、十七歳だった。上背のある娘だという。

北条家は高三千石。韮山代官の嗣子との縁組は、ちょうど釣り合いの取れるものであった。

結納の日、初めて邦次郎はやすを見た。

「やすにございます」と、彼女がかしこまって邦次郎の前に三つ指をつき、顔を上げた。

顔は面長で、目が大きかった。

邦次郎はいくらか照れながら名乗り、あとは勝手に進んでいく結納の儀式にまかせた。

弥九郎に婚儀のことを打ち明けたのは、その翌日である。稽古を終えて、ちょうどふたりきりになったときだ。

「嫁を取ることになった」

ぶっきらぼうにそう言うと、弥九郎はにやりと笑みを見せて、邦次郎の腕を肘で突いた。

「そういう歳だな」

「頼みがあるんだが」

「なんでも」

「おれはその」

言葉を切ると、弥九郎がからかうような目を向けてきた。

「房事《ぼうじ》を知らぬか？」

軽く咳をしてから、邦次郎はうなずいた。

自分ほどの年齢になればもう当然、女を買ったり、遊女遊びをする男はいる。しかし、江川家は下男下女にまで倹約と質素を言い渡している家である。家臣が割腹して千両を用立てた一件の記憶はまだ生々しい。跡継ぎの男子であろうと、女遊びに金を使えるものではなかった。隠しようもないことであり、もしそれをするなら、自分は主家の男児としての敬意を一瞬で失う。軽率な真似はできなかったのだ。

弥九郎はまだ妻帯していない。ただし、多少遊んではいるだろう。邦次郎に何か助言できることはあるはずだ。

弥九郎が視線を道の先に戻して言った。

「その道の上手になる要はあるまい。お主に吉原へ行けと言うのも、無理な話。だから、おれがとある人物から教えられたことを、お主にも言おう」

「なんだ？」

「そのさなかにも、女をいたわれ。優しうしろ。卑しい真似はするな」

弥九郎の言葉はそれだけだった。後が続かなかったので、邦次郎は弥九郎に確かめた。

「それだけか？　房事について訊いたんだぞ」

「承知だ。繰り返してみろ」

「いたわれ。優しうしろ。卑しい真似はするな」

「それを守れば、最初まごつこうが間違えようが、女は気にせぬ」

「そういうものか？」

「おれの助言が確かだと思えたときには、天麩羅《てんぷら》を食わしてくれ」

邦次郎は約束した。

祝言は文政六年の八月二十八日にとりおこなわれた。夜になってから、やすは輿に乗って本所の江川屋敷にやってきた。作法通りの祝言の儀式があり、その夜から、ふたりの新婚生活は、江戸屋敷で始まった。

祝言から少したったある日、やすが韮山のことを聞きたいとせがむので、邦次郎は言った。

「聞いていると思うが、それにこの江戸屋敷の様子からもわかると思うが、韮山はけっして裕福ではない。いや、はっきり言うなら、貧乏しておる。おれが韮山にもどったときは、苦労するぞ」

やすは邦次郎を見つめて言った。

「どのお家も、内情は苦しいものだと聞いております。うちも同様にございました。貧乏を苦にするようなことはございませぬ」

邦次郎は一応は安心したけれども、やすはたぶんほんとうの貧乏を知らないのだ、と思った。家臣が腹を切ってまで金策をせねばならなかったような家なのだ。たぶん、やすの考えている貧しさとは、貧しさの程度がちがう。それを知ったときに、あらためて驚かなければよいが。

祝言からふた月後に、邦次郎は弥九郎を神田の天麩羅屋に誘った。


翌文政七年、英毅が韮山代官の監督官である勘定奉行に対して、邦次郎の代官見習い勤めの願書を提出した。事実上の後継者として指名を願うということである。すぐに回答があった。三月二十一日、四つの刻に登城せよとの指示である。その日、邦次郎は服紗小袖麻上下という礼装で、いささか緊張しながら登城した。もちろん、生まれて初めて江戸城内に入るのである。

この申し渡しは、通常は勘定奉行宅でおこなわれるのだが、このときわざわざ登城の指示があった。その理由は、英毅にもわからないとのことだった。英毅の働きにより、韮山代官の格が一段高く評価されるようになったということかもしれなかった。

勘定奉行の遠山景晋から、邦次郎は代官見習いを申し渡された。それからほぼ三カ月後の六月十三日には、将軍家斉《いえなり》にも御目見得した。以降は年始御礼も許されることになる。邦次郎は、一人前の旗本として、代官見習いを勤め始めたのである。

代官見習いとなっても、撃剣館には通い続けた。しかし二代目岡田十松の代となってからは、評判も落ち、次第に門弟は減っていった。もう内弟子の松山直次郎や四人の師範代が門弟たちに稽古をつけるほどの規模ではなかった。岡田十松の名で続けてきた撃剣館は、どうやらいったん閉めどきだった。

文政八年十二月の氷雨の朝、四人の師範代が揃ったのに、稽古生は三人しか出てこなかった。悪天候だからしかたがないとも言えるが、稽古生の数より師範代のほうが多い、という事態は、道場としての生命が末期であることを示している。雨が上がって門弟たちを帰したあと、邦次郎たち四人は道場に車座になった。

邦次郎は、弥九郎たちほかの師範代の顔を見てから言った。

「いちばん弟弟子のわたしが差し出がましいかもしれませんが、思うところを口にしてかまいませんか？」

弥九郎を含め、三人の兄弟子たちが無言でうなずいた。

邦次郎は、呼吸を整えてから言った。

「撃剣館はこれまでです。もう持ちませぬ」

　ほかの三人が、顔を見合わせた。しばらく誰も声を出さない。しかし、邦次郎の言葉に異議があるという顔ではなかった。たぶん兄弟子たちは、立場上、自分からはこれを言い出せなかったのだ。たとえそう思っていたとしても。

　やがて弥九郎が訊いた。

「どうしようというんだ？」

　邦次郎は、松山直次郎に顔を向けて言った。

「松山さま、十五郎さんと一緒に韮山に行ってくれませんか」

　秋山は目を丸くした。

「なんだ？　韮山？」

「十五郎さんを、三代目岡田十松を襲名できるまで、鍛えて欲しいのです」

「韮山に、いい道場があるのか？」

「江川屋敷があります。松山さまには、江川家の用人となっていただき、十五郎さんの稽古相手をしてもらえたら、と思います」

「なんとも、面食らう話だな」

「先生の奥さまは、江川家江戸屋敷に引き取って面倒をみようと思います。ここまでは、じつはもう父に話し、了解を得ております。松山さまと、奥さまのお気持ち次第です」

「もっと詳しく話せ」

「はい。熊五郎さんはもうあのとおり、借金で首も回らない様子。撃剣館を続けるのは無理です。弟の十太郎さんは商家に奉公に出て、道場を継ぐ心づもりのないことははっきりしている。となれば、元服前ですが、十五郎さんに後を託すよりありません」

弥九郎が言った。

「十五郎さんは、筋はいい。身体つきがまだ子供というだけだ。立派な剣客に育つ」

邦次郎は続けた。

「十五郎さんが三代目を襲名できるだけの腕となったら、撃剣館を江戸に再興いたします。そのときは、松山さまに十五郎さんの後見となっていただきたいと考えるのですが」

「つまり、おれはもう一度江戸に戻って来られるのだな？」

「新しい撃剣館の師範相談役として」

弥九郎が訊いた。

「おれはどうなる？」

邦次郎は弥九郎に身体を向けると、これまで胸のうちに留めていたことを口にした。

「弥九郎さんは、ひとり立ちするときかと思う。もう自分の名で門弟を集めることができる」

「おれが素寒貧《すかんぴん》なのは知っているだろう。道場を借りることもできぬ」

「わたしも、ようやく部屋住みから代官見習いとなった身、自分でカネを用立てることはできませぬ。でも、弥九郎さまが道場を開くのに必要なカネをどこかから借りるとき、請け人となります。韮山代官見習いの名があれば、そこそこ信用もしてもらえるでしょう。道場のほうの店請《たなうけ》も、やらせていただきます」

「もしものときは、お主に迷惑がかかる」

「そのときは、弥九郎さまのお身柄を頂戴します」

「どういうことだ？」

「江川役所は人が足りませぬ。ただ働きしていただく」

「本気か？」

邦次郎は真顔で答えた。

「はい」

弥九郎は少しのあいだ、あっけに取られた、という顔だった。それから、頬をゆるめた。

「ただ働きがいやなら、おれは自分の道場を名のあるものにしなければならんな」

そのとき、師範代のひとり秋山要助がおずおずと言った。

「じつは邦次郎、おれはいつかこの日が来るだろうと、内々、よその道場に話をつけていた。ここを閉めるなら、そちらに移ることになる」

「決まったな」と松山が言った。「自分が韮山に行くことになるとは、夢にも見たことはなかったが」

邦次郎は、誰ひとり提案を拒まなかったことに安堵して言った。

「肝心なのは、十五郎さんを一人前の剣術家とすることです」

松山がうなずいた。

「いま育ち盛りだ。三年で、三代目岡田十松の名に恥ずかしくないだけの剣術家に鍛えてみせよう」

邦次郎は、三人の顔を見渡してから言った。

「ときおりは、残った三人、代わる代わる韮山に出向いて、稽古を手伝いましょう」

問題は、まだ子供の十五郎が、この話を理解して同意してくれるかどうかだ。たぶん母親が説得すれば、拒むことはあるまいが。

翌年春、斎藤弥九郎が九段坂下　俎《まないた》　橋近くに小さな町屋を借り、自分の剣術道場を開設した。名は練兵館である。建物の天井を抜き、床も壁も張り替えて、稽古場としたのだった。撃剣館よりはずっと狭いが、改装が終わってみると、明るく、清潔な印象の道場となっていた。

　道場開きの日である。邦次郎が祝いの酒を持参して練兵館に行くと、撃剣館にいた門弟のうち、弥九郎を慕う者がもう二十人ばかり、稽古着姿で道場にいた。

　弥九郎が邦次郎に、「恩に着る」と頭を下げた。「ここまでやってもらった。撃剣館と同じほどに名のある道場にする」

　邦次郎は持参の酒の瓶を弥九郎に渡して言った。

「韮山で作っている酒です。飲んでください」

「韮山で、とは？」

「江川家では、代々酒造りもやっているんです。悪くない酒です」

「あとで、一緒に呑もう」

　次の年、文政十年正月、練兵館の初稽古の日である。

　邦次郎が練兵館に行くと、川路弥吉も来ていた。彼とはもう半年ばかり会っていなかった。

　弥吉が顔をほころばせて、邦次郎にあいさつしてきた。

「どうしたんです？」と邦次郎は弥吉に訊いた。「正月早々から」

「斎藤さまに、お祝いを申し上げたくて。ついでに、お手合わせをお願いしたくて。でも、こんどこそ、ほんとうに剣術の稽古も最後です」

聞くと、寺社奉行吟味物調役の内示が出たという。弥吉は御家人の身分であるから、その役職はまったく能力本意で決まったことだろう。つまりは、多忙になる。用務は能力のある者に集まる。多忙な者にほど、急ぎの事案は押し込まれてくるのだ。剣術の稽古に通っている余裕は、なくなって当たり前だ。

それにしても、と邦次郎は考えた。川路弥吉は、筆算吟味を受けて勘定奉行支配勘定出役となったのが三年前ではなかったか。なのにもう、寺社奉行吟味物調役。短期間で大抜擢が二度あった。御家人なら誰もが羨んでおかしくはない出世ぶりである。

その日、稽古のあとに邦次郎は弥吉を蕎麦屋に誘い、少し語らった。

別れ際、弥吉が思い出したように言った。

「羽倉陽三郎さまとは、いまも親しくしていただいているのですが、年始のあいさつに伺ったおり、邦次郎さんのことを話すと、一度会えないかとのことでした」

日田の代官を短いあいだ勤めた羽倉陽三郎のことだ。いま、羽倉左門、という名のほうがとおりがよいようだ。駿府《すんぷ》紺屋町と信濃飯島の代官を兼ねている。父も、有能な男だと評していた。

邦次郎は言った。

「そうとう年上にあたるお方ではなかったか？」

「わたしたちよりも、十一歳、上となります」

「ほぼひと回り違う。おれなんかと会って楽しいものかな」

「羽倉さまは、お父上の支配地の様子もよくご存じでしたよ。伊豆から駿河、甲斐のことまで。治安も、たみびとの暮らしぶりも、代官所の差配についても。ずいぶん感心しておられた」

「父のやってきたことだ」

「会うことに、気が進みませんか？」

「いや、ただ、そんな人物が代官見習いの若輩者と会ってどうするのかと思って」

「歳の差を気にする方ではありません。邦次郎さんが本草学に詳しいとわたしが言うと、とても興味深く感じていたようでした」

「本草学がお好きな方なのか？」

「むしろ、逆ですね。そちらには疎《うと》いことを、ときおりぼやいておられる」

「ということは、儒学がお得意なのだな？」

「学問所の古賀精里《せいり》先生に直接学ばれ、先生に深く心酔されています」

古賀精里といえば、かつて寛政三博士のひとり、とされた知識人である。その古賀精里が儒学の師ということであれば、なんとなく羽倉陽三郎のひととなりも想像できる気がする。

弥吉が思いついたように言った。

「二月の、学問所の孔子祭のときはいかがでしょう。羽倉さまは、毎年必ず参詣しています」

孔子祭とは、学問所内にある孔子廟の行事のことだ。正確には釈奠《せきてん》（「しゃくてん」とも）と呼び、孔子やその弟子たち儒教の先哲を祀る。祭は二月と八月の年二回あって、学問所の教授や学生たちばかりではなく、学外の儒者など多くが、この日廟の式に参列する。将軍綱吉は、何度も自身が孔子祭に出向いたという。当節は、将軍は孔子祭の前日に、献上品を学問所に届ける。

二月十日、明るい冬の日に、邦次郎たちは聖殿前の広場に立った。聖殿のすぐ下には、祭主ほか、将軍の代理、学問所の教授たち、高名な儒者などが四、五十人ばかり、床几に腰掛けている。その後ろには、大名の子弟や儒者、儒学に傾倒する武士などが、身分別に立ったまま横に並んでいた。邦次郎たちは当然、聖殿からはもっとも遠い位置で、儀式を見守ることになる。邦次郎たちの周辺は、若い儒者や武士たちがひしめきあっている。

やがて祭主である大学頭による修祓《しゅばつ》のあと、大学頭が一同に起立をうながした。やはり式服姿の教授や将軍代理、そのほかの来賓たちが立ち上がった。奏楽の演奏と共に聖殿の扉が開けられた。邦次郎の位置からはよく見えなかったが、聖殿の中、正面の奥には孔子ほか先哲十人の像が飾られているはずである。

続いて、奠幣《てんぺい》、奠饌《てんせん》という、紙幣と食物を供える儀式が始まった。おそらくは、儒学を伝えた当時の唐土の習慣のままなのだろう。

続いて祭主は、祭文を読み上げた。これが終わると、祭主、続いて教授たちと来賓と参会者代表による礼拝が行われた。抹香を一回だけくべ、深々と頭を下げるのだ。

食べ物と幣がしまわれ、祭壇の扉が閉じられた。

祭主が、このあと教堂で記念の講経が行われると告げた。参会者は、教堂に移るようにと。参会者たちは、聖殿前から、教堂の並ぶ学問所のほうへ移動を始めた。

「いた」と、弥吉が、主立った参会者たちを追うように動いた。

学問所側の敷地に入ったところで、弥吉がひとりの武士を呼び止めた。

「羽倉さま」

姿勢のいい男が振り返って立ち止まった。男は弥吉を認めて微笑した。

弥吉が紹介してくれた。

「こちらは江川邦次郎さん。韮山代官江川さまのご嫡男です」

「あ、弥吉さんから何度も聞いておりました」と羽倉陽三郎は、邦次郎を興味深げに見つめてきた。柔和な目が印象的だった。「お父上のことは、よく耳にいたします。同じ代官の身なのに、まだすれ違いばかりなのが不思議なくらいだ」

邦次郎は言った。

「韮山と江戸とを半々に、行ったり来たりしていますので」

「先代の時分と較べて、韮山代官の支配地は見違えるように富んできたと聞きます」

「見違えるほどかどうかはともかく、父は襲職後、そのためのさまざまな按排《あんばい》をしてきましたから」

「一度、韮山へ学びに伺いたいものです」

「駿府からお帰りの際にでも、ぜひ。三島宿から半日もかかりません」

「楽しみです」と、羽倉は微笑した。

たしかに羽倉は、歳の差も、邦次郎がまだ代官見習いであることも気にかけたふうはなかった。また、言葉の端々から、彼の見識の深さと有能さがわかった。

ひとりの武士が、邦次郎たちの脇を通り抜けようとした。羽倉が言った。

「ちょうどいい」と羽倉が言って、その武士を呼び止めた。「耀蔵《ようぞう》さま、耀蔵さま」

その武士は怪訝そうな顔で立ち止まり、羽倉に目を向けた。それから、羽倉の両脇にいる邦次郎と弥吉にも。何か厄介なことでも起きたかと、案じているような顔となった。歳のころは、二十代なかばだろうか。邦次郎や弥吉よりも四、五歳年長と見える。

羽倉が言った。

「久しぶりだ。紹介させてくれないかな」

耀蔵が、疑わしげな顔のまま近寄ってきた。

羽倉は、耀蔵と呼んだその男に言った。

「こちらは川路弥吉さん。評定所留役助だ。こちらは、韮山の江川邦次郎さん。代官見習いだ」

耀蔵が邦次郎たちの前で立ち止まると、羽倉は邦次郎たちに顔を向けて言った。

「林述斎《じゅっさい》さまのご子息、林耀蔵さまだ」

林述斎と言えば、そもそも学問所の前身の私塾を開いていた儒家、林家の当主だ。いまでこそ学問所は幕府直轄の教学機関となっているが、林家あっての学問所という意識は世間一般のものである。

耀蔵が言った。

「いいえ、いまはもう林耀蔵ではありません。四年前に鳥居家に養子として入り、家督を継いでおります」

何か言質《げんち》でも取られることを警戒しているかのような口調だった。

「承知しているが」と羽倉がバツが悪そうに言った。「孔子祭の日なので、耀蔵さんと学問所のつながりについて、まず話そうとした次第だ」

「ともあれ、いまは鳥居です。中奥番として、上さまのおそばにいます」

将軍の側近だ、と言ったのだろう。

鳥居家といえば、と邦次郎はひとつ思い出した。旗本の鳥居家の領地が、韮山田方郡にもあった。柿木川の上流にある谷あいの小さな村で、代官支配地に隣接している。その意味では、江川家と鳥居家は、隣り同士だと言えないこともない。

耀蔵が、邦次郎に顔を向けてきた。感情の読み取りにくい目だ、と邦次郎は感じた。

「韮山代官の江川家といえば、よいご家臣をお持ちで高名ですな」

すぐにそれは、借金の申し込みを断られて割腹した望月鴻助のことを言われたのだとわかった。邦次郎は顔が赤くなったのを意識した。あれはもう二十年近くも前の一件なのだが。

耀蔵が次に弥吉に顔を向けて言った。

「学問吟味も通っておらぬのに、評定所留役助とはなんともお見事。並みのことではありませぬ」

邦次郎はそれを聞いて戸惑った。これは弥吉の学業をからかっている？　筆算吟味に通って勘定所出役になった青年だとすでに知っており、そのうえでろくに学問もできぬくせにと嘲笑《あざわら》ったのか？　いや、まさか初対面でそんなことをする男がこの世にいるとも思えないが。

羽倉が軽く咳をした。

耀蔵が言った。

「きょうは釈奠となれば、わたしにもいろいろすべき用がございまして。失礼いたします」

「引き止めてすまなかった」と羽倉が言った。

耀蔵は羽倉に軽く一礼すると、学問所の奥のほうへと歩み去っていった。

羽倉が苦笑して耀蔵を見送りながら言った。

「皮肉な口は相変わらずだ」

弥吉は、かすかに悲しげに見える。いつも朗らかさが身上の弥吉にしては、珍しいことだった。

「耀蔵は」と羽倉。「できすぎる男だ。ときおりしっぺ返しを心配してしまう」

そこに羽倉を呼ぶ者があった。

羽倉が邦次郎たちに言った。

「すまない。日をあらためてまた」

羽倉の後ろ姿を見送りながら、邦次郎は耀蔵のことは忘れることにした。きょうは羽倉の知遇を得たことを、喜ぶだけの日としよう。

母の久子が危篤、という報せが江戸役宅に入ったのは、天保《てんぽう》元年七月であった。邦次郎はすぐに韮山に帰った。

病床に寄ると、母親は薄目を開け、頬をゆるめた。

「来てくれたのですね、邦次郎」

弱々しい声であったが、意識ははっきりしていた。

邦次郎は言った。

「はい、母上。ただいま着いたばかりです。ご機嫌はいかがですか」

「悪くはありませぬ、邦次郎。でも、お前に言っておきたいことがあります」

「はい？」

「お前は、賢い子です。誰もが認めるほどに、遠くも深くも見ることのできる男児です。でも」

「でも、なんでしょう、母上」

「まわりがお前ほどにはものごとを知らず、先が読めぬからといって、腹を立ててはなりませぬ。まわりを馬鹿にして、ひとりだけ先へ進んではなりませぬ」

才気に走るな、ということであった。邦次郎は、薄々自分でも、その傾向があることを感じていた。ときに周囲の理解力の不足と見識の浅薄さに、我慢ならないときがあるのだ。たぶんその想いは、しばしば表情にも表れていたことだろう。

ふいに孔子祭で会った鳥居耀蔵という男のことが思い出された。猜疑心の強そうな目で、他人への皮肉や嘲笑を平然と口にしていたあの旗本。母が心配しているのがあのような男になることだとしたら、それは絶対に避けねばならなかった。あのようにはなるまい。

母親が続けた。

「忍びなさい。ひとの上に立つ者なればこそ、忍ばねばなりませぬ。誰もがお前のように書を与えられ、先生に恵まれてきたわけではありませぬ。誰も自分をわかってくれない、と思えるときは、先を急がず、忍ぶのです」

邦次郎は素直に約束した。

「はい、母上」

母は天保元年の八月に息を引き取った。

邦次郎は、母の言葉を胸に刻みつけた。この戒めを、生涯忘れてはならぬ。

邦次郎は小さな紙に「忍」と書き、これを折り畳んで肌身離さず持つようにした。将来自分に蹉跌《さてつ》あるときは、おそらくこの忍の一文字を忘れたときであろう。母の言葉に背いたときであろう。「忍」の心、忘れてはならぬ。

天保の五年、父の英毅が死んだ。六十五歳だった。このころには、英毅は御領の支配に完全に成功し、名代官の評判さえ受けるようになっていた。

邦次郎は、父英毅の亡骸の前で誓った。

「父上、父上の遺志を継ぎ、わたしは家政をより健全なものとし、韮山代官としての責務を立派に果たす覚悟にございます。二度と江川家から、金のために割腹するような家臣を出したりはしませぬ。いえ、御領から、ただのひとりも飢えのために死ぬような者を出しませぬ」

父の喪も明けた天保六年五月四日、老中松平乗寛《のりひろ》が、邦次郎の名代、伊奈友之助に対して、正式に邦次郎の江川家跡目相続を申し渡した。これと同時に、邦次郎は韮山代官となり、江川家当主が代々名乗る「太郎左衛門」を襲名した。

邦次郎、満三十四歳であった。初めて代官職に就く年齢としては、いくらか遅いほうである。世襲代官ならばこそという、初就任年齢であった。

ともあれ、江川邦次郎は、甲斐・武蔵・伊豆・駿河・相模の正規支配地五万四千五百石、当分の預かり地二万四千石、合わせて七万八千五百石を支配高としたのである。ときは幕末、激動の前夜である。

以降、邦次郎を文中では英龍と記述していく。ただし、代官となった後も、英龍の若いころからの友人たちは邦次郎と呼び続けた。代官となってからの知人たちは、英龍の号である坦庵と呼ぶことが多かった。

5

韮山代官職に就いて英龍が最初にしたことは、旧友の斎藤弥九郎を訪ねることであった。

斎藤弥九郎の練兵館は、いま江戸の三大剣道場のひとつとまで言われている。すなわち、鏡新明智流《きょうしんめいちりゅう》の士学館、北辰一刀流《ほくしんいっとうりゅう》の玄武館と並ぶ道場として名声を得ているのだった。

さらに斎藤弥九郎は、最近は田原藩の渡辺崋山《かざん》に認められ、田原藩剣術指南として、三人扶持も与えられている。

英龍が練兵館に顔を出すと、斎藤弥九郎は首を傾けて近づいてきた。

「どうした？」と弥九郎が訊いた。「代官になったというのに、早速もう困りごとか？」

「そうなんです」英龍は、大勢の門弟たちが稽古に励む道場に目をやってから答えた。

「弥九郎さんを困らせることになります」

弥九郎とは長いつきあいだが、相対するとき、やはり年上としてどうしても敬語を使ってしまう。もう弥九郎もそれを改めろと言うことはない。あきらめている。

弥九郎が首をかしげた。

「というと？」

「せっかくの練兵館、しばらくのあいだ、師範代にまかせることはできませんか？」

弥九郎はぽかりと口を開けた。

「師範代にまかせる？　師範のおれはどこへ行くんだ？」

「わたしの右腕になってもらいたいのです」

「それは、つまり、どういうことだ？」

「わたしの万事の相談役ということです。一応は、江戸代官所の書役《かきやく》という職を用意しますが」

「おれは、剣術家だぞ。そのおれに、剣を捨てて筆を執れというのか？」

「いえ、弥九郎さんの剣の腕も必要です。その腕、けっして無駄にはさせません」

弥九郎は、道場の中をちらりと振り返ってから言った。

「外で話そう」

俎橋の上まで歩いて、英龍は足を止めた。

ここまで、弥九郎はずっと無言だ。腕を組んだまま歩いてきた。そうとうに怒っているか、あるいは不快を押し殺しているのだろう。たしかに自分のいまの申し入れは、剣術家としての弥九郎を否定するようなものであったかもしれない。

弥九郎も足を止めて、英龍に向き直った。何か言いたげな表情だ。英龍は弥九郎の言葉を待った。

弥九郎は言った。

「おれは、韮山代官風情《ふぜい》の書役になるつもりはない」

予期していた以上に厳しい言葉だった。

「すみません」あわてて英龍は言った。「失礼なことを申し上げました。すみません」

「ちがう」と弥九郎は首を振った。「おれは、ひとり立ちして練兵館を開いたときも、お主にはたいへんな世話になった。恩義がある。おれは、お主が頼むと言うことであれば、引き受ける。これまでずっとその覚悟だった」

「しかし、いま韮山代官風情と」

「ああ、そのとおりだ。引き受けるとしても、おれはいつまでも、韮山代官の書役に留まっておるつもりはないぞ」

「どういう意味です？」

弥九郎は英龍の目をのぞきこむように見つめ、にやりと笑った。

「承知しているぞ。お主には、ひそかな志はないか？　ほんとうにこの先ずっと、韮山代官という世襲職に就いていることで満足か。それで十分か？」

英龍は、落ち着かない気分になった。

たしかに自分には、かすかな、ごくごくかすかな夢はある。物心ついたときから御領の支配のありようを考え続けて、いつしか分不相応に夢見るようになったこと。つまり、御領の望ましい支配のありようも、なすべき改革の道筋も、けっきょくはこの行き詰まりを見せている幕政全般を変えることによってしか実現できぬのではないか、ということだ。そしてもしかなうものであれば、自分はその改革になんなりかの働きを示したいということだ。

ただ、これまでそんな想いを、誰にも語ったことはない。亡き父にはもちろん、妻にも、川路弥吉ら交遊相手の誰にも。それは、もし明かせば、こやつは危険だと思われるほどに不遜な夢なのだ。だいそれた希望なのだ。世襲代官の身では、夢見ることさえ身の程知らずのことかもしれなかった。

でももし、たとえば勘定奉行の職に就けたとしたらどうだろう。それは旗本が望み得る最高の役であり、職務の範囲は広く、その力は大きい。能力と見識次第で、かなりのことができるのだ。自分がきわめて有能な代官として高く評価を得るようになるならば、勘定奉行職は視野に収めてもさほど無謀とも言えぬ目標なのではないか。もちろん、相当に遥かな目標であることは確かだ。父でさえ、到達できなかった地位なのだ。容易ではないことは承知しているが。

言葉に窮していると、弥九郎は言った。

「この先ずっと、韮山代官でよいと言うなら、この話はお断りだ。だが、お主の目指すところはもっと大きいと言うのなら、乗ろう。練兵館は、ひとまずうちの塾頭に任せて、お主についてゆく。どうなんだ？」

「それは、その」

「言ってみろ。お主のひそかな野望を」

英龍は逆に訊いた。

「言えば、相談役になってくれるのですか？」

「答が、おれの踏んでいるとおりなら」

「言うには、わたしにも条件があります」

「なんだ？」

「わたしが口にした言葉、生涯口外せぬと誓っていただけますか？」

「おお、いいだろう。生涯おれの胸のうちに納めたままにするわ」

英龍は、肚《はら》を決めて言った。

「わたしは、いずれ評定所一座のひとりとなって、幕政に関わりたい」

評定所一座とは、勘定、寺社、町、の三奉行と大目付、目付を含めた、幕府の実務の最高決定機関だ。この上に、大名たちで構成される老中がいる。

弥九郎は、白い歯を見せて笑い出した。

「聞きたかったのはそのことよ。お主が評定所一座を目指すというのなら、喜んで相談役になろう。お主の右腕となる。いや、お主の乱波《らっぱ》となって、よろず汚いことはすべて引き受けてもよいわ。だったら、練兵館を捨てる意味もあると言うものだ」

英龍も笑いながら言った。

「べつに汚い仕事を引き受けてもらおうとは思っておりません。練兵館を捨ててくれとも言わない。ただ、当分は弥九郎さまにかたわらにいてほしい。わたしを脇から支えてもらいたいのです」

「とうとう代官襲職で心細いか？　長いこと見習いもやってきたろうに」

「父は、けっきょくのところ、すべてを自分で決めていました。自分で働きました。わたしは見ていただけです」

「おれは、田原藩の剣術指南役という立場もある」

「毎日出向いているわけではありますまい。その隙間でかまわないのです」

「口にしたこと、忘れるなよ。おれも、お主のその野望に賭けるのだからな」

「わかっています」

「ひとつだけ確かめておきたい。おれは、韮山代官江戸役所から、俸給をもらうのだな？　江川家からではなく」

「はい」英龍は笑って言った。「そのとおりです。江川家は貧乏している。弥九郎さまほど有能な人物にも、ろくな俸給は出せません」

斎藤弥九郎は、旬日のうちに韮山代官江戸役所の書役となった。もちろん、道場の師範を退いたわけではないし、毎日役所に出るわけでもない。弥九郎が不在の日は、ふたりの塾頭が門弟たちの指導に当たるというだけだ。

そのいっぽう、英龍は弥九郎と会ったのと前後して、江戸役所勤めの手附手代一党に対して、新しい代官所の服務規定を言い渡した。

江川家と韮山代官所は、享和のころの財政窮迫以降は徹底した倹約に努め、支出をぎりぎりまで切り詰めることでなんとか立て直してきた。しかし、父・英毅の晩年に至って、その質素倹約の気風もかなり緩んでいたのだった。英龍はこれに危機感を持ち、贅沢や虚栄をいまいちど戒めることを訓示したのである。

冠婚葬祭をめぐって互いに物や金を贈ることをしてはならない。

下男下女を分不相応に雇うな。

頼母子講《たのもしこう》は禁止。

役所に髪結を呼びつけるな。

役所での三味線は厳禁。

等である。このところ目に余ると見える事例を具体的に挙げて禁じたのだった。

韮山代官所手代の松岡正平が、おそるおそるという顔で、英龍に言った。

「三味線のお稽古も、いけませんか。家の者の中には、三味線がたったひとつの慰みという者も何人かおるのですが」

英龍は言った。

「かまわぬ。続けるがよい。わたしが言うのは、前々からのとおり、たとえ手すきのときでも役所内では稽古をするなということだ。自宅で、師匠の家で、存分にやるがいい。役所には、不作や窮乏を訴えにやってくる領民も少なくない。そんな者の耳に、役所の奥から三味線の音が聞こえてきたらどうなる？　その者たちは、年貢を気持ちよく納める気になるか、代官所の役人の言うことを聞こう、という気持ちになるか？」

松岡正平はうなずいて言った。

「確かにそのとおりにございました。出過ぎたことを申し上げました」

斎藤弥九郎を相談役に迎え、英龍は代官制度のありようについて、連日弥九郎と議論を重ねるようになった。望月鴻助の割腹死を体験しているだけに、その議論はいやおうなく真剣なものになった。

この時期、江戸幕府の代官制度は機能不全に陥りかけていた。かろうじて年貢の取り立てだけが、なんとか形どおりに執り行われているという状態だった。昨今では、代官職には賄賂《わいろ》を使って就くものだ、とさえ世間ではささやかれている。たぶんそれもまったく根拠がない噂とは言えないのだろう。その場合、職に就くためにかけた費用は、新代官の任地で回収されることになる。代官はどの代官所に行こうが数年だけの腰掛けのつもりであるから、長期的な殖産政策などとることもなく、農村にはいつまでたっても富が蓄積されない。凶作はたちまち窮乏と飢餓に結びつく。

また、代官のみならず、一部の代官所では、手附手代も賄賂を取るのは当たり前だという。そんな土地では、領民がそもそも役所を信用してはおらず、凶作の年にはたちまち一揆が発生した。

逆に韮山代官所のように、代官が世襲職の場合は、代官の私的な財産までもが、支配地経営につぎ込まれることになる。裁量の幅が少ないのに、求められることは多いため、結果として代官家は窮乏し、御領の経営にも支障をきたすことになるのだった。

そのような事情を十分に把握してから、斎藤弥九郎が言った。

「お主のところでは、代官所の手附手代の多くは、江川家の家臣だろう。どっちのために働くのか、その区分けがあいまいだぞ。自分がどちらから俸禄を受けているのかはっきりしなければ、どちらの仕事にもいい加減ということになる」

「たしかにそうだな」英龍はうなずいた。「その件は、なにより早急にあらためなければなりませんね。江川家と代官所とを、峻別する」

弥九郎は、にやにやと英龍を試すように訊いてきた。

また、相談役になってひと月ばかりたったときだ。弥九郎は言った。

「お主がいずれ評定所一座の役に抜擢されるためには、誰もが認めるだけの広く深い見識を持たねばならん。とくにいまは、西洋事情に通じていることが必要だ」

英龍は同意した。

「たしかに、伊豆にはこのところ外国船の来航が増えている。ヨーロッパは、アジアに虎視眈々《たんたん》です。豆州の代官として、ヨーロッパ諸国の動向が気がかりでなりません。わたしは、もっと西洋事情を知りたい」

「渡辺崋山先生を知っているか？」

もちろんその名は知っている。田原藩士で、画家としても名高い。蘭語こそ学んでいないが、蘭学者たちとのつきあいも深く、諸外国の事情にも通じた人物とのことだ。

「田原藩の剣術指南役ということもあって、おれは渡辺崋山先生には親しくしてもらっている。先生は先だって、幡崎鼎《はたざきかなえ》なる蘭学の先生のことを話しておられた。水戸藩に抱えられているとか」

「幡崎鼎？」英龍は驚いた。「名は聞いたことがある。大坂で蘭学の塾を開いていたひとではないか？」

「ああ。いま水戸藩が召し抱えて、江戸屋敷で蘭学教授だ。長崎の出島で、オランダ人から直々に蘭語、蘭学を学んだという御仁《ごじん》。蘭学に関してはそうとうなひとらしい」

「出島《でじま》で蘭学を身につけた人物というと、シーボルトのあの獄に連座した藤市とか藤平という蘭学者のことを思い出すな」

「やはり誰でも、藤市という男の名を思い浮かべるな」

「藤市は永尋ねだろう？　それとも、もう獄中か？」

藤市は、シーボルトの給仕として働きながら蘭語を学び、広く蘭学を修めた男である。シーボルトの日本地図持ち出し事件で彼も取調べを受けたが、天保元年に逐電して行方をくらました、と聞いていた。

弥九郎が、困惑を見せて言った。

「その、崋山先生ははっきり言われたわけではないが、水戸藩の幡崎鼎先生とは、どうもその藤市らしい」

英龍はもう一度驚いた。

「名前を偽って、蘭学塾を開いていたと？」

「出身も隠して」

「水戸藩は、それを承知で？」

「気づいていないはずはない」

「水戸藩も無茶なことを」

「御三家だからできることだな。ともあれ、西洋事情を知るには、幡崎さまのもとに通うのがよいのではないか」

「屋敷の中へですか」

「水戸藩は、韮山代官が通うことを拒むことはあるまい。ただし、幡崎が永尋ねの藤市と同じ人物だとは知らないで通すのがいいだろう。万が一の場合、お尋ね者を注進しなかったと、罪に問われかねない」

「その場合、水戸公まで罪人としてしまうことになりますよ。ご公儀は、そこまで罪人の範囲を広げないでしょう」英龍は口調を変えて頼んだ。「その幡崎さんのもとで、蘭語のいろはから学んでみたい。弥九郎さんには誰か、水戸藩に伝《つて》はありますか？」

弥九郎は少し考える様子を見せてから言った。

「撃剣館に、お主と同じころ入門してきた男がいる。藤田虎之助。覚えているか」

覚えている。元服前の子供なのに豪快な性格で、しかも弁のたつ男がいた。

「あまり長い期間通わなかった、色黒の男の子ではありませんか？」

「そうだ。あいつは水戸藩だ。いまは藤田東湖《とうこ》と名乗り、水戸藩ご当主に重用されているそうだ」

「藤田東湖とは、あの虎之助のことでしたか」

藤田東湖の名はこのところよく聞くようになった。水戸藩家臣の中でも、逸材として知られているという。たぶん歳は英龍よりも四歳か五歳若い。

「いま、江戸詰でしょうか？」

「去年はたしかにそうだった。もし江戸にいなくても、なんとか話はつないでもらえるだろう」

彼に頼むと弥九郎が約束した。


英龍が代官職に就いた天保六年は、全国的に天候不順で、凶作であった。これは七年、八年と続く三年続きの大凶作の一年目で、後にこの年を含めて、天保の大飢饉と呼ばれることになる。

その六年の秋、関東周辺の農村では米の刈り入れも終わったというころだ。江戸の役所を、鳥居耀蔵が訪ねてきた。耀蔵とは、あの孔子廟で会ったとき以来、何度か公的な場で顔を合わせている。会えば会釈程度はする間だ。英龍より五歳年長で、中奥番を九年勤めた後、いま御徒頭である。

この日、鳥居耀蔵は、英龍に深々と頭を下げてから言った。

「今年の凶作、いささか不安を感じてお願いに参った次第です」

口調も、あの初対面のときとは打って変わって丁寧である。

「と言いますと？」

「鳥居家知行地のひとつは、豆州田方郡の大平柿木村にございます」

その村のことは知っている。韮山から三里ほど南、狩野川の支流、柿木川の谷間にある小村である。ほとんど稲田はなかったはずだ。

耀蔵は続けた。

「凶作との報せは受けており、領民の困窮の様子等、承知はいたしておりますが、なにぶん江戸からは遠く、もし何かことが起こった場合でも、なんともいたしかたございませせぬ。かといって地頭が対処できるかどうかも不安、韮山のお代官としての太郎左衛門さまには、もし変事が起こればただちに柿木村に駆けつけて、これを処理いたしていただけぬものかと、お願いに参った次第です」

一揆を心配しているのだろうか。英龍は、いまひとつ鳥居耀蔵の依頼の中身がわからぬままに答えた。

「同じ豆州のこととなれば、何が起こりましても代官所としてただちに、然るべき処置を取りますが」

「断固たる、容赦ない処置を、というお願いにございます」

「それは、一揆の場合の処断についてのお話でございましょうか」

「さよう。打ち壊しなど起こった場合に、地頭と相はかり、即刻鎮圧をというお願いにございます。御徒頭の知行地にて騒擾《そうじょう》が起こっては面目が立ちませせぬ。ほんとうは、不穏の空気あらばただちに村に赴いて、事前に鎮めていただければなお結構と存ずるのですが」

「できるだけのことはいたしますが、この凶作がたみびとを苦しめているのはまちがいのないところ。お救い米の用意などは、すでにお済みでございましょうか」

「さようなことは、お気遣い無用にございます。なすべきことはなしておりますゆえ」

耀蔵は、言うだけ言ったという顔となって、背を起こした。

「それでは、御免」

鳥居耀蔵が立ち去ったあと、英龍はしばらく合点がゆかぬ想いだった。これほどの凶作の年であるから、耀蔵がまず心配しなければならぬのは、領民の困窮であるはず。なのにいまの口ぶりでは、救済にはほとんど関心がない様子だ。ただ騒ぎが起こって、自分の顔がつぶれることだけを心配しているようだった。しかし、それですむのか？

英龍は思った。知行地が同じ郡内にある以上、つきあいは避けられぬ相手だ。とはいえ、できれば深くは関わらずにすませたい人物だ。

しかし英龍の希望に反して、鳥居耀蔵との因縁《いんねん》は、その後の英龍の人生に深く影を落とすことになる。

駒込にある水戸藩の中屋敷で、英龍は幡崎鼎と初めて対面した。弥九郎が、練兵館の門弟である水戸藩士を通じて藤田東湖に、韮山代官が幡崎鼎に蘭学の教えを請いたいと願っていると伝えたのだ。

返事が来るまでに、思いのほか時間がかかった。まずは一度、幡崎が英龍と会ってから教授するかどうかを決めようということになり、英龍が韮山から江戸役所に戻った七月に、英龍が水戸藩の江戸中屋敷を訪ねたのである。

幡崎鼎は、二十代後半だろうという年齢と見えた。学者らしい落ち着きと、年齢にふさわしい快活さが同時に感じられる男だった。

「さてと」幡崎は相対すると、微笑して英龍に言った。「お代官がなぜまた、失礼ながらそのお歳で蘭学を修めようという気になられたのです?」

不思議に思われるのは、覚悟していた。英龍は用意してきた答を口にした。

「伊豆が支配地の代官でありますれば、昨今の外国船の頻繁な到来、通商を求める諸外国の期待など、ひとごとではございません。代官の勤めを果たすためには、外国事情に通じていることが欠かせぬと心得まして、蘭学を学ぼうと心に決めている次第です」

「これまで、蘭語は?」

「まったく近づいたこともありませぬ」

「学問所には通われたのでしたかな？」

「いいえ。父はひとりひとり、師範をつけてくれました。四書五経は頼杏坪先生に、算術は父に、測地術は間宮先生に教わっております。父は暦学の素養もございました」

「ほう、測地術まで」英龍の向学心は本物だとわかったのかもしれない。幡崎の口調が少しだけ親しげなものとなった。「蘭語を覚えて蘭学を学ぶとして、いまのお話だと諸外国の地理、歴史を学びたいというご希望なのでしょうか？」

「いずれは兵学、そして諸外国の軍を念頭に、砲術や造船術、航海術を学ぶことができたら、と思っています」

「これはこれは」幡崎は白い歯を見せて笑い、頭をかいた。「なかなかに欲張りな希望でございますな」

「無理でしょうか？」

「蘭語の辞書を引けるようになるまで、三月。辞書を引きながら蘭書を読めるようになるまでなら、少なくとも一年の修行が必要です。それも、ひたすら蘭語だけを覚える日々を一年重ねてです」

　幡崎は、脇に置いてあった書物を英龍の前に滑らせてきた。

「これは前野良沢《りょうたく》先生が『魯西亜本記略』として訳された書物の原書です。このような蘭語の書物は、ご覧になったことはありますか？」

「いいえ」と答えながら、英龍はその蘭書を手に取って開いた。活字を使って印刷された大部の書物である。ロシアの地図が開いてすぐのところに載っていた。

頁をめくっていったが、まったく読むことのできぬ文字が延々と連なっている。字面から何が書かれているかを想像しようとしてみたが、すぐにあきらめるしかなかった。書物のどこにも、まったく理解できるものがない。英龍は、激しく拒絶された気分を味わった。蘭学を学ぶとはつまり、この書物を読めるようになる、ということだが。

幡崎が言った。

「文字が連なって語を作り、語は定められた法則によって連なって、意味を示します。たとえば本草図譜のような書物であれば、文のかたちは決まりきっております。読むのに、さほどの修行は必要ありません。でも、このような歴史書や高度な医学書となると、文章も複雑となります。歯ごたえがあります」

英龍は、その蘭書を幡崎に押し戻して言った。

「自分は何年かけて、論語に使われる漢字を覚えたか、考えてしまいました」

幡崎は、その書物を受け取ると、脇に置いてから言った。

「お代官の身で、蘭語の習得だけにその時間を向けることはできますか？」

「少なくとも一年必要なのですね？」

「毎日毎日、明るいうちはただただ蘭語の語彙を増やすためだけに使って、一年です。もちろん並行して、蘭語の文のなりたちと法則について、教授を受けていかねばなりませんが」

「子供の時分とは違い、いまは教わったことはかなり容易に頭に入るようになりましたが」

「まったく基本の異なる外国語です。代官のお勤めのかたわら蘭語を学ぶのなら、若い学生の三倍ほど先のことになるかと」

「三年、ですか」

「ご熱意のほどは十分にわかります。その地位にありながらお一から外国語を学びたいというお気持ち、敬服いたします。しかし、容易ではないことは、あらかじめ申し上げておきたい」

「もしかして」と、英龍は不安に感じて言った。「入門をいま断られたということなのでしょうか」

「いやいや」と、幡崎は大きくかぶりを振った。「そう受け取られたら、失礼いたしました。どうでしょうか。わたしも返事をする前に、わたしの感じている懸念を振り払いたい。ひとつ、課題を出させていただくというのはいかがでしょう」

「課題？」

「蘭語のいろはを、まず覚えていただく」

こんどは脇から折り畳んだ紙を持ち上げて差し出してきた。

表紙にあたる部分に、蘭学佩觿《はいけい》、と表題がついている。

「蘭語のいろはを、あべせ、と言います。これは、大槻玄沢《おおつきげんたく》先生の門人、吉川良祐《よしかわりょうゆう》先生が作られたあべせ表ですが、まずこれをお買い求めください。日本橋でも神田でも、書物問屋で売られています」

英龍が開いてみると、蘭語のそのあべせが大小ひと文字ずつ、右から左へと並べて印刷されている。あべせの文字の上に小さく、片仮名で読みが記してあった。

幡崎が言った。

「蘭語には、文字が二十六あります。それぞれ大文字と小文字とがあるので、五十二文字。あべせの文字は、仮名と同じく音を表すだけで、意味を持ちません。これを次の機会までに覚えてきていただく。そのときに、入門を認めるかどうか、お話しできればと思うのですが」

「覚えていなければ、入門は不可なのですね？」

「というより、江川さまが次の機会になお、入門を請われるか、それを知りたい。この次には、互いに忌憚《きたん》なく話しましょう」

「いつまでに覚えてくればよいでしょう?」

「ちょうどひと月後では?」

五十二の文字の形と音を覚えるだけだ。十分だろう。

「かまいませぬ」

「同じ刻に」

部屋の外から、幡崎を呼ぶ声がした。幡崎が立ち上がったので、英龍も立ち上がった。

翌日、英龍は両国の書物問屋で、幡崎から指示されたあべせ表、『蘭学佩觿』を買った。

天保七年は、前年同様に天候不順の続く年だった。七月、英龍が幡崎鼎を訪ねて数日後である。甲斐に打ち壊しが発生した。

甲斐の農民が穀物商に押しかけ、米を押し借りしたことが発端である。この打ち壊しはたちまち甲斐全域に広まり、多くの無宿者までも巻き込んでの一揆となった。参加者の数は二万とも三万とも伝わった。相模でも、津久井郡日連《ひづれ》村で打ち壊しが起こった。

江戸に近い天領での一揆であるだけに、幕府の衝撃は大きかった。幕府は近隣諸藩にも鎮圧を命じた。韮山代官江戸役所にも、動員の命令が下った。

「直ちに武州八王子へ出役すべし」

英龍は、すぐ弥九郎を呼んで言った。

「弥九郎さんの出番です。出動します」

弥九郎は言った。

「剣客の斎藤弥九郎の出番ということだな？」

「胆力のある男の出番という意味です。手代たちに鉄砲を持たせてすぐにも出ます。弥九郎さんには、その鉄砲組を率いてもらいたいのですが」

英龍は、役所から二十人の部下を選抜し、このうち十人には鉄砲を持たせて、江戸を出発した。命令が下ってから出発まで、半日しかたっていない。迅速な行動だった。

英龍率いる韮山代官所組が八王子に到着した。八王子は甲州街道随一の規模の宿場町で、幕府が開かれた直後には、大久保長安を代官頭に、十八人の代官が置かれていたという土地である。陣屋は八王子千人同心の駐屯地に隣接していた。いま陣屋は廃され、一帯は韮山代官の支配地となっている。

韮山代官の鉄砲隊のほかに、近隣諸藩の御徒組も出動したせいか、その日のうちにこの地の一揆は鎮まった。一揆勢は四散して、八王子から消えたのだ。

英龍はただちに支配地を巡察、豪商や豪農の保有米を調査した。余裕のある者には、米穀を指定の価格で放出するよう説得し、さらに窮民に対して金を貸し、あるいは粥を施すよう、協力を求めた。

八王子で一揆の鎮静を確認すると、英龍は部下を率いて浜街道を南下、相模に向かった。

相模の日連村では、首謀者を捕縛して取り調べただけではなく、打ち壊された側の事情も吟味した。打ち壊しの対象となるだけの落ち度があったのではないかということである。英龍は、足元を見た米価の釣り上げや、高利の金貸しがなかったかを聞き取った。

「そのほう、米一斗をいくらで売ったか？　去年の売値はいくらであったか？　買い手を選んだか？　選んだとしたら、何を根拠としたか？」

「金貸しをおこなっているか？　利息はいくらか？　去年と同じか？　これまで返済が滞った者にはどう応じてきたのか。強引な取り立てなどなかったか？」

打ち壊しに遭った側も調べられたというだけで、日連村の空気はたちまち鎮まり、穏やかなものになった。新代官は英毅さまよりももっと公正で英明かもしれぬ、という評判が、日連村から広まっていった。

八月、約束の日に幡崎鼎を訪ねた。

幡崎は前回同様、笑みで英龍を迎えてくれた。

「いかがですか？　あべせ表の手習いは？」

英龍は頭を下げてから言った。

「代官職を勤めながらでは、蘭語を覚えることは無理とわかりました」

「お支配地で、一揆や打ち壊しがあったとか」

「はい、甲斐と相模で。このひと月、先へ出向いて鎮圧とあと始末で、出ずっぱりのようなものでした」

「やはりお代官の勤めのかたわらでは、覚える余裕はなかったでしょう？」

「覚えました。あべせから、最後のぜっとまで。読めますし、書けると思います」

「覚えてこられたなら、入門についてお話ししましょう」

「いえ、その」英龍は幡崎の言葉をさえぎって言った。「まったく無礼なことながら、入門のお願いはやはり取り下げようと思います。蘭学を学ぶことを甘く見ていました。代官の仕事と両立はできません。蘭学修行のために、代官の勤めをほんのわずかでもおろそかにすることもできませんゆえ」

幡崎は目をみひらいた。英龍の言葉に驚いている。

「取り下げる？」

「はい。ご無礼でなければ」

「この凶作で代官のお勤めがご多忙過ぎたのです。入門の時期を、いくらかあとにいたしましょうか?」

「せっかくのお言葉ですが、いまきっぱりと断念することが、先生にもご迷惑をかけぬ途かと」

「せっかくそれだけのお気持ちがありながら」

「ただ、代官の身には、海外事情や、西洋の兵学、農学、殖産学などの知識は欠かせません。わたしは蘭書を読めるようになることは断念しましたが、学ぶ気持ちはそのままです。蘭学を知るひとの弟子として」英龍は、少しだけ膝を詰めた。「先生には、ときおり外国事情などを講義してはいただけないでしょうか。こちらの塾の隅で聞くようなことがもし許されるなら」

「もったいないお言葉。わたしのほうこそ、堅苦しくない交誼《こうぎ》を許されるなら、ときおり茶飲み相手としていただければ」幡崎は廊下のほうに目をやってから笑って続けた。「できれば、この屋敷の外で、というのはいかがでしょうか。ここではどうしても、藩の西学都講という立場から逃れられません。窮屈でいけない」

英龍も微笑して同意した。水戸藩中屋敷の外で手頃な場所を探し、そこで海外事情について知識を伝えてもらうことになるだろう。

幡崎鼎は、もうひとつ思いついたというように言った。

「お代官さまご自身は蘭語を覚えずとも、まわりに蘭語を学んだ者や蘭学者たちがいるならば、絶えずもっとも新しい海外事情を知ることができます。蘭学の成果に触れることができます。ご家臣の子弟で意欲ある者がいれば、その若者たちに蘭語、蘭学を学ばせて、いずれ相談役にすることもできますね」

なるほど、と英龍は思った。家臣の若党の中には、餓えるほどに学ぶことの好きな者がいるかもしれない。そんな者たちをたとえば長崎に送り、手頃な学者のもとで蘭語を身につけさせるのはよい手かもしれない。束脩料《そくしゅうりょう》も生活費も、自分が出す。いま自分には、その程度の余裕はある。

「何か思いつかれましたな」と幡崎が微笑して訊いた。

「はい」英龍は答えた。「江川家の若党を何人か、長崎にやってもいいかといま考えつきました」

「長崎には、高島秋帆《しゅうはん》という砲術家がいます。町役人の出ですが、蘭学を学び、さらに洋式砲術の大家として塾生を集めるようになった。高島秋帆という名、ご存じですか？」

「名前だけは」

「わたしも長崎の出です」そう言ってから、幡崎はあわてた様子で言い直した。「長崎にご縁があり、高島秋帆先生のことは多少知っています」

長崎の高島秋帆（四郎太夫）という男は、町年寄という町民の身ながら、蘭学を修め、オランダ人について西洋砲術を学んだ。いまは長崎奉行所の鉄砲方に任じられているという。西洋砲術の塾を開き、西南諸藩から多くの門弟を集めている、ということであった。

幡崎や崋山の話では、高島秋帆が自作した西洋砲は、弾を二十町ばかりも飛ばすという。それだけの距離を飛ばしながら、命中精度もきわめて高いということであった。砲弾の形がそもそもちがっているらしい。また砲弾の構造にも工夫があり、中に火薬を仕込んで、着弾点で爆発するよう、破壊力を高めたものもあるという。

これに対して、わが国の砲は、射程距離は最大に見積もってもせいぜい十町、弾は球形で、爆発させることなど思いもよらない。ただ命中したときの衝撃力で船の側面なり建物を破壊するだけである。命中精度も低い。

このままでは、我が国の海岸線を守ることは不可能だ。相手かたが二十町の沖合からこちらの砲台を砲撃した場合、我が国の砲台は、手も足も出ないままに壊滅するのである。

幡崎が言った。

「もし江川さまがご一党の誰かを長崎に遊学させたいとお考えなら、高島秋帆さまに推薦状を書かせていただきます」

「その節は、どうかよろしくお願いします」

ひとつだけ、英龍は確認した。

「その高島さまとおっしゃる砲術家、大砲は自作されたということでしたか?」

「ええ」幡崎が答えた。「オランダ商人も、というか、おそらくはオランダ国も、もっとも当世風の武具は無闇に他国へ売りたくはないのでしょう。自分たちに向けられることを心配しなければならないでしょうから。じっさいのモノではなく、技術書ならば別ですが」

「ということは、その高島さまは、砲を鋳造する鍛冶場やたたら場もお持ちということですか?」

「それは、外の職人たちにやらせているのかもしれませんが」

「いずれにせよ、自作している……」

子供のころ、自分は鍛冶仕事に魅入られたことを思い出した。海防や砲術を学んでいく上では、いずれ鉄の製法、大砲の製法も学ぶことになるのかもしれない。自分はその前に、刀剣類を含めた鉄器製作の知識と製造法を、じっさいに習得しておく必要があるかもしれない。

この年、天保七年は、刈り入れの時期が過ぎてみると、前年以上にひどい凶作だとわかった。とくに奥州では、十万人もの餓死者が出たという。凶作の範囲は、ほぼ日本全土であった。大坂では市中にさえ餓死した者の死体が転がっている、と江戸に伝わった。

　伊豆田方郡の柿木村でも、二十人もの餓死者が出た。柿木村の人口はわずか三百人ほどであるから、この餓死者の数は深刻である。鳥居耀蔵が、この鳥居家の知行地の困窮に対して、英龍に助けを求めてきた。

　英龍はすぐに柿木村に赴いた。耕作地は、半ば放棄されていた。長雨続きで、夏が終わるまでに、収穫はとうにあきらめられていたのだろう。

　英龍は百姓家を一戸ずつ訪ね、実情を調べた。そうとうの数の病人が出ていた。関節痛や、めまい、下痢、むくみ、皮膚の疾患などである。飢えのせいだ、とわかる病が大半だった。英龍はひとりひとりに薬を調合して与えた。さらに緊急の食糧購入費として、村に七両三分二朱を貸し与えた。

　英龍は、襲職早々のこの飢饉に危機感を抱き、みずからの質素・倹約をいっそう厳しいものにした。

　衣服は、定められた礼服以外は、すべて木綿とし、繕えるだけ繕って使うことと決めた。冬でも袷《あわせ》一枚で通すこととし、火鉢は使わなかった。食事は、朝は一汁一菜、昼と夜には何か一品を加えるだけである。酒はどんなときでも二合を超えることはせず、接待されたときでもこの量を守った。日用品はできるかぎり手製ですませ、畳は替えず、反古紙《ほご》はすべて障子紙として再利用した。

主人がこうであるから、次第にこの気風は家中の者に伝わり、代官所の手附手代も見習うようになった。

豪農や豪商たちも、代官がつぎを当てた羽織や袴で、困民救済を説いてくるのである。みずからの贅沢を恥じて従うしかなかった。

全国に飢えが蔓延したまま天保七年が暮れようとしたが、英龍支配下では、日連村に続く一揆は起こらなかった。

いっぽうこの年の秋、英龍は江戸の刀工の庄司美濃兵衛を下谷御徒町《したやおかちまち》に訪ねた。子供時代から知っている刀工だ。代官となってからも、つきあいはある。刀鍛冶にありがちな妙な気位の高さがなくて、英龍にとっては気持ちよくつきあえる職人だった。五年前には、頼み込んで鍛冶場に通い、自分でも刀剣をひと振り打たせてもらったことがある。美濃兵衛の指導を受けながら、刀剣製作の工程をすべて学んだのだ。それは英龍にとって想像外に愉しい時間となった。絵を描くこと以上の愉快さだ、と英龍は思った。自分には存外、このような形あるものを作ることが向いているのかもしれないとさえ思ったのだった。

高島秋帆は、自分の塾で使っている洋式砲を、自作している。

あれ以来、幡崎鼎の言葉が何度も思い出されている。

自分にとって蘭学を学ぶことは、海防の勤めとひとつのことだ。となれば、いずれは砲の製造もまた自分の職務のひとつとなるかもしれない。そのとき、鉄についてより実際的な知識、技術を身につけておくことは、無駄ではない。いや、むしろそれは韮山代官の自分には欠かせぬ素養と言えるのかもしれない。

それできょう、英龍は御徒町の美濃兵衛の仕事場を訪ねてきたのだった。

鍛冶場に回ると、美濃兵衛はちょうど仕事を終えて火床を片づけているところだった。

「最近はいかがです？」と、韮山の酒瓶をわたしながら、英龍は言った。

「だめだね」と美濃兵衛は首を振った。「このあたり、もうこっちのトンテンカンって音が我慢ならないそうだ。鍛冶屋の仕事がうるさいって言われても、どうしたらいいんだ？」

その愚痴を、耳にしていたから来たのだった。

「いっそ江戸を離れたら？」

「離れる？」

「韮山に。いい松根炭が、いくらでもあります」

「たしかに。悪いところじゃないな」

「韮山代官所の鍛冶場を覚えていますか？」

「もちろんだ。あんたに刀を打たせてやったな」

「美濃兵衛さんさえ喜んでくれるなら、韮山代官所に召し抱えたいと思っているんです」

　美濃兵衛はまばたきした。

「おれを？」

「勝手方の手代というのはいかがです？」

「何かやらせようっていうのかい？」

「刀以外も作る気持ちはありますか？」

「鍋、釜、鍬って話か？」

「洋剣、鉄砲、大筒、という話です。もっといろいろあるかもしれない」

　美濃兵衛は少しのあいだ手を止め、火床を見つめていたが、やがて言った。

「鋼《はがね》は扱える。鋳物は無理だ」

「鋼だけでも」

「ひと晩、考えさせてくれますか？」

　次の日、美濃兵衛は江戸役所にやってきて、召し抱えられることを承諾した。美濃兵衛は、韮山役所の勝手方手代お抱え工となったのだ。

6

英龍は、襲職以来天保八年の正月までに、四通の建議書を幕閣に提出した。

これらの建議書について、幕府中央ではまず羽倉外記《げき》（陽三郎、左門）が注目、これにみずからの意見書をつけて回すようになった。羽倉外記は、この当時、執政の水野忠邦の信任が厚い、有能で聞こえる行政官だった。その外記は、英龍の代官としての能力と、建議書に見られる見識の両方を高く評価、強力な支持者となるのである。

英龍が天保七年の八王子での一揆の鎮圧の際に見せた迅速にして適切な対応は称賛に値するものであった。名代官の声がすでに聞こえてきている。そんな英龍が出す建議書であったから、ひとつひとつに説得力があった。

英龍の出した建議書については、幕閣のあいだで、「かなり大胆なことを書いてくる」という評価ももちろんあった。

年長の幕閣などは言うのだった。

「あの弊風一新の建議書、年寄には耳が痛かったぞ」

外記は、そんな言葉を聞くたびに笑って言った。

「黙っておればこのまま無事に韮山代官職も勤め上げられましょうが、この太郎左衛門、我が身可愛さで口をつぐむような男ではないということでしょう」

英龍が、天保八年正月に出した建議書は二通である。

ひとつは「不容易儀承候に付き申上候書付」と題されたもの。

もう一通は「伊豆国御備《そなえ》場《ば》の儀に付き申上候書付」と題されたものだった。

どちらも伊豆韮山代官として伊豆半島の海防を担当する立場からの建議書である。

幡崎鼎から伝えられた海外知識をもとにしていた。

英龍は、一通目でヨーロッパ情勢、とくにロシアの動向について書き、イギリス人モリソンの日本来航の意図について触れた。これは、幡崎鼎が長崎のオランダ人ビュルゲルから伝えられた情報を要約したものである。

二通目では、伊豆という土地の地政学的重要性に触れ、さらに洋式軍船による海軍の必要性を強調した。これらの船を、通常は商船、捕鯨船として使用し、有事の際は軍船として徴用しようというものである。

また、砲戦、海戦についてもヨーロッパの事情を詳述、砲台や大砲、さらに硝石、硫黄等の軍需物資についても触れて、これらを韮山で製造したいと希望を述べている。

また、八王子千人同心を奥伊豆に移して近代砲術を調練させ、有事に備えるべしと提案していた。

英龍は書いていた。

「さほど遠からぬ将来、この軍事訓練を受けた千人同心は、必ずや御国の役に立つであろう」

英龍の目には、このときすでに、伊豆の沖合に浮かぶ黒船の姿が映っていたのだった。


天保八年の二月である。

大坂東町奉行所の与力・大塩格之助が、義父の大塩平八郎と共に挙兵した。

大塩平八郎も天保元年までは大坂東町奉行所の与力であり、その清廉さと正義感の強さで聞こえた人物であった。同僚が豪商たちから賄賂を受け取っていることを告発した一件も、役人たちのあいだでは有名だった。一時、幕閣は大塩平八郎を抜擢し、江戸出府を命じるところだったという話もある。隠居後は、彼は与力役宅に塾を開き、門弟たちに陽明学を講じていた。

しかし、天保七年の全国的な飢饉のために関西の農民は窮迫、米の価格が高騰したことで、大坂の町衆も苦しんだ。すでに隠居の身ではあったが、大塩平八郎は大坂東町奉行の跡部山城守に対して窮民救済を具申した。しかし跡部はこれを無視、なんら有効な飢饉対策を打たなかったばかりか、第十二代将軍・家慶の将軍宣下の祝いとして、江戸廻米まで命じたのだった。

大塩平八郎はこれに激怒、ついに武装蜂起を決意した。

「小人に国家を治めしめば災害再び至る」

二月十九日、みずからの役宅に火を放って打って出た大塩平八郎らは、「救民」と大書された旗を高く掲げ、天満一帯に火をつけてから、大坂の豪商が集中する船場へと向かった。

しかし蜂起に加わった農民や町衆は、奉行所が繰り出した鉄砲や砲の前にたちまち離散した。午後の四時には中核部隊の百人ほども、総崩れとなってしまったのである。大塩平八郎、大塩格之助らは、姿をくらました。

しかし、この乱の報せは、江戸幕府を震撼させた。

与力が乱を起こした！　幕府の役人が、蜂起に出た！

続発する一揆といい、この乱といい、もしやこれは、幕府支配が揺るぎかけていることの証か？

大塩平八郎の首には、銀百枚の賞金がかけられた。

その大塩平八郎は、決起前夜の十八日、幕閣や多くの高位の役人たちに対して、建議書や罪状の告発文、私信など数十通を発送していた。この書状類が、途中で盗難に遭うのである。

正確に言えば、それはいったん大塩平八郎から大坂の飛脚問屋・尾張屋惣右衛門を通じて、江戸の飛脚問屋・京屋弥兵衛宛に発送されたのだった。しかし大坂東町奉行所も、大塩平八郎が、老中や林大学頭、水戸徳川家などに書状を発送したことを突きとめていた。大塩平八郎が幕府中枢に対して送った書状ともなれば、それは町奉行所関係者にとっては看過できない告発文も混じっているはずである。いや、幕閣のかなり高位の人物の罪状を記した弾劾文さえ入っている可能性があった。

大坂東町奉行所の飯田儀左衛門は、京屋弥兵衛に、大塩平八郎発送の書状はすべて大坂に送り返すよう命じた。この命令書は、大塩平八郎発送の書状の荷よりも先に、京屋弥兵衛のもとに届いた。京屋弥兵衛はこの命令に従い、届いた荷は開くこともなく、大坂の尾張屋惣右衛門へと送り返した。

東海道を宿継《しゅくつぎ》によって大坂へ向かった荷物は、途中、三島宿の手前で盗まれる。急病となった飛脚が、顔見知りの渡り人足に託したところ、この人足が、金目のものでも入っているかと、この荷を盗んで西に逃げたのだ。

三月五日、韮山役所に、塚原新田から使いがきた。書状が、何十通も見つかったというものである。盗人が東海道沿いの空き地に捨てたものらしかった。

すべて差出人として大塩平八郎の名があるという。

「大塩平八郎の？」

乱を起こして逃走中の男の名である。もしかすると、それは幕閣を揺るがす重大な中身の書状かもしれぬ。

「これらの書状が見つかった一帯を、もう一度丹念に捜索せよ。見つかった書状類はすべて韮山の代官役所へ届けるように」

また英龍は、江戸役所にも使いを出した。

「斎藤弥九郎さんに、すぐに韮山にくるよう伝えてくれ」

その日の夕刻には、発見された書状類がすべて韮山役所に届いた。英龍は、これに全部目を通してから、手附や手代たちを集めた。

「ここにある書状、すべて筆写してくれ。一字一句、写し誤ることなくだ」

弥九郎が韮山に到着したのは、三月の九日夕刻である。

書状を読ませると、弥九郎は拍子抜けしたような顔で言った。

「蜂起の直前に幕閣に送った建議書にしては、中身が細かいな」

「そうなんです」英龍も同意して言った。「激越なご政道批判が記されているかと思ったら、失政やら不正やら、どうも小さなことばかり。義憤を感じていたことはわかるんですが」

「老中の告発にしても、ご法度の無尽に加わったという程度。古い話も多い。むしろ大塩平八郎は、ご老中を告発するつもりはなかったのではないか」

「どういうことです？」

「これらの書状、猟官のための自薦文だとも読めるぞ。自分はこれほどのことを調べ上げられるほどに有能であると」

「まさか。乱まで起こしているのに」

「しかし、あれは乱と呼べるほどのものか？　ご政道をひっくり返すという気構えもなしに、大坂の町に火をつけて、商人の蔵を襲ったのか。それでは百姓たちの一揆と変わらぬ。武士ならば、少なくとも一国を平定するところまでは見通しておかねばならなかったろうに」

「わたしがこれらの建議書を読んでわかるのは、あの乱には万人を納得させる大義は薄かったということです。救民という旗印は悪くはないが、この程度の建議書では、ご公儀に味方は作れない」

弥九郎は、それまで読んではいなかったひと束の書類を取り上げ、目を落とした。

英龍は弥九郎の反応を注視した。

やがて弥九郎は、目を大きくみひらいて英龍を見つめてきた。

「どうしました？」英龍は訊いた。「鳩が豆鉄砲をくらったような顔で」

「これは」と、まばたきしながら弥九郎が言った。「これは、林殿の借用証文だぞ」

書類を受け取って目を落とすと、そのとおりだった。鳥居耀蔵の実父、林大学頭述斎が大塩平八郎から千両借りたとする借用証である。蜂起に当たって、大塩平八郎がもう無用であると林大学頭に返還しようとしたのだろう。

弥九郎が言った。

「大学頭が、乱の首謀者と千両の金を貸し借りする仲だったとはな」

「大塩平八郎は、高位の旗本ともかなり親交を結んでいたようだ。ただの与力ではない。ただの陽明学者ではなかったということだ」

「この借用証文、林述斎殿の命取りになるかもしれぬ。明るみに出れば、厳しくお調べがあるぞ」

「これらの書状、勘定所や評定所に提出せねばならぬのだが」

「よせ。これを持っていることは、いずれ役に立つ。林大学頭、いや、鳥居耀蔵と何かあったとき、これは取り引きに使える」

英龍は首を振った。

「届けぬわけにはいかない。それに、こんなことをもとに取り引きなど、考えたくもない。いまこれらの書状、すべて写させています」

「この借用証文だけは、写しも届けるな。お主は、林家と鳥居耀蔵に、貸しを作れる」

「貸しを作ろうとは思いません」英龍は、鳥居耀蔵の顔を思い浮かべた。肌が合わぬと感じられる男の、あの酷薄そうな表情。自分はいつか、彼にはしたたかに嫌われ攻撃されそうな予感がするのだ。英龍は続けた。「ただ、たしかに鳥居殿とは、注意してつきあいたいと思う。ひとたびあのひとがおれを嫌い出したら、おれはとことん叩かれるような気がします」

「そのためにも、この借用証文、表には出すな。勘定所になど、届けなくてもよい。お主がひそかに握っておれ」

「そうします」それから英龍は、言葉の調子を変えて言った。「韮山に着いてすぐですみませんが、もうひとつ頼みがあります」

「鳥居耀蔵に使いか？　こんなものを握ったぞと」

「ちがいます。大坂へ行ってくれませんか」

「大坂に？　なぜだ」

「大塩平八郎のこと、調べてきてほしいのです」

「どこに逃げたか、探れということだな。案外、外国船に乗ってよその国に出たかもしれぬぞ」

「いや、そういうことではありません。大塩平八郎がどんな男だったのか。同僚たちではなく、大坂の下々の者たちの評判を知りたいのです。大坂の奉行所での評判も。乱そのものについても、その経緯はどんなものか、どの程度の規模のものであったか、大坂の町衆がなんと言っているのか、そういったことを知りたい。それから米の値段です。乱の前と後では、どうちがっているのか気になります」

「要するにお主は、大塩平八郎の乱に道理はあったのかどうか、そいつが知りたいというわけだな」

「それだけじゃないんです。その乱に、勝算があったのかどうかも知りたいところです」

「ひと月くれるか」

「当然です。よろしくお願いします」

翌日、英龍は弥九郎を大坂へと送り出した。

建議書やそのほかの書状については、英龍は、林大学頭と水戸徳川家宛のものを除いて、評定所に提出した。これらの建議書は、精査されることもなく闇の中で握り潰された。

伊豆韮山の代官所をその男が訪ねてきたのは、天保八年の三月なかばであった。ちょうど、回収した大塩平八郎の書状類を評定所に送り、さらに大塩平八郎の挙兵の詳細を知るべく斎藤弥九郎を大坂に派遣した直後である。

男は鳥居耀蔵の家の者とのことであった。初老の武士である。安田、と名乗った。応接の間に通すと、安田は丁寧に頭を下げて言った。

「昨年は当家知行地柿木村の飢饉に際しましては、江川さまには格別のご配慮、かたじけのうございました」

英龍は言った。

「ひどい凶作でありました。今年はなんとか立ち直るとよいのですが」

男は顔を上げ、懐から包みを取り出して、英龍の前に置いた。

「村へお貸付くださいました金子、主よりお返ししてこいとのことにございました。どうぞ中を改められますよう」

「いつでもよろしかったのに」

「どうぞ。ご査収ください」

英龍は手代の松岡正平を呼んで、その包みを持たせた。

「ところで」と安田は言った。「大塩平八郎が書いて送ったが盗まれた書状類、江川さまがすべて回収されたとか」

「すべてかどうかはわかりませぬが、捜索してかなりの数を押収したことは確かにございます」

男は、少しだけ頭を英龍のほうに倒して言った。

「その中に、主、鳥居の実父にあたります林大学頭宛ての書類なども、もしや混じってはおりませんでしたでしょうか」

男が何を言おうとしているかすぐにわかった。鳥居耀蔵の実父、林述斎が大塩平八郎に千両の金を借りた際の借用証の件だろう。それが押収物の中になかったかどうか、尋ねている。

英龍は答えた。

「いいえ。ございませんでした」

「林が大塩に書いた書状などはいかがです」

「それもございませんでしたが、なにか心当たりでも？」

「は」安田は言いにくそうに口をすぼめてから言った。「じつを申せば、主の実父、林述斎と大塩は多少の縁がございました。大塩の書状に、何かのついでに林の名が出てくることもなきにしもあらずと」

英龍はいったん応接の間を出て、自分の書斎に入ってから、あらためて安田の前にもどった、

「これは評定所に出した目録の写しにございますが、お確かめください」

男はひったくるようにその書面を取り上げ、素早く広げてこれを読んだ。

その表情から、男の来訪の真の目的はこちらだったとわかる。大塩平八郎が江戸に送った書状類の中に、林述斎の書いた大塩への借用証がないか、それを確認させるために、鳥居耀蔵と林述斎はこの安田という男を派遣してきたのだ。

ただ、それだけの用向きで韮山を訪ねるには不都合なので、七両三分二朱の金子もついでに返しにきたということだろう。

安田は、顔を上げて訊いた。

「この目録、漏れはございませぬか」

英龍はきっぱりと言った。

「ありませぬ」

「大塩平八郎の書状類、盗まれて捨てられたと聞いておりますが、すべて回収いたされたということですな」

「盗人は厳しく取り調べました。捨てられた場所も人出を出して隈なく捜索、また拾った場合は役所に届ければ褒美をとも伝えております。紛失したものは、おそらくございますまい」

「さようにございますか。大塩があのような乱を起こしたとなれば、書状に名が出ただけで、林があらぬ疑いをかけられるのは必定にございますから。それで、江川さまには、何かそのような書状で目についたものはなかったか、お伺いした次第でした」

「すべてに目を通しましたが、林さまの名は一カ所も出てきてはおりませぬ」

「安堵いたしました。つきましてはひとつお願いがございます。もしこれから、林の名の出てくる書状などが代官所に届けられた場合、評定所へ提出の前に、鳥居家へご一報いただけませぬか。妙な嫌疑をかけられる前に、疑いを晴らすべく努めようと存じますので」

要するにそれは、秘密裡に処理させてくれという依頼だった。しかし、あの借用証以上に重大な書類はもう出てくることはあるまい。大塩平八郎が林述斎に挙兵を事前に打ち明けていた、というような書状でもない限り。

英龍は言った。

「確かに承りました。お約束いたしましょう。もし林さまの名が記された書状でも出てきた場合は、確実に鳥居さまのお屋敷にも、お知らせいたします」

配慮できるのは、そこまでだ。

「かたじけのうございます」

安田が頭を下げた。

斎藤弥九郎が大坂から帰ってきたのは、三月も中旬になってからである。まだこのとき、乱の首謀者である大塩平八郎親子は捕縛されていなかった。

弥九郎は、伊豆韮山の代官屋敷の英龍の書斎に入ってくるなり、あぐらをかきながら、言った。

「大塩親子、アメリカに逃れた、という噂があるぞ」

英龍は驚いて弥九郎を見つめた。

「逃れた！　長崎からですか？」

「いや。よりによって、この豆州に逃げて、ひそかにアメリカ船に乗ったと」

「確かにこのところ、伊豆では異国船を見たという報告は増えていますが。それは、信用できる噂ですか？」

「なんとも言えない。大坂の両奉行所では、ありえぬと言うておった。むしろ、大坂のどこかに潜んでおると。しかし、大塩の挙兵を喜んだ町衆などは、逃げたと思いたがっているようだな」

「町衆、挙兵を喜んでいたのですか？」

「家を焼かれた者はちがうが、船場の豪商を襲ったことについちゃ、喜んでいる者もいる様子だったぞ。誰もはっきりとは言わぬが」

「それは、ご政道への不満があるということですね？」

「二年凶作が続いたところに、米は江戸へ回せとのお達しだ。貧しい者たちは、そりゃあ不満だったろう」

「総じて言って、大塩の挙兵は悪くは言われていないと？」

「下手くそだったと評する者はいたな。しかし、阿呆という言葉は聞かなかった。これでご公儀がご政道を改めるようなことにでもなれば、大塩のおかげだということになるかもしれぬ」

英龍は腕を組んで考えこんだ。大坂の町の一部を焼いておきながら、町衆には大塩平八郎がさほど悪く言われてはいないのだとしたら、それはご政道への不満がかなり鬱積しているということだ。昨年の甲斐の一揆のこともある。不満はどこかの天領の特殊なことではない。どこにでもその根拠があって、広がりもあるのだ。

弥九郎が言った。

「もうひとつ、これは道中で聞いた話だが、大塩平八郎の挙兵に加わって逃げた者は、その多くが中山道を東に進んだという。美濃や信濃、甲斐に潜んだということだぞ」

「甲斐にもか」

「大塩親子がアメリカに逃げた話とはちがって、こっちは根も葉もないことではないように聞こえた」

英龍は弥九郎のほうに身を乗り出して言った。

「帰ってきたばかりで、またすみませんが、わたしと一緒に、甲斐を回ってくれませんか。民情を、あらためて自分の目で見てみたい」

「去年も、一揆鎮圧のあとに回っているではないか」

「こんどは、代官としてではなく」

「どういうことだ？」

「代官の耳にはけっして入ってこぬ声もあるかと思うのです。こんどは、旅の商人でも装って、たみびとの本音を聞き回ってみたい。大塩平八郎の乱の残党たちのことも、知ることができるでしょう」

弥九郎は、にやりと笑った。

「何の商人を装う？　すぐに化けの皮が剝がされるようでは、たみびとの本音など聞けぬぞ」

英龍は室内を見渡しながら考えた。自分が装ってもさほど不自然ではない商人となると、何がよいか。

思いついた。

「刀の行商というのはどうでしょう？　なんとか化けられると思いますが」

「そいつはいい」弥九郎も同意した。「それなら、おれもごまかせそうだ」

英龍は、弥九郎が大坂に行っているあいだに、鳥居耀蔵の家の者が来たことを話した。借用証が評定所に提出されたのかどうか、確かめにきたと。

話を聞き終えると、弥九郎は言った。

「お主があれを隠してやったのだ、ということはわかって帰っていったのかな」

「どうだろう。わたしは、それを匂わせることもしなかった」

「うまく使え。鳥居耀蔵という男、もしお主に弱みを握られたと知ったときは、逆恨みするような気がするからな」

「弱みを握ったわけではありません。多少の貸しを作ったという程度です」

「そうだとしても、素直でない男は、恩を恩とは感じぬ。恩を着せやがってと、その相手を恨むものだぞ」

「わかっています」

弥九郎の懸念が当たっていたことは、数年後に明らかになるのだった。

英龍は翌日、屋敷にある五振りほどの刀剣を風呂敷に包むと、弥九郎とともに韮山を出発した。ふたりとも、町衆の着物に脚絆、頭に手拭いをかぶっての旅姿である。

髷の形は、英龍も斎藤弥九郎も、露頂に後方髷である。このままでは商人には見えなかったので、出発前に一応髪結いに結い直させた。多少違和感はあるものの、ひと目で武士と見破られるほどの奇妙さではない。数日もすれば、かなりなじんでくるだろう。

天保八年の三月中旬過ぎ、この年も凶作を予感させる寒い春の日のことであった。

甲斐に入って二日目、六郷の宿で、同宿の客たちと雑談しているときである。

話の流れをつかんで、斎藤弥九郎が言った。

「どうだ、甲斐では去年も一揆があったというし、刀なんぞは売れそうかね？」

客のひとりは、薬売りだった。

「甲府の親分衆なら、買ってくれるんじゃないか。あそこは男たちの気性も荒いところだ。刀を揃えたいって男は不自由しないぜ」

「お役人はどうだ？　刀を必要としているのは、むしろお役人たちだろう」

相手はけらけらと笑った。

「代官の元締め手代たちが、これ以上刀なんて欲しがるものか。そんなもの振り回すようじゃ、欲しいものが手に入らない」

英龍は訊いた。

「どういうことだ？　欲しいものが手に入らない？」

「そうだよ。たとえば甲斐の谷村陣屋の元締めなんぞ、一年に二千両もの金をため込んでるそうだ。何ごともうまく丸く収めているからこそ、土地の名主やら親方衆から、なんだかんだと袖の下が入る。それを権柄《けんぺい》ずくでやるようになったら、おしまいだ。そっぽ向かれて、訴訟だ強訴だってことになる。だからあいつらが刀なんて、欲しがるものかね」

「谷村陣屋の元締めが、二千両の金をためたというのはほんとうか？」

「もっぱらそういう噂だ」

英龍は弥九郎と顔を見合わせた。この旅の途中、谷村陣屋にも寄ってみなければなるまい。

翌日、甲府の宿で食事をしているときだ。

弥九郎が宿の主人に声をかけた。

「甲斐は、数年前にお代官が代わったそうだな。その後、何か変わったことでもあるかい」

主人は英龍たちの膳の横に膝をついて言った。

「去年、甲斐や武州で一揆が起きたときは、新しい韮山のお代官がすぐに武蔵の八王子に駆けつけて、これを鎮めてしまいましたな。そのあと、百姓たちを助けるよう、お金持ちたちに説いて回ったそうですが」

「ほう、そんないいことをやったのか」

「まずは、形だけかもしれません。まだ代わって三年目ですからな。それに、一昨年去年と、二年続いて凶作でしたから、お代官も真面目に勤めるしかなかったでしょう」

何かそのあとにも言葉が続きそうだった。英龍は主人に先をうながした。

「凶作の年が過ぎれば、どうなるんだ？」

「ま、お手並み拝見というところですな。百姓や町衆にいい目をさせてくれるのか。それとも、どうしようもない杓子定規の堅物なのか。それを確かめてみて、このあたりの町衆は振る舞いかたを決めます」

「確かめるというのは、どうやるのだ？」

「よくやるのが、訴訟ですな。江戸の代官役所に出向いて、どうでもいいようなことを訴えて出る。これにどんな裁定を下すか、それを見て人物をはかります」

「町衆のほうが、お代官の器をはかるのか」

「はい。お裁き次第で、そのお代官がどの程度の人物かわかります。尻の穴の小さい人物と見たら、甲斐の無宿人たちも羽目をはずす。強欲と見えたら、袖の下。あまりにもご立派すぎる人物なら、元締め手代のほうを籠絡ということになりますな」

「先代のお代官のときはどうだった？」

「もっぱら手代に袖の下という話です」

「そういえば」と弥九郎が訊いた。「谷村陣屋の元締め手代は、年に二千両も袖の下で実入りがあるとか」

「それはよく存じませんが、羽振りは悪くはないという話ですな」

どうやら、谷村陣屋の元締め手代が年に二千両手に入れている、という噂は、根拠のないことではないようであった。そして、谷村陣屋の元締め手代だけが、そこまでひどいわけでもあるまい。

甲斐は、その全域がつねに韮山代官の支配地であったわけではなかった。最寄り替えはわりあい頻繁におこなわれた。当分預かりの地として、それまで支配地ではなかった郡を臨時に預けられることも多い。

だから甲斐の民情の荒廃は、必ずしも父・英毅のせいではない。英毅を侮蔑し、あるいは嫌って、甲斐の豪農や商人たちが手代や名主を抱き込んでいたわけではなかったろう。ただ、それまで代々支配してきた代官たちの資質が、甲斐を難治県としてしまったのだ。

甲斐から武蔵に入って、英龍は弥九郎に言った。

「甲斐は、治めるのが難しいという話でしたが、民心はさほどすさんでいませんでしたね」

弥九郎は同意せずに言った。

「代官を訴訟で試すという土地柄だぞ。そんなふうに思えるか？」

「ええ。元締め手代たちを入れ換えれば、甲斐は落ち着く。清廉な役人がきたとなれば、凶作だからといっていきなり打ち壊しや一揆となるはずはありません。元凶は役人たちだ」

英龍たちは武蔵のあと、さらに相模へと回って、微行《びこう》を終えた。

心配していた大塩平八郎の乱の残党については、潜伏しているという確たる情報は得られなかった。何人か逃げてきた者はいるかもしれないが、少なくとも一揆を煽るような挙には出ていない。乱の飛び火は、とりあえず心配せずともいいようだった。

韮山の役所に帰ってみると、大塩平八郎と養子の格之助が大坂で発見され、自害した、との報告が江戸役所から届いていた。ふたりは、蜂起が失敗した後いったん奈良に逃れ、その後大坂に戻ると、下船場の豪商の屋敷の隠居宅に潜んでいたのだという。下女の密告により、大坂町奉行所の役人たちに急襲を受け、包囲の中、火薬を使ってみずからの身体を吹き飛ばして死んだのだった。顔の見分けもつかぬ死体だったために、このあと、大塩平八郎は生きている、という噂がしばらく残ることになった。

このときの十分な民情調査の上に、英龍は後日あらためて正規の巡検をおこなう。その巡検では、手代たちの仕事ぶりを厳しく調べ、とくに噂のひどかった谷村陣屋の元締め手代を交代させた。

英龍が弥九郎と共に甲州その他をひそかに回った直後である。天保八年四月、長崎で英龍の蘭学の師である幡崎鼎が捕縛された。

幡崎は、水戸藩の御用で蘭書を買うべく長崎に出向き、ここで長崎奉行所の役人に発見されてお縄となったのだった。大坂や江戸ではともかく、長崎には顔を知った者も少なくないはずである。指示した水戸藩も大胆なら、受けた幡崎も軽率に過ぎた。捕縛された後、すぐに江戸への移送が決まった。

「幡崎先生が、江戸に移される」

この報せを聞いて、英龍はすぐに弥九郎と相談した。

「幡崎さまは一度逐電している、処罰は軽いものにはなりません。へたをすれば死罪だ」

「まさか」弥九郎は言った。「そこまでのお咎めとはならぬと思うが」

「なんとか助けたいのですが、いい知恵はありませんか？」

「助けるといっても、逃がしてやるということか？　幡崎先生の場合、逃げても行くところがそうそうあるわけではないぞ。蘭学者として生きたいなら、いずれ誰か事情を知っている者と顔を合わせることになる。逃げ切れるものではない」

「だが、このままでは」

「死罪にはならぬ。水戸藩がついているのだ。ご公儀も、藤市と承知で召し抱えた水戸公を咎めることはできぬ」

「そうでしょうか。獄につながれるだけでも、ひとは弱り切ってしまいますが」

「地獄の沙汰も金次第と言うしな。どうだ、幡崎先生が獄中でも苦労せぬよう、金子を差し入れてやるというのは」

「差し入れが許されるか」

「東海道を護送されてくるのだろう。三島宿で、檻の中にこっそり差し入れる」

「見つかったら、差し入れた者も引っ立てられる。わたしがやれば、糾問があります」

「おれがやる」

弥九郎は、まかせろと言うように、胸を叩いた。

四月なかば、三島宿まで幡崎鼎が檻送されてきた。人足たちが檻を担ぎ、その前後を十人ばかりの侍たちが固めている。

弥九郎は襤褸《ぼろ》をまとい、顔には煤を塗って、東海道で檻送の行列を待ち受けた。檻の中には、憔悴しきった幡崎鼎がいた。

弥九郎は、用意しておいた一分銀の入った巾着を檻の中に投げ入れた。護衛の侍たちには気づかれなかった。

韮山に戻ってきた弥九郎は言った。

「ここから先は、お主の出番だ。評定所に対して、助命嘆願だ。水戸公さえ開き直ってくれたら、幡崎さまは助かるだろう」

英龍はうなずいて言った。

「ただちにやります」

この年、英龍は七月なかばに出府した。

江戸に出たところで、弥九郎が屋敷を訪ねてきて言った。

「これからしばらく、お主の蘭学修行はどうする？　幡崎さまが無罪放免となるまで、待ってはおれぬだろう。前にも話した渡辺崋山先生に、会うてみるか？」

　英龍は言った。

「わたしのような者に、会うてくれるだろうか。渡辺先生は、たぶん相当にお忙しいお方だ。会うても、わたしはただひたすら、お話を拝聴するだけ。渡辺先生にとっては、退屈な相手のはず」

「それは、幡崎先生も同じだったろう」

「幡崎先生は、お若かったからな」実際、英龍より六歳年下だった。「その歳の差でいくらか気が楽だった」

「気にすることはないと思うが、誰か渡辺先生も断れぬような紹介者を立てようか。誰か知らぬか」

「さあて」

「川路聖謨さまとは、その後どうだ」

川路弥吉のことだ。

「仲は悪くない」

「あのひとも崋山先生とは親しいぞ」

「あのひとにならら、間に立ってもらうのも気が楽だな」

「おれはおれで、渡辺先生に話を通しておこう」

七月末、弥九郎が渡辺崋山を訪ねて、英龍がぜひ師事したいと願っていると伝えると、渡辺崋山は言った。

「川路さまからも、先日確かにお話をいただきました。しかし、師事とは面はゆい。わたしも太郎左衛門さまのことはいろいろ仄聞しております。ご立派なお代官とか。一度、わたしからお訪ねしましょう」

「先生から？」

「師事などされたくはございませぬから」

八月五日、渡辺崋山が本所南割下水の江川家江戸屋敷を訪ねてきたが、英龍は不在だった。

帰宅後、家人からこのことを聞いた英龍は激しく落胆した。

「都合のよいときに、こちらからお伺いしたのに」

ふたりの初対面は、それからひと月以上後、九月二十三日のことになる。渡辺崋山が再び江川家江戸屋敷を訪ねたのだ。

英龍は玄関先まで迎えに出て、丁寧に頭を下げた。

「ようお越しくださいました。本来なら、わたしが先生をお訪ねせねばならないものを」

「なんの」と渡辺崋山は、英龍をまっすぐに見つめて言った。薄い眉に、細い目。穏やかなたたずまい。ひと目で謙虚な人柄を感じさせる人物だった。「近くの松本内記殿のところに用がありましてな。ついででございます。お気になされるな」

「松本さまのお屋敷には、なんどきころに？」

「四ツころまでに行こうかと存ずるが」

「ではそれまで、粗餐ではございますが、ぜひご一緒させていただければ」

「かたじけのうございます。では遠慮なく」

このほんの数言のあいさつのあいだに、英龍は渡辺崋山が自分の想像どおりの、いやそれ以上の人物であることを理解した。

その眼差し、その言葉、その声音、その挙措のひとつひとつに、人間としての器の大きさ、見識と思索の深さを見てとったのである。

食事をしながら、英龍は渡辺崋山に言った。

「わたしも少々画をたしなみます。どうか先生の門人として、ご指導いただきたく存じます。入門、かないますでしょうか」

渡辺崋山は首を振って言った。

「それがしには、太郎左衛門さまにお教えできることなど何もございませぬ。入門などお願うてくださいますな」

「いえ、たとえひとことといただくだけでも、師でございます。どうぞ門弟にしてくださいますよう」

渡辺崋山は、いくらか厳しい顔になった。

「わたしは画家として多少知られるようになりましたが、絵画は本心から好きなわけではございませぬ」

英龍は驚いて渡辺崋山を見つめた。

「まさか」

「いえ、絵画などしょせん風流韻事にすぎませぬ」

「風流韻事？」

「さよう。手慰み。武士が本気で打ち込むものにはございませぬ。ただ、太郎左衛門さま」

「坦庵と、わたしの号でお呼びくださいますよう」

「では坦庵殿、風流韻事の風など、ただ淫蕩の媒《なかだち》に相成るのみにて、じつはすでに飽き果てております」

「これは意外なことを伺いました」

「坦庵殿は、本心からそれがしに絵を学びたいと申されておられるか？」

「絵のみならず、世の中の諸事すべてにわたってということにございますが」

「わたしは、語るべき相手があれば、じつは絵を話題にすることよりはむしろ、海外事情や時事の諸問題を論じることが好きにございます。坦庵殿とは、むしろそのような談論こそ楽しみたいと存じますが、いかがです？」

それこそ、英龍が渡辺崋山に望む交流のありようだった。英龍自身にとっても、本心を言えば、絵など二の次三の次のことである。渡辺崋山から絵を習いたいわけではない。むしろ自分は、洋学者としての渡辺崋山に、深く接していたいのだ。

英龍は言った。

「はい、先生とのご交誼の中で、そのようなことを聞かせていただければ、それで十分に存じます。絵のことはどうか、ご放念くださいませ」

この対面で、英龍は渡辺崋山にきわめて強い印象を与えた。加えて、おそらくは少しだけ渡辺崋山を恥じ入らせたのである。

渡辺崋山の目に映った英龍は、英烈であり、官吏として責任感のきわめて強い俊器であった。そのような武士の前では、渡辺崋山は、自分の画人としての名声など空しいと感じたにちがいない。いまのこの世の中、武士が風流の世界に淫していてはならぬと。心を傾けて語るべきものはほかにあるのだと。

英龍も、この初対面の日以降、渡辺崋山を心底から師と仰ぎ、門弟として礼節を尽くした。互いが相手を敬し尊ぶ、理想的と言ってよい師弟の関係が取り結ばれたのだった。

英龍三十六歳、渡辺崋山四十四歳であった。

7

天保九年（一八三八年）の十月、といえば、前年まで三年続いた大凶作の記憶もまだ生々しいころである。

その十月の十日夕刻、江戸の紀州藩上屋敷前の一軒の家に、立て続けに思慮深げなまなざしの男たちが集まってきた。

家は、紀州藩の学者・遠藤勝助宅である。

この家で、蘭学や外国事情に興味を持つ者たちの研究会が開かれるのだ。この研究会は、毎月十日が恒例の会合の日だったのである。会の後援者は、渡辺崋山の主人である田原藩隠居格の三宅友信であった。三宅は、自分自身も蘭語を学び、蘭書を読みこなす知識人である。

会の参加者のひとりは冗談で、この集まりを尚歯会《しょうし》と呼んだ。歯をいたわらねばならぬほどの無力な年寄たちの集まり、という意味である。シーボルト事件以来、蘭学者への目が厳しくなっていたので、集まりの趣旨をことさら軽く無害なものに見せようという意図もあって、こう名乗ったのだった。研究会の正式の名称というわけではないが、会に参加する者の多くは、この名が気に入っていた。

その日、尚歯会の例会に集まったのは、渡辺崋山のほか、蘭学者・高野長英《ちょうえい》、蘭学者・小関三英《こせきさんえい》、国学者・塙《はなわ》次郎、江戸町奉行筒井伊賀守の次男・下曽根金三郎、測量家・奥村喜三郎、長英の門人・内田弥太郎といった面々だった。

英龍も斎藤弥九郎も、この時期、この集まりによく顔を出すようになっていた。しかし英龍は、ちょうど代官として韮山在勤だった。この日の集まりには出ていない。ただし、会の様子は仲間から、さして日をおかずに詳しく教えられることになる。

この日の顔ぶれが揃ったところで、芳賀市三郎という男が、いくらか興奮した面持ちで語り出した。

「オランダ風説書《ふうせつがき》が、外国船の来航を伝えております」

芳賀は評定所の与力のひとりで、書役である。外国事情に関心が深い男であった。

「先日、ご老中より評定所にご諮問がございました。なんでも近々、モリソン号なるイギリス船が来航することになっているとか」

ほうっ、という声が洩れた。

芳賀は続けた。

「長崎のオランダ商館長からの報告だそうです。この船、日本人の漂流民たち七人を我が国に送り届けるべく、我が国に向かうというのが表向きの理由ですが、実は武力で我が国との通商を開く目的のようだ、ということにございました」

崋山、長英ら、その場にいた面々が芳賀の顔を見た。

芳賀は続けた。

「オランダは、日本人漂流民はオランダ船で送り届けようと提案してきたそうです。ご老中の水野さまは、この事態にどうすべきかほかのご老中たちにもはかり、さらに評定所にも諮問いたしました」

長英が訊いた。

「して、答申は？」

「はい。こうであったそうです。送還の必要などない。じっさいに異国船がそのような理由で来航したとしても、文政の打払令を改める要はなしと」

その場の面々が、溜め息をついた。呆れた、とでも言うように天井を見上げて首を振る者もいた。

長英がさらに訊いた。

「イギリス船モリソン号と言ったか？」

芳賀は答えた。

「そう聞きました」

長英は、崋山と顔を見合わせてから言った。

「イギリス人で、ロバート・モリソンなる人物がいる。著名な中国学者だ。そのイギリス人モリソンが、船でやってくる、という話ではなかろうか」

芳賀は自信なげな顔になった。

「そうであったかもしれませぬ。わたしが聞きちがえましたか」

「だとしたら、重大事だ」

「というと?」

「モリソンなる学者は、アジアの事情に詳しく、欧米各国の指導者たちも、彼の意見にはよく耳を貸しているそうだ。そのような人物を追い払ったらどうなる? モリソンは、我が国を道理の通じぬ野蛮国と見なすかもしれぬ。学者を追い払ったということで、諸国の不信を買うことになるやもしれぬぞ」

長英が崋山を見た。崋山も、難しい顔でうなずいた。

小関三英が言った。

「評定所のお歴々も、ご老中たちも、世の事情を何も知らない。外国船を打ち払ってどうなるのでしょう。かえって武力による報復を招くことになる。そのとき、産業技術に遅れた我が国はあっと言う間に、外国の軍に蹂躙《じゅうりん》されてしまう。誰か、海外事情と我が国の取るべき道について、連中にとっくり言い聞かせてやるべきです」

その場に集まっている男たちのすべてが、長英と崋山の顔を交互に見た。アジアでは、清国とイギリスとのあいだが、阿片貿易をめぐってぎくしゃくとしている、と伝わっている時期である。外国船の来航の意図には鋭敏にならざるを得ないが、しかしいまや、文政以来の打ち払いでことが解決するわけでもあるまい。崋山先生なら何とする？　長英先生であれば、いかなることを申されるか？　その場の面々の視線がふたりに集まった。

長英が言った。

「それがし、警世の文をしたためてみましょうかな。この集まりで得た知識をすべて注いで、世界ではいま何が起きておるか、我が国にいま何が必要か、それを書いてみようかと存じまする」

崋山が言った。

「それがしも、何か書かずにはおられぬ気持ちになってきました」

「書き上がりましたら」と長英。「その文章をみなさまにもぜひご一読願いたい。回覧いたしますので、ご意見をお伺いできましょうか」

集まった面々はうなずいた。もちろんだ、ぜひ読ませて欲しい、と。

しかし、このとき尚歯会の面々が耳にした情報は、かなりの部分で、事実とはちがっていたのである。その事実誤認の結果は、やがてこの集まりに深刻な影響をもたらすことになる。

そもそも、モリソン号はすでに前年の天保八年（一八三七年）六月、浦賀港に来航していたのだった。

モリソン号の日本来航計画とは、このようなものであった。

天保五年、アメリカ西海岸に三人の日本人船員が漂着した。彼らを救出したのは、ハドソン湾毛皮会社という、イギリス資本の北米開発を進める企業であった。漂流民三人は、ハドソン湾毛皮会社の好意で、ロンドン経由でマカオまで送られた。マカオからなんとか故国に帰ってくれということであった。

この漂流民たちのマカオ到着を見て、マカオ在勤のイギリスの全権商務総監チャールズ・エリオットは、彼らを自分の手で日本に送還しようと計画した。彼は、この日本人たちの送還を理由に江戸の近くの港に入り、日本政府と接触して、通商交渉ができるのではないかと考えたのである。しかしイギリス本国政府はこの計画を許可しなかった。

アメリカの商社オリファント社の支配人チャールズ・キングが、この計画を引き継いだ。自分の社の船でこの日本人たちを送ろうと名乗り出たのだ。キングの狙いももちろん、日本との通商である。

この時期、日本を開国させ、通商の自由を認めさせることは、アジアで貿易やそのほかの実業に関わるすべての欧米人が期待することだった。もしキングがその送還船で日本の鎖国に穴を開けるなら、いわば創業者利益と名誉と、その両方が彼のものになるはずである。

キングは、マカオにいたべつの四人の日本人漂流民を加え、全部で七名の日本人を送還しようとした。使う船は、自社のモリソン号である。

イギリス人のエリオットは、この利益と名誉とがキングひとりに独占されることをおそれた。最初のアイデアは自分のものなのである。

彼は、モリソン号にオランダ語のできる自分の部下の通訳官を乗せることにした。ここにきて、モリソン号の派遣は、英米合同のプロジェクトとなったのだった。

モリソン号は、六月二十八日に浦賀港沖合に達して錨を下ろした。モリソン号のまわりには、たちまち浦賀周辺の漁民や住民たちが小舟で集まり、これを取り囲んだ。

船長インガソールはなんとか当地の役人と接触したいと希望したが、役人たちは住民の小舟の接近を牽制するだけで、モリソン号には近づいてこない。しかたなく一夜を明かしたところ、翌朝いきなり砲弾が船のそばに撃ち込まれた。

用件を問われることもなく、退去通告もなかった。いきなりの砲撃である。

インガソールは仰天し、抜錨を命じてただちに浦賀を離れた。

モリソン号は、つぎに相模の野比海岸に接近した。しかしここでも砲撃を受けた。

ならば漂流民を下ろすだけは下ろそうと九州・鹿児島に向かったが、ここでも薩摩藩から砲撃を受ける。結局モリソン号は、日本の役人とは接触することなくマカオに逃げ帰った。

しかし、浦賀水道で砲撃した浦賀奉行も、また自領で砲弾を放った薩摩藩も、この異国船がそのような意図で来航したとは夢にも思っていない。船名の確認さえすることなく、追い返していたのである。

オランダ風説書はこの企画と顛末を記したものであった。オランダ商館長のニーアムが、この報告につけ加えていた。

「日本人の送還に関しては、オランダ船が引き受けよう。マカオから長崎まで移送するが、いかがか」

長崎奉行の久世広正は、このオランダ風説書を読むと、意見書をつけて幕府に送った。

「日本人漂流民は、オランダの提案に乗って、オランダ船によって送還してもらうことにしてはいかがか」

オランダ商館長からの風説書と意見書を受け取った閣老の水野忠邦は、幕府中枢の主だった役職の者たちに、この件の取り扱いを諮問した。

勘定奉行の内藤矩佳《のりとも》、明楽《あけら》茂村《しげむら》、勘定吟味役の中野又兵衛、村田幾三郎、根本善左

衛門、川路聖謨、大学頭林述斎、大目付の神尾元孝、目付の水野舎人《とねり》らである。

この面々からの答申は、長崎奉行の久世広正の提案を受け、漂流民はオランダ船によって送還してもらうことにしては、というものであった。

それはつまり、事実上、海外渡航してきた者の帰国を許すということであり、渡航禁止令を部分的に緩和するということである。鎖国という祖法の一部を、変更するということであった。

水野忠邦は、この答申が妥当と思いつつも、念のため評定所にも審議させた。

ところが評定所一座は、強硬論を具申してきた。

「送還の必要などない。渡来の節は、打払令をもって臨むべし」

水野忠邦がこの評定所の答申をもう一度主要な役の者たちにはかると、林述斎のみが反対した。

「せっかくわが同胞を送り届けようと言ってくれておるのに打ち払いでは、それは仁政と言えようか」

しかし、目付たちは、打ち払いに賛成である。

それはもうできぬことだ。

口には出さずに、水野忠邦は、再び勘定奉行や勘定吟味役に検討させた。

その結果、日本人漂流民については、オランダ船によって送還してもらうこととして、これを長崎奉行の久世広正に伝えた。

同時に、江戸湾防備の実情を調査し、備場の検分を実施することにした。江戸湾防備態勢のお粗末さを確認し、打払令という時代錯誤な政策の転換の空気を醸成するためである。

評定所一座の認識とはちがって、水野忠邦ら幕閣の大部分や幕府中枢は、すでにかなりの外国事情に通じていた。アジア情勢についても正確な情報を持っており、また、むやみに強硬論を唱えずとも失脚しないだけの政治的基盤があったのである。

だから、水野忠邦の心積もりは、江戸湾防備態勢の強化と同時に、打ち払い政策を転換することであった。

ところが、評定所与力の芳賀市三郎は、幕府内部のこの議論の過程も、水野の腹積もりも知らない。芳賀が知っているのは、風説書の要旨と、来航についての評定所の答申だけである。

長英や崋山たちは、幕府は強硬策を採るのだと誤解したまま、集まりで議論を続けることになったのである。誤った情報に基づくものであるから、その議論は当然、幕政批判の調子を強めていくのであった。

後に蛮社《ばんしゃ》の獄《ごく》と呼ばれることになる蘭学者弾圧の種が、ここに蒔かれたのだった。

その月の二十一日、長英は『戊戌《ぼじゅつ》夢物語』と題された論考を書き上げる。

これは、夢の中でふたりの男が、海外事情を論じ、イギリス人モリソンが来航するという噂について語るものであった。

十日の集まりでは、芳賀はイギリス船モリソン号来航の情報として尚歯会の席で話したが、長英はこれをやはり、イギリス人の中国学者ロバート・モリソンのことを芳賀が誤解していると解釈したのである。

「ある冬のことであった」と始まるこの『夢物語』の中で、長英はオランダを通じての情報は必ずしも言葉どおりには受け取ってはならぬと主張した。オランダもまたみずからの国益を第一義にこの情報を幕府に伝えているのである。情報が歪められていることは想像しなければならないと。

また、この論考の中で、長英はモリソンを追い払っては大変なことになると打ち払い政策に疑義を唱え、来航を受け入れて漂流同胞を受け取ること、同時にモリソンからも詳しく海外事情を聞くべきだと説いていた。ただし、回覧を前提にした文章であるから、全体はさほど過激な政治的主張を含んだものではない。

長英はこの『夢物語』を、まず崋山に届けて、そこから集まりに参加する者たちのあいだを次々と回覧されてゆくよう、手配した。

韮山にいた英龍のもとにも、回覧して欲しいとこの文書が届けられた。

読み終えて、彼はちょうど韮山に来ていた弥九郎に言った。

「さすが長英先生だ。このように大事の一件を、なんともわかりやすい問答にして語ってくれた。わたしのところにくるまでにすでに大評判というのもうなずける」

弥九郎も、すぐに読み終えて言った。

「いっそ版木を作って刷ったらよいのに。これは町衆のあいだにも広まって、大受けとなる書物だぞ」

「誰かもう考えているかもしれぬ」

じっさい、集まりの出席者の中には、これに感激して筆写する者も出た。筆写されたものがまた写されて回され、蘭学者はもちろん、幕閣や役人の多くまでがこの論考を目にしたという。写しの一部は将軍家慶《いえよし》にまで届いた。

家慶は、興味深げに読んだあと、届けた者に言ったという。

「他日、尚々詳しきことを尋ね問うこともあらん。書いた者の姓名を尋ねておけ」

長英の『戊戌夢物語』が江戸市中で大評判となっているころ、英龍のもとに、勘定吟味役の川路聖謨から書状が届いた。

「江川さまを相模の備場巡検使として推挙しました。拝命のため、至急出府されたし」というものであった。

十二月三日のことである。

川路聖謨が、相模地方の沿岸警備の状況を調査する幕府の使いに英龍を推薦してくれた……。ありがたい話だった。任命されれば、それは大抜擢ということになる。

英龍は弥九郎を伴い、諸事の引き継ぎをすませて八日に韮山を出発した。

十一日、登城すると、川路聖謨が言った。

「ご老中は、江川さまを巡検使の副使、鳥居耀蔵殿を正使とすると決められた。去年のあの伊豆国防備の建議書が効いていましたよ」

英龍は多少落胆しないでもなかった。

「鳥居さまが正使となれば、わたしは鳥居さまに従って巡検するということになるのかな」

「いいえ。ふたりがべつべつにやれということです」

「べつべつに？」

「江川さまと同じく、鳥居耀蔵殿も海防についてはかねてよりいろいろご建議されておる方。測地術についても、それなりの知識を持っているようです。ただ、知ってのとおり、蘭学嫌いで」

鳥居耀蔵の実父は、儒学者であり大学頭の林述斎である。蘭学嫌いは身に染みついたものだ。当然、新しい技術、とくに西洋から入ってきた技術を馬鹿にしきっている。日本に古くから伝わる技術のほうが優秀だという強固な信念の持ち主である。

しかし幕府中枢には、海防や測地術については、蘭学は必ずしも役立たずではないのではないか、いやむしろ、蘭学のほうが優れているのではないか、という思いがあるのだ。

川路聖謨は言った。

「正副両使の巡検報告を較べてみれば、それがわかるでしょう。なので、鳥居殿を押すみなさまに対して、わたしは江川さまを推薦したのです。巡検は、測地を伴います。江川さまは、たしか測地術の心得がありましたね？」

「ええ。伊能忠敬さま門下の間宮林蔵さまから、直々に教わっています」

「ならば、たとえ副使の立場でも、鳥居殿には負けぬだけの仕事をしてくれるでしょう。違いますか」

そういうことであれば、精一杯やるだけである。父親の英毅も、かつて松平定信の伊豆相模巡検に従ったことがあった。巡検は、代官の基本的な職務のひとつとも言えるのだ。

英龍は頭を下げて言った。

「ありがたく拝命させていただきます。ひとつだけいいかな」

「なんです？」

「これは、例のモリソンなるイギリス人の来航対策として取られるものですね」

「イギリス人？　イギリス船モリソン号のことですか？」

「モリソンというのは、船の名なのですか？」

「崋山先生らを囲む会の仲間であろうか、高野長英の『夢物語』、わたしも読みました。じつはモリソン号はすでに来航していたようです」

「すでに？」

「去年の六月、浦賀に現れた異国商船がある。浦賀奉行が砲撃して打ち払ったのだが、いま考えると、どうやらあれがモリソン号だったらしいのだ」

「では、オランダ風説書がこれからの来航を伝えているというのは、どういうことでございましょう」

「まだ計画はとりやめとなっていないのでしょう。そして商館長が書いているとおり、イギリスやアメリカのほんとうの狙いは、通商です。商館長は、その二度目の来航のことも、伝えてきたのではないでしょうか」

「では、長英さまは、肝心のところを勘違いしておったわけですね」

「そうです。イギリス人モリソンが来るのではない。モリソン号という船が来るのです。すでに一度は追い払われていますが。でも」川路聖謨は微笑して言った。「あの『夢物語』、面白い読み物でしたよ」

英龍を巡検副使に任命する一件は、すでに水野忠邦からは川路聖謨立ち会いのもとで、勘定奉行の内藤矩佳に下達《かたつ》されている。この日、英龍は江戸城内で内藤矩佳から、正式にその伝達を受けたのだった。

江戸役所に戻ってから、英龍は弥九郎に言った。

「よりによって、鳥居殿が正使とはな。なんともやりにくい」

弥九郎は笑った。

「同じことを、鳥居さまも感じていることだろう。よりによってお主が副使とは」

「子供ではないのだから、やりにくいだのなんだの言っているわけにはいきませんね。細かなことを、鳥居殿と詰めねばなりません」

翌日、鳥居耀蔵から書状が届いた。相州備場巡検の打ち合わせをしたいということである。

英龍はすぐに鳥居の屋敷を訪ねて、巡検の細部を打ち合わせた。出発は、翌天保十年の正月九日と決まった。

英龍はいったん韮山に帰ったが、数日後、川路聖謨を通じて驚くことを知らされた。鳥居が、この度は、安房、上総、伊豆下田あたりまでを範囲として巡検する計画であるというのだ。鳥居耀蔵が進言し、勘定所もこれを了解したという。

副使の自分は、相州の巡検しか予定していない。これでは川路聖謨が言うように、両使の報告を見比べて、その優劣を判断することなどできるものではない。これは明らかに、鳥居が巡検の栄誉と評価を独占しようというものであった。

「わたしの前では、しれっとして安房や上総の巡検のことなど、おくびにも出さなかったのに」

英龍はようやく、鳥居耀蔵という人物の野心と、栄達への執着を知った思いだった。

英龍はすぐに、勘定所に対して、鳥居の工作について確かめる書状を出す。

「相州巡検の副使を拝命してそのために準備を進めてきたが、目付・鳥居耀蔵殿の計画書では安房、上総、伊豆下田も対象となっている。そうなのであれば、あらためて自分は準備をし直すが」

勘定所は、英龍のしごくもっともな問い合わせに困り果てた。

そもそも正使の鳥居耀蔵から伺い書が出たので、了解したのである。しかし鳥居耀蔵が、副使といっさい相談なしに進めていたとなれば、これは明白な手続きの不備である。水野忠邦による英龍の副使任命の意義を軽んじている。

勘定所は苦慮の果て、英龍にも鳥居耀蔵同様の伺い書を出すように求めた。

英龍はこれを受け、安房・上総の検分を伺い、さらに伊豆大島への渡海と浦賀奉行所の砲術検分をつけ加えた。

この伺い書はただちに承認された。

鳥居は、英龍が自分と同様に伺い書を出したことを知って、あわてて弁解の書状を英龍に送ってきた。正使だけ検分地が増えたのは、勘定所のてちがいであった、という言い訳である。

　鳥居も、英龍が鳥居にはっきりと敵愾心《てきがいしん》を燃やしたことを知ったのだ。その表面を取り繕おうとしてきた。

「とりあえず、矛を収めるか」英龍は鳥居からの弁解を読んで考えた。「どっちみち、巡検の報告を出したところで、ものごとには決着がつく」

　いっぽう英龍は、崋山のもとに弥九郎を派遣した。

　自分が相州備場の巡検副使を拝命したことを報告したうえで、ついては海岸線の精密な測量があらためて必要なので、崋山先生の門下で、測地を手伝ってくれる人物を紹介願えないだろうか、と頼んだのだ。

　崋山はすぐに、ふたりの人物を紹介してくれた。増上寺御霊屋付きの代官・奥村喜三郎と、伊賀者同心の内田弥太郎である。

　ふたりとも長英の弟子で、いわゆる尚歯会の集まりにも出席していた面々。英龍も面識がある。奥村は『量地弧度算法』という測地術の書物を著したほどの測量家である。かたや内田は、当代随一という評判の和算の秀才であった。

　英龍は、このふたりを巡検使の一行に加えるべく、鳥居耀蔵に打診した上で、勘定所に申し入れた。

　勘定所からは、正使である鳥居の承諾を得て、鳥居を通じて申し入れるよう指示がきた。英龍は、すぐに元締め手代の松岡正平を鳥居のもとにやり、意向を打診した。鳥居からは、自分から勘定所に申し入れることはしないが、異存はない、という。

奥村と内田の同行は認められた、と英龍は判断した。

十二月、長崎で捕らえられた幡崎鼎に対して、江戸町奉行は判決を言い渡した。軽追放、伊勢菰野《こもの》の藩預けである。さすがに水戸藩が事情を承知で抱えていた学者に、重罪を下すことはできなかったのだ。英龍はこの判決を聞いて安堵した。自分と鼎とのつながりは断たれるが、先生は蘭学者としての人生を終えたわけではないのだ。

年が明けて、天保十年となった。

前年の暮れのうちにあらためて出府していた英龍は、正月二日、斎藤弥九郎と手代の北武兵衛を、下見のために先に出立させた。

英龍は、弥九郎たちを見送ってから、手代の正平に言った。

「公用の巡検となれば、お大名の行列にも似た派手な旅となる。ご公儀の金庫も苦しい折りだ。できるだけ簡素に、お務めに徹した巡検とせねばならぬ」

正平が言った。

「無用の饗応などなきよう、行く先々の役人や名主たちには、あらかじめ伝えておきましょう。人馬の手配や宿所などで、余計なことはせぬようにと」

「行く先すべてから、米相場や金銭相場を聞く必要があるな。公用とならば、吹っ掛けてくる者もおるのであろう?」

「相場を調べて報告させておきましょう。ならば、法外な費用を請求してくることはありますまい。ふだんの相場どおりの出費で旅ができまする」

出発を明日に控えた正月八日である。

勘定所から、内田弥太郎らの同行は認めない、という通達がきた。

「どういうことだ?」

英龍は訳がわからなかった。

松岡正平が言った。

「鳥居さまは、わたしにはあのようにおっしゃいましたが、すぐさま勘定所には反対だと伝えられたのでしょうな」

それしか考えられなかった。

「鳥居殿は、我らの測地を妨害してくる気だ。わたしが鳥居殿より立派にこの務めを果たすことを望んでおられぬのだ」

鳥居は見透かしてきたのかもしれなかった。あの林述斎の借用書の件、つまり大塩平八郎から林が一千両借財した証拠の件だが、英龍はそれを自分の栄達のために使うような男ではない、と。たとえ英龍の手元にその証拠の文書があろうと、鳥居を追い落とすためにいまさら勘定所に届けたりはしないはずだと。

英龍はひとりごとのように言った。

「こうなれば、わたしも堂々と受けてたちますぞ。どちらがこの巡検使の任務、見事に果たすか、それをご公儀に見ていただきます」

翌朝、巡検使の一行が江戸を出発した。

正任の目付・鳥居耀蔵の一行はこの出発時、徒目付や小人目付たちとその従者を合わせて五十数人。これに長持・駕籠人足らが五十九人。合計百十人を超えた数で、さらに馬十七頭だった。

これに対し、副任の代官・江川太郎左衛門英龍の一行は、総勢十三人に人足十四人、馬四頭である。鳥居に較べて、はるかに質素な構成となった。

英龍たちの一行の中には、内田弥太郎も奥村喜三郎も入っていない。けっきょく出発まで、このふたりを同道させてよいという許可が、勘定所からはおりなかったのだ。

崋山は、測地に使って欲しいと、みずからの所有する写真鏡を英龍に貸してくれている。しかし、測量家の奥村喜三郎も和算の使い手、内田弥太郎も同行しないとなれば、測地は実質的に英龍がひとりでせねばならなかった。副使として一行を率いつつ、同時に測地の実務をこなすことは難しい。英龍は、出発後もなお許可が出るまで、ふたりの同行を勘定所に願い出るつもりであった。

一月十四日、巡検使一行は浦賀に到着した。

正使の鳥居耀蔵の一行は、浦賀の町に本陣を置いた。その夜は、浦賀奉行の接待で盛大な宴会を持つという。浦賀奉行の太田運八郎資統からは、副使の英龍にも宴席への招待があった。

英龍は浦賀奉行の招待を伝えにきた使いに言った。

「測地のために、今夜は星の位置を調べなければなりませぬ。せっかくの席ではございますが、このような事情でありますゆえ、謹んで欠席いたす旨、お伝えください」

翌日も、勘定所からはまだ内田と奥村の同行について返事がこない。英龍はその日、一行に休むよう命じた。自分は風邪を引いたので寝込む。お前たちもきょうは身体を休めておけと。

手代の松岡正平が言った。

「お気持ちはわかりますが、鳥居さまの一行はすでに測地を始められた模様。内田さまたちを待っていては遅れますが、かまいませぬか」

英龍は、答えた。

「向こうは何もできぬ。数日遅れようとも、われらのほうがよい測地ができる。焦ることはない」

勘定所が、ようやく水野忠邦の裁可を得て奥村と内田の同行を認めるのは、二十一日である。

この日から、江戸湾一帯を舞台に、近代西洋式測地術と和式測地術の競い合いが始まることになるのである。

天保十年（一八三九年）一月二十二日、江川太郎左衛門英龍は、浦賀で備場検分の実作業に入った。

和算の秀才の内田弥太郎と、測地術の専門家である奥村喜三郎は、英龍の一行に合流していない。

英龍は、ふたりに対しては合流地を上総竹ケ岡と指定した。浦賀にいる英龍たちの一行を追いかけるよりも、浦賀のつぎの巡検地である上総で合流したほうが合理的であるという判断である。ふたりが合流するまでは、自分が測地の実務を指揮し、尚歯会の本岐道平《もときみちへい》という者に補佐させる。

正使の鳥居耀蔵一行には、蝦夷地も回ったことのあるという小笠原貢蔵という御家人が、測地の責任者として同行していた。和式の測地術を修めた男である。

この鳥居耀蔵一行とはべつに、英龍たちは浦賀周辺の海岸を測量し、備場の配置などをていねいに見て回った。また備場では、浦賀奉行組の砲手たちの練度も確認している。

巡検には、幕府の公用であることを示す御用と記された旗印を掲げたが、浦賀奉行所からも案内の与力や同心がついた。

そのひとりは、英龍たちの測地になみなみならぬ関心を示してくる青年だった。測地の途中、うるさいくらいに訊いてくるのだ。

「これは何をする道具にございますか?」

「これは何のためのからくりでしょうか?」

「勾配のある土地の距離をはかって、なぜ平面上の距離を割り出すことができるのでありましょうか?」

中島三郎助という浦賀奉行所の与力見習いだった。

この三郎助は、浦賀の平根山という備場の砲を受け持つ男だった。田付流砲術を学び、二年前のモリソン号来航の折りには、この船に砲弾を撃ちかけて浦賀から追い払っているという。英龍が砲術の練度を検分したときにも、最も優れた指揮ぶりを見せていた。

英龍は、測地の途中の休みどきに、三郎助に訊いた。

「モリソン号は、来航目的など伝えてはこなかったのですか。もうご存じかと思いますが、その船には、わが同胞たちが七人、乗っておったのです。モリソン号来航の目的のひとつは、この漂流民を我が国に送り届けることにありました」

三郎助は、妙に申し訳なさそうな顔になって言った。

「そのことを聞いたのは、つい最近のことにございます。その船はひと晩浦賀沖に停泊したのですが、打払令で異国船との接触は禁じられております。何ゆえに来航したのか、それを確かめることもしてはならぬことでございました」

「モリソン号は、砲など積まずに参った船でありました。いきなり砲弾を撃ちかけられては、さぞかし慌てふためいたことでしょう」

英龍は、川路聖謨や尚歯会の面々から聞いているモリソン号来航をめぐる事情を三郎助に伝えた。現場にいたとはいえ、与力見習いの三郎助には伝えられていなかった事実だった。たぶん浦賀でモリソン号来航の事情について知らされたのは、奉行だけであったろう。

英龍の話を聞いてから、三郎助は言った。

「そのようなことであったとは存じませんでした。我らは当時、あの船はこちらの備えの固さにおそれをなして退散したものだと思い込んでおりました」

「ちがいます。最初から、平和のうちに来航するつもりだった。打ち払われるとは思いもしていなかったのです」

三郎助という与力見習いは、浦賀沖に目をやってから、かすかに目に不安の色を見せて言った。

「もしそれが軍船であったならばと思うと、ぞっといたします」

英龍はうなずいて言った。

「欧米の諸国は、武装せぬ商船では用件も聞かぬうちに追い払われたと知りました。となればこの次は、軍船をもって、我が国に開国と通商を求めてくることでしょう。このたびの備場検分があるのも、その日が必至であるとみてのことです」

「そのとき、わたしはやはりその軍船も打ち払うべく砲を撃つべきなのでしょうか。軍船が攻撃されたとなれば、相手だって」

英龍は引き取って言った。

「反撃しましょう。戦となりまする。残念ながらそのとき、我が国には、対等に戦いうるだけの軍事力はございませぬ。先日見せていただいた備場の大筒では、西洋の軍船を打ち払うことはできますまい」

ちょうど休みも終わったところだった。三郎助は、青ざめた顔で立ち上がり、英龍のそばから離れていった。

英龍たちが浦賀から竹ケ岡に渡海したのは、二十八日である。まだ内田や奥村たちは、ここには着いていなかった。英龍らの一行は、内田、奥村を欠いたまま正使の鳥居耀蔵らと共に富津《ふっつ》備場を検分した。

両名が一行に合流したのは、竹ケ岡の南、平郡の本郷村でのことであった。

英龍たちが鳥居耀蔵の一行と同じ地域を測地中、ふたりが街道を駆けてきて、ようやく英龍の一行に加わったのだった。

「申し訳ありませぬ」と内田が英龍に謝った。「ご一行は行き過ぎたか、まだ浦賀のほうか、判断がつかずに、我らも行ったり来たりしてしまいました」

英龍は言った。

「かまわぬ。それより、駆けつけですまぬが、早速測地を手伝うてくれぬか」

「はい。ただちに」

内田の横に、英龍の知らぬ青年がいた。

内田が紹介した。

「渡辺崋山先生が、田原藩士をひとり、助けにとつけてくれました」

その青年があいさつした。

「上田喜作と申します。測地術には多少の心得がございます。なんなりとお申しつけくださいますよう」

「これは心強い」

内田の話では、江戸を出るとき、内田は普請役格としてこの幕府公用に参加、奥村は英龍の雇手代という名目となることで、勘定所の了解を得たという。

内田と奥村の指示で、英龍たちは態勢を組み直し、測地を再開した。

その日は、本郷村の庄屋の屋敷が正使の本陣となった。英龍たちは、本郷村のはずれにある山寺を宿所とした。

英龍たちの一行が旅装を解き、食事も終えたときである。鳥居耀蔵から英龍にお呼びがかかった。

鳥居のいる屋敷に行ってみると、彼は測地士の小笠原貢蔵を横に置いて、部屋で待っていた。小笠原の顔はなんとも不愉快そうである。

鳥居が険しい表情で言った。

「きょうやってきた三人、何者か？」

英龍は慎重に答えた。

「先般、鳥居さまにもご了解を得ました測地術をよくする者たちにございます。内田弥太郎、奥村喜三郎、それに上田喜作。なぜか勘定所では同行させることを渋っておりましたが、ご老中の水野さまの裁可を得まして、本日我らに合流したものにございます」

「測地術をよくする者というが、この巡検はご公儀の御用向き。どこの馬の骨ともわからぬものにまかせることはできぬぞ」

「素性ははっきりした者たちにございます。内田は伊賀者同心で、普請役格。奥村はわが韮山代官所の雇手代にございます。上田喜作は、田原藩士。上田は一行には含めませぬが、測地術に慣れた者として内田たちを助けます」

「奥村という男のこと、増上寺御霊屋付きの地役人であると知っておる。そのような格の者がご公儀御用向きを取り扱うことはもってのほか。英龍殿は、このお務めをなんと心得ておられるか」

　鳥居の難癖に、英龍はさすがに腹を立てた。

「増上寺の地役人の身では、何ゆえ御用向きには当たられぬのか、解しかねます。奥村の測地の腕を見込んで、副使たるそれがしが代官所の雇手代といたしましたが、それでもならぬと仰せられるか」

「雇を解くがよろしい。この御用、軽々しく考えてよいことではない」

「それでは測地に差し支えまする」

　小笠原が口を開いた。

「それがしでは不十分と申されるか。あるいは頼りないとでも？」

　英龍は小笠原に顔を向け、頭を下げてから言った。

「けっしてそのようなことはございませぬ。ただ、このたびの巡検が正副二名に申しつけられたということは、正使鳥居さまによる巡検や測地を、副使たるわたくしめが補強して正確を期せということにあると存じます。いわば奥村たちの測地は、小笠原さまの測地の正しさを証明するために行うもの。どうか我らが本意をお汲み取りくださいますよう」

「要らぬ」と鳥居が言った。「小笠原は、その正確さを誰にも証明してもらう必要はない。ましてや、地役人風情が独学で身につけたにちがいないような測地術が、何を裏づけることができるというのだ」

「しかし」

鳥居の口調が厳しいものになった。

「正使たるそれがしの指図は受けぬと申されるか？」

英龍は言葉に詰まった。

理不尽なことであろうと、鳥居が地位と役職を持ち出して言ってくれば、役人としては逆らうわけにはゆかない。もし逆らえば、それは幕府の行政機構を否定するのと同じことである。一介の代官に過ぎぬ英龍には、引き下がる以外の道はなかった。

英龍は丁寧に頭を下げて鳥居耀蔵の前を辞した。

部屋にもどって斎藤弥九郎にこの一件を話すと、弥九郎は言った。

「正使としての指示ということであれば、奥村は帰さぬわけにはゆかぬだろうな」

英龍は言った。

「せっかくここまできてもらったのに、江戸に帰すのですか。崋山先生にも、なんと申し上げてよいものやら」

「しかたあるまい。奥村なしでは、測地は絶対に無理か？」

「いいえ。内田と、本岐、それに上田という若侍がいます。できぬことはありませんが」

「では、その面々でやるしかあるまい。ここはいったん鳥居殿の指示には従え。巡検さなかに正使と副使とが対立してはならぬ。副使のお主が正使に逆らってその顔をつぶしてはならぬ。後々鳥居殿はそれを責めてくる」

「それにしても、鳥居殿は強気です」

「小笠原が突き上げたのだろうが、ふたりとも、西洋式測地術を恐れているから、そういう無茶を言ってきたのだ。しかし、どっちみち検分書を勘定所に上げれば、お主の測地と検分が優っていることははっきりする」

英龍は、溜め息をついてから言った。

「奥村には、頭を下げて帰ってもらいます」

翌朝、奥村を出立させたところで、鳥居から使いがきた。

「正使と副使がべつべつに巡検するのでは、このあといろいろ不都合が出る。地元の者たちも迷惑であろう。今後は正使と行動を共にするように」とのことである。

英龍たち副使の一行が余計なことをせぬよう、同行させて監視したい、という意向のようであった。

英龍は、内田弥太郎に言った。

「こうなったら、巡検と測地はべつべつにするしかあるまい。そのほうらは、我ら巡検使一行とは別れ、江戸湾周辺を緻密に測地してくれまいか。帰府が、我らより遅れてもかまわぬ」

翌日、内田は、上田喜作、本岐道平を助手に、さらに英龍の組から数人の人足を連れて、英龍の一行から別れた。

その日、野島崎に陣を置いたあとである。英龍のもとに、鳥居から酒樽と尾頭つきの魚が届けられた。

英龍は弥九郎と顔を見合わせて苦笑した。

「鳥居殿、さすがやりすぎたと、おれを懐柔にかかってきましたね」

弥九郎が言った。

「小笠原の顔は立てねばならぬが、かといってお主を怒らせたままでは、あの大塩平八郎への借用書がご公儀に届けられることになるやもしれぬ。そのことを思い出したのだ」

「それにしても、よくもまあ、てのひらを返すように、このようなことができるものです」

「奥村を帰したことで、この争い、もう勝ったと思っているのだろう。となれば、いつまでもお主を敵に回したままにしておくのは、得策ではない」

「酒樽ぐらいでは、このしこりは消えたりはしませんよ」

「だとしても、いただこう。どうせ正使の巾着から出た馳走だ」

英龍はうなずいた。

正副巡検使の一行は、その後房総から浦賀に戻り、三崎・城ケ島方面を調査、ついで藤沢に至り、相州を検分した。相州からは、伊豆半島の東海岸を南下、二月末には下田に到着した。

ここで、英龍は鳥居の一行とは別れることになった。鳥居たちは伊豆西海岸を北上する。英龍のほうは、勘定所に提出した計画書どおり、伊豆大島に渡ってこの島を調査する予定である。

英龍たちが伊豆下田に帰ったのは、三月九日、江戸に帰り着いたのは、三月十五日であった。

いっぽう内田たちは、三月上旬までは房総半島を測地しており、九日に浦賀周辺の測地にかかった。さらに浦賀水道周辺を丁寧に測地、江戸に戻るのは四月になってからとなる。

英龍は、江戸に戻ったところで、ただちに渡辺崋山を訪ねた。弟子筋の内田や奥村を派遣してくれたことへのお礼と、奥村を帰さざるをえなかった事情の報告のためである。

崋山は言った。

「鳥居殿の蘭学嫌いも、筋金が入っておりますな。そんなことをしても、内田たちの図面が出来上がれば、その優劣は一目瞭然となりますが」

「つきましては」英龍は崋山に頼んだ。「復命書には、諸外国事情を記した文書を添えようかと考えている次第です。先生から、添えるべきご意見を聞かせていただけないものでしょうか」

「諸外国事情について?」

「はい。現今の西洋事情を説き、アジアの情勢を概観し、そこから海防の重要性を強く説き起こしたいと考えております。この文書を復命書に添えることができますれば、勘定所をよく納得することができるかと」

「そうですな」崋山は同意した。「小生のいまのこの焦慮など、少ししたためてみましょうか。すでに書いたものもございます。それをもとに、英龍殿が添書を記されたらよろしいかと存ずるが」

「お願い申し上げます」

英龍は、早速みずからの筆で、復命書本文の執筆にかかった。

「相州御備場其外見分見込之趣申上候書付」と題した報告書である。現在の江戸湾一帯の海防体制の不備を指摘し、今後置かれるべき新設砲台の位置について提案することが、報告書の主題であった。

英龍は、二年前の天保八年にも「伊豆国御備場之儀付申上候書付」という建議書を勘定所に提出しているが、今回の復命書は、このときの提案をいっそう具体化させたものであった。

英龍は、報告書の末尾に、参考資料として、崋山が書き上げるであろう論文を挙げた。

「別紙外国之事情申上候書付一冊、絵図四枚相添、此段申上候」

三月二十二日、崋山のもとから、四通の文書が届けられた。

まず「諸国建地草図」なる文書は、首都防衛の基本的な構想を説いたもので、清のほかにトルコ、欧州諸国などの八カ国の首都の地図が添えられている。

ふたつ目と三つ目の文書は「西洋事情之儀御尋云々」「西洋ハ果断之処有之云々」と始まるもので、西洋事情と西洋史の概説である。

三つ目は、とくにイギリスの国情について詳説したものであった。

一読して、英龍はつぶやいた。

「これは、まずい。これでは、幕政批判ととられかねない。このままでは、添えることはできぬ」

弥九郎にも読んでもらった。

弥九郎は、顎をなでながら言った。

「たしかに、いささか厳しい言い回しがあるな。穏当なものに書き換えていただけないか、おれから頼んでこようか」

翌日、弥九郎が崋山のもとを訪ねて、過激な表現の変更を依頼した。崋山は了解し、あらためて「外国事情書」と題された論考を英龍のもとに届けてきた。英龍はこれをさらに一字一句吟味した上で、再度訂正を依頼した。崋山は二度目の修正にも快く応じた。

ところが、この添付文書がまだ出来上がらず、内田たちもまだ江戸にはもどっていないという三月末、鳥居は正使としての復命書を勘定所に提出してしまった。

英龍はあわて、資料と絵図面（地図）を添えないまま、とりあえず復命書本文だけを勘定所に提出した。地図を提出したのは、内田たちの帰府後、十日ほどしてからである。

鳥居が提出した地図と、英龍が提出した地図とは、門外漢にもその精度がはっきりと読み取れるほどの違いがあった。

小笠原が測地して図面に起こした地図は、言ってみれば地図ふうの絵画であった。海岸線の形から、山河の形態まで、きわめて様式的に簡略化され、整えられていた。おそらくは鳥居と小笠原の美意識の故であろうが、幕府の吏官たちはすでに伊能図を知っている。奉行所や各地の代官所には伊能図の写しが配布されているのだ。つまり幕府にとっては、日本地図は伊能図が標準であったが、小笠原の測地に基づいた地図は、伊能図よりも明らかに劣っていた。

いっぽう英龍の提出した地図は、必要な情報が正確に示された科学性のある図面であった。しかも、伊能図でも描ききれなかった細かに入り組んだ海岸線までもが、精密に描き起こされている。海防を論じるにはどちらの地図を基礎情報とすべきか、較べるまでもなかった。

8

官学の測地術と、蘭学の測地術の対決は、完全に蘭学の勝利であった。

鳥居耀蔵は、勘定所で英龍の提出した地図を見て完敗を悟った。同時に恐怖を感じた。

それは、新しい時代の幕閣の基本的素養が、儒学から蘭学へと移るその契機となるやもしれぬ事実であったからである。そうなれば、やがて林家の権威は失われ、学界での林家の支配力も消える。それは幕府内での鳥居家の将来をも危うくする。

そうはさせぬ。

鳥居は、英龍と彼を囲む蘭学者たちへの憎悪を募らせた。

彼らを、叩きつぶす。

鳥居は自分の屋敷に帰ると、小笠原を呼んで言った。

「蘭学好みの勘定所には、お主の測地術は古いものと見えたのだろう。しばらく評価は英龍たちに傾くが、いつまでもこのままではおらぬ。やつらの増長を放ってはおかぬ」

小笠原は、苦々しげに顔を歪めて、鳥居耀蔵に訊いた。

「何か手はありますか？」

「連中、ご法度《はっと》の海外渡航を企てているというようなことはないか。あるいは、ご政道批判の調子を強めているかもしれぬ。そのあたりに、隙があろう。お前は、蘭学者たちの言動を探れ」

「なるほど。その証拠、なんとしてでも手に入れましょう」

その日から、小笠原は、「尚歯会」の会員を陥れるため、子供じみて見えるほどの努力を重ねるのである。たとえば、高野長英の塾の縁の下に潜りこんで、不穏当発言を聞こうとしたことさえあったのだった。

「尚歯会」の集まりに顔を出していたひとりに、花井虎一という幕臣がいた。御納戸口番である。

この花井と親しい老人で、斎藤次郎兵衛という男が、かねてより八丈島の南の無人島への移住を計画していた。開拓を理由に、幕府に渡航を願い出たこともあったほどの真剣な計画だった。

小笠原は、この計画を種に花井を脅した。

「蘭学者たちが、開拓という名目で無人島に渡り、異国との交易や異国への渡航を企んでいる。ご公儀の耳にはすでに入っており、近々この計画に連座した者はすべてお縄となるそうだ。花井さん、あなたも斎藤次郎兵衛とはこの企みをよく相談していたそうだが」

花井は顔を蒼白にして言った。

「わたしは、ご公儀に逆らってまで渡航しようなどとは思っておりませぬ。ましてや、交易やら異国へ渡るなど」

「お縄になってからでは、その言い分が通るかどうか」

「誓ってわたしは無実だ」

「それを明かすためには、あんたがほかの者を訴え出るしかないのではないか。あんたが訴えて出るなら、連座しているとはみなされぬだろう」

「訴えると言っても、いったいどうすればいいんです？」

「簡単なことだ。蘭学者たちの無人島渡航の企て、交易や海外渡航のことまで含めて、目付の鳥居さまに訴状を出すといい」

「蘭学者と言いますと、尚歯会の会員たちみなですか」

「さよう。件の斎藤次郎兵衛から始まって、渡辺崋山、高野長英、江川太郎左衛門、下曽根金三郎、小関三英、遠藤勝助、それに本岐道平……」

「そのひとたちをみな、ですか？」

「もっと増えても、かまやせぬ」

「文章を作ってくれませんか。そのとおりに写して書きますから」

「いいだろう」

花井虎一は、小笠原の指示するままに訴状を書き、尚歯会の面々を訴え出た。

「下名の者ら、八丈島南方の無人島の開拓を表向きの理由に、異国との交易と異国渡航を企てている。しかもその一部は、先般の大塩平八郎の乱にも関わっている」

小笠原は、鳥居の実父が大塩平八郎に大金を借りていたことを知らない。その証拠の書類を英龍が持っていることも。このため、鳥居にとっては藪蛇となりかねないこの文言が、訴状には書き加えられたのだった。

花井からこの訴状を受け取った鳥居は、大塩平八郎の名が出た部分をそのまま使うかどうか迷った。もし江川英龍のもとに、実父と大塩平八郎との深い関係を示す文書でもあれば、英龍はそれを使って猛反撃に出てくるかもしれないが。

いや、と思い直した。そんなものが英龍のもとにあるなら、もっと早くにそれを使ってきたはずだ。自分ならば、誰か競争相手をつぶしたいときは、相手が小者のうちにそれをする。力を持たぬうちに徹底的に打ちのめす。でも、彼はそれをしていない。英龍のもとには、自分が心配しなければならぬほどのものなど、何もないのだ。

鳥居耀蔵は、老中の水野忠邦に花井虎一が書いた訴状を提出した。

水野は訴えの中身を読んで驚き、同時に事態の本質を察した。これは、鳥居を代表とする幕府内保守派による蘭学者弾圧であると。大飢饉を経て、ようよう語られるようになった幕政改革の気運に対する、先制の攻撃であると。

しかし、訴えの中身自体は、まともに取り上げてもしかたがないほどの荒唐無稽なものと見えた。

蘭学者たちが、海外渡航や交易のために、八丈島南の無人島への移住を計画している？

ばかな。こんな訴えは、すぐ退けられる。こんな訴えでは、あの「尚歯会」なる集まりの面々を投獄することはできない。

水野は評定所に対して、この訴えを吟味するよう指示した。

評定所は、寺社奉行、町奉行、勘定奉行、大目付、目付で構成される会議で、幕府の最高議決機関であり、また最高裁判所としても機能している。

ところが評定所は、訴状を読んでただちに蘭学者たちの捕縛を決める。訴えには十分な根拠があるとみなしたのである。

ただし、江川太郎左衛門英龍については、評定所も首を傾げた。彼はいま、幕府の中で実務派の有能官僚としてめきめきと頭角を現してきている人物である。それが、いわゆる「尚歯会」のいわば夢見がちな蘭学者たちにまじって、はたして無人島渡航を計画するか？　そんな計画に加担することに、いったい何の利益があるか？

いくらなんでも、英龍を同じ罪状で捕縛するのは無茶であった。英龍は、検挙対象からはずされた。

尚歯会の面々を検挙する。

水野のもとに評定所の決定が伝えられた。水野の用人の小田切要助は、これを知ってただちに崋山のもとに駆けつけた。

小田切も崋山を師と仰ぐ蘭学好きの男であった。ただし、小田切は、尚歯会の会員の一斉検挙の理由を詳しくは知らなかった。無人島渡航計画が理由であるとは、崋山には伝えていない。

崋山も、まさか無人島渡航計画という馬鹿馬鹿しい理由で、自分たちの検挙が決まったとは思わなかった。想像できることはひとつだ。西洋事情を語ることに付随した幕政批判が理由ではないか？　その点であれば、いわば「思い当たる節」があったのである。

崋山はただちに英龍のもとを訪れて言った。

「尚歯会の面々が、揃ってお縄となるらしい。評定所がそう決定いたしたそうです」

英龍は衝撃を受けて崋山を見つめた。

崋山は、小田切から聞いた話を、ざっと教えてくれた。直接は花井虎一というごろつきの書いた訴状が理由であり、花井虎一にそれをやらせたのは小笠原貢蔵という男、そしてその小笠原の上には鳥居耀蔵がいる。つまりは、鳥居耀蔵が黒幕なのだと。

話を聞いてから、英龍は言った。

「わたしたちが、日ごろ外国事情を語ったことが理由でしょうか？」

「たぶん、我々の言動のどこかが、鳥居殿の逆鱗《げきりん》に触れたのでしょうな。ただし、尚歯会と言っても、英龍殿はお調べを免れると聞きました」

いっそうの驚きだった。自分は取り調べを受けず、崋山や長英は検挙されるのか？　どういう基準なのだ？　英龍は困惑して訊いた。

「それは、いったいどういうことなのでしょうか？」

「わたしにはわかりませぬ。ただ、英龍殿は尚歯会の集まりではいわば新参。もっぱら聞き役でおられた。そこが酌量されたのでありましょう。喜んでいい話です」

「しかし、先生や長英先生にだって、お縄を受ける理由はない」

「調べの中で、それはわかってもらえるでしょう。お縄となったからといって、処罰されると決まったわけではありませぬ」

「及ばずながら、わたくしも先生たちの濡れ衣を晴らすべく力を尽くします」

「かたじけのうございます」崋山はうなずいてから言った。「ひとつ気がかりは、先日お渡ししたわたしの考察は、勘定所には伝わったのだろうかということです。江戸湾警備の態勢を整えるためには、幕閣全体が外国事情を同じように承知しておらねばならぬ」

「いいえ。旬日中に提出するつもりでおりましたが、まだにございます。わたしは、先生の文章を、失礼ながら多少穏当なものに変えて、復命書に添えるつもりでおりました。しかし、先生たちがお縄となれば、あの文書の添付も再考しなければなりませぬ」

「想いは伝えたい。しかし、いまあなたがそれを出せば、あなたまでお縄ということになります。控えたほうがよろしかろう」

「先生も、どうかあの草稿のほうは、始末されますよう。あれは、わたしが読んでも、上役たちにはやや耳が痛い文章であったと存じます」

崋山は微笑した。

「心得ました。あれは、始末いたしましょう」

それから三日後、崋山は三宅坂に高野長英を訪ねてこの一件を話し合った。ふたりが話し合っているところに、崋山への出頭命令がきた。

「そうですか」崋山は穏やかな表情で立ち上がり、長英に言った。「我々は無実です。英龍殿も尽力くださるとのこと。ほどなく罪は晴れることでしょう」

それからさらに三日後である。英龍のもとに、鳥居耀蔵から書状が届いた。

このようなものである。

「なおなお、時下折角御自重専一と存じ候。（復命書添付のはずの）外国事情書については、なにとぞ下書きを拝覧いたしたく乞うところに候。かつまた昨日承り候えば、渡辺崋山揚がり屋入りのよし、何の罪に候か、御懇意の者であれば定めし聞き及び候哉。驚愕の至りに候」

英龍は激怒してつぶやいた。

「何をぬけぬけと。何の罪か、驚愕しているとは！」

弥九郎が、英龍からその書状を受け取って言った。

「これは、お主も気をつけろという脅しだ。お主も西洋に傾きすぎるとこのようになるぞと言っておる」

その翌日には長英が出頭、尚歯会の会員のうち、斎藤次郎兵衛、本岐道平ほか四名が捕まった。

また小関三英は、自分が検挙対象となっていると知って、自害した。彼はちょうど、キリストの伝記を翻訳している最中だった。キリスト教は、国禁である。小関は自分や崋山らが、キリスト教との関わりで逮捕されることになったと勘違いしたのだった。

これがいわゆる「蛮社の獄」である。

英龍は、尚歯会の面々の一斉摘発を受け、五月二十五日、復命書の添書である「外国之事情申上候書付」を勘定所に提出した。当初の構想よりも、海防に関する危機意識を、かなり薄めた穏健な文書となった。

復命書を書いているとき、英龍は江川屋敷の若党から三人の青年を、長崎に送り出した。

岡田萬蔵、山田熊蔵、柏木総蔵である。手代たちの息子で、勉学にも熱心な青年たちだ。

幡崎鼎から教えられていた、洋式砲術家・高島秋帆のもとに塾生として派遣したのだ。すでに書状のやりとりで、三人の入門は許されている。幡崎鼎は、長崎で捕縛される直前、高島秋帆に会って英龍が門弟志願者を送ってくると伝えていてくれたようだ。高島秋帆は快諾していた。三人は、長崎で蘭語のいろはから習い、砲製造の技術書や砲術の教範を、蘭語で読むようになる。いずれは、最新の海外事情についての書物も長崎で購入し、読んだ上で中身を英龍に伝えてくれるようになるだろう。

三人を屋敷から送り出したとき、斎藤弥九郎も横に立っていた。

旅装の三人の姿が見えなくなったとき、弥九郎が言った。

「あの若者たちが羨ましそうだぞ」

英龍は弥九郎に向き直って言った。

「ええ、激しく羨んでいます。わたしがもう十歳若く、代官の身でなければ、あのうちのひとりと代わりたいくらいだ」

その口調が、あまりにも切迫したものだったのかもしれない。弥九郎は顔にとまどいを見せつつ、視線をそらした。

この五月の、尚歯会の主要メンバーの一斉検挙は、蘭学者たちを震え上がらせた。

「鳥居殿が怖い」

それが蘭学者や洋学好きの者たちの共通の思いであった。外国事情を語ることがそのまま幕政批判だとみなされかねない事態となったのである。

尚歯会に属さぬ蘭学者たちも、この事件以降、ぴたりと口を閉ざすようになった。少なくとも尚歯会の面々のように、外国事情を明朗闊達に論じることは避けるようになった。

「ご恩がある」と、英龍は斎藤弥九郎や松岡正平ら、周囲の者たちに言った。「自害なされた小関三英さまはともかく、崋山先生、長英先生らを救うことはわたしの務めだ。無実を明らかにして、放免を勝ち取らねばならぬ」

英龍は、このたびの江戸湾巡検では、尚歯会の全面的な支援を受けて、これを成功させることができたのだった。その結果、幕府の内部で自分の評価は高まった。ある部分では、巡検の正使である鳥居耀蔵の評価をしのいだと言ってよいだろう。

だから、崋山らの無罪放免のために尽力するのは、英龍のひととしての務めでもあった。

それに、江戸の蘭学者たちのあいだでは、この蘭学者弾圧を招いたのは、江川太郎左衛門である、という評判も広まっていたのだ。

「渡辺崋山や高野長英は、鳥居耀蔵と江川英龍との対立の犠牲者だ。鳥居は先の飢饉のとき、豆州の知行地・柿木村に対する韮山代官の介入をよく思わなかった。江川が、ことさら深刻に勘定奉行に柿木村の窮状を報告して、鳥居家の面目をつぶそうとしたからだ。だから鳥居は、英龍を投獄する代わりに、崋山や長英らをぶちこんで尚歯会を引き裂き、たまった自分の鬱憤を晴らしたのだ」

そんな噂があるとなれば、いよいよ英龍は尚歯会の面々を救うために、奔走しなければならなかった。

復命書を提出した後、川路聖謨を訪ねて、英龍はなんとか崋山、長英らを救う道はないかと相談した。

川路は、一通の書状を取り出すと、これを英龍に示して言った。

「房総の代官、森覚蔵からの密書です。いざとなれば、これを使いましょう」

読んでみると、先般の巡検の折り、正使の鳥居耀蔵が巡検先の村から金品を受け取り、贅沢な接待を受けていた、という密告書であった。金子を差し出した村の名が、列記されている。

英龍は驚いた。やはりこうであったか。

英龍のほうはこのとき、接待をあらかじめ無用として通達し、宿泊先でも食事は質素に抑えた。幕府財政窮迫の折り、この巡検が大名行列めいたものになることを、断固として退けていた。

しかし、慣例化していたこととはいえ、鳥居耀蔵は当たり前に行く先々で饗応を受け、金子を受け取っていたのだ。

川路聖謨は言った。

「崋山先生、長英先生ら、捕縛された方々については、冤《えん》はお調べの中で晴れましょう。もし鳥居さまがこれ以上の挙に出るのであれば、わたしはこれを使わねばなりません」

しかし、と英龍は思った。勘定吟味役の川路が、みずからの所轄事項として、役人の収賄の証拠を握ったのはよいとして、それを実際に告発の材料とできるかどうかは別問題である。相手は目付。職階で言えば川路の上のポストにある高級官吏である。使い方を間違えれば、災いは川路自身に及ぶ。

それに、官吏の多くは、公用中の豪華な接待や饗応も、金子の提供も、当然の習わしと心得ている。官吏のほうが少ないのだ。建前上あってはならぬことだが、自分はやっておらぬ、と胸を張って言える官吏のほうが少ないのだ。それを告発しても、官吏たちの多くは川路の味方にはつかぬだろう。むしろ、川路は幕府内に多くの敵を作ることになる。

英龍は言った。

「鳥居さまは、わたしたちのみならず、羽倉さまや川路さまも煙たく感じていらっしゃるようだとか。この密告書、使い方は慎重になったほうがよいかもしれませぬ。あることないこと、倍返し、いや、三倍返しぐらいで逆に訴えてくるやもしれませぬ」

「されば、どうします？」

英龍は言った。

「使わずに、しかし握っていることを匂わせて、鳥居殿の暴慢に歯止めをかけるのはどうです？」

川路は、顎をなでながら言った。

「匂わせる、というところが難題ですね。どうすれば、察してもらえるか」

「攻撃したり、逆らったりせず、しかし毅然として自説は曲げない、という態度では？」

「そうですね。それを通してみましょう」

いっぽう鳥居耀蔵は、町奉行からこの事件の審理の権限を引き継ぎ、みずからが先頭に立って、崋山らの取り調べにあたった。

その結果、崋山の自宅で、崋山の筆によるさまざまな種類の文書が発見された。そのうちの一部は、明らかにご政道を批判したと取れる文書であった。密航の企ての証拠は得られなかったが、崋山を処罰するのには、この文書だけで十分であった。

英龍は、川路、羽倉らと共に懸命の弁護をおこなうが、鳥居は耳を貸さなかった。しかし、英龍らに何らかの嫌疑をかけるなり追い詰めるという素振りも見せない。あくまでも尚歯会と英龍や開明派の官吏たちとは区別して対処する、という態度であった。

老中の水野忠邦も、鳥居からその証拠の文書を見せられて、処罰はやむなしと判断する。

水野自体は、英龍をはじめ、川路や羽倉らの有能官僚を大いに買ってはいたが、基本的には保守のひとである。処士横議《しょしおうぎ》は嫌いであり、ましてや幕政批判などもってのほかという価値観の持ち主であった。

「崋山の冤はわかる」と水野は側近に言った。「馬鹿げた罪状だ。だが、忌諱に触れることを書した罪は大きい」

弁護の運動は遂に成果を見出せないままだった。

崋山らを救えなかったことで意気消沈した英龍は、役人同士の競争や足の引っ張りあいという「文化」に、つくづく辟易してしまった。

しかし、江戸湾巡検を経て、海防についての危機意識はいっそう高まっている。

「いっとき、江戸城内の出世競争から離れてみようか。韮山代官として、いま真に必要だと思えることをなしてみようか」

脳裏に浮かんだのは、長崎、という地名である。この数年、尚歯会の面々と親しむうちに、その地名は英龍の頭のうちで次第に大きくなっていったのだった。

「長崎で、高島四郎太夫という砲術師範から、自分自身で近代西洋砲術を学ぶのだ。海防の責任者のひとりとしては、自分が西洋砲術の第一人者となって、ご公儀に尽くすという道はどんなものであろうか」

自分が高島秋帆のもとに門弟として送り出した三人のことが、あらためて繰り返し脳裏に浮かんだ。岡田萬蔵、山田熊蔵、柏木総蔵の三人である。彼らはいま、何を学び、どんな新知識に感激し、どんな洋式技術の実験に胸を躍らせているのか。日毎に世界を見つめる視野が広がっていく、という体験は、どれほどに幸福なものであろうか。弥九郎に指摘されるまでもなく、英龍は彼ら三人が羨ましかった。

その三人のうちのひとり、柏木総蔵が、この年末に一時帰国してきた。

「想像以上でした」と、柏木総蔵は年明けの韮山代官所で興奮気味に言った。「これまでの砲術とは、較べものにはなりませぬ。あの砲術をもって外国軍がわが国に上陸してきたら、とても太刀打ちできるものではありませぬ。門下生たちが身につけている西洋銃陣も見事なものにございました。

この上は一刻も早く、ご公儀も西洋砲術を採用しなければなりませぬ。薩摩をはじめ、西南諸藩は多くの門弟を高島先生のもとに送りこんでいるのです」

「西南諸藩がすでに門弟を？」

「はい。藩として、大勢のものを」

一瞬だけ想像した。薩摩はじめ西南諸藩は、海岸線防備だけのために西洋砲術を将兵に学ばせているのだろうか？　彼らは視程の先に、内戦を見てはいないだろうか。

背筋にすっと冷たい感触があった。

柏木総蔵の報告を聞いていたころ、崋山らに対する処分が発表された。十二月十八日である。

崋山は田原にて蟄居《ちっきょ》。いったん逐電した後出頭した長英は、永牢である。そのほか捕縛された面々全員が有罪であった。

崋山と長英の罪状は、もちろん密渡航や密出国の企てではない。幕政批判である。

これに対して、崋山らを根も葉もない罪状で密告した花井虎一は、御納戸口番から、昌平坂学問所勤番に異例の引き立てを受けた。

言うまでもなく昌平坂学問所は、鳥居耀蔵の実父、林大学頭述斎が君臨する官学である。露骨であることを気にもかけない論功行賞であった。また鳥居の命を直接受けて暗躍した小笠原貢蔵も、長崎奉行所の与力に栄進した。

この処分内容を聞いて、英龍の気持ちは固まった。

「江戸を離れる。長崎に行き、高島秋帆の門下生となろう。必要とあらば、私財を投じてでも、近代西洋の砲や弾を買うてこよう」

英龍は、長崎に行かせて欲しい、と稟請書を勘定所に提出する。

「海防の第一線に在るべく者として、長崎に於いて近代西洋砲術を実見、この技を習得すべきはそれがしの勤めと心得る次第にございます」

翌天保十一年の正月明けに返事があった。

「県令たる者、みだりに支配地を離るること相成り難し」

落胆しているところへ、羽倉から書状が届いた。このたびの決定について、その裏の事情が伝えられたのである。

「貴君の長崎行きについては、勘定所にはひとりの異論もなかった。しかし、大目付の鳥居殿と、御鉄砲方である井上、田付《たつけ》両家から横槍が入って、あのような返答となった次第である」

またあのひとか。

英龍はつくづく、鳥居と同じ時代に生きていることを恨んだ。

英龍は、柏木総蔵に言った。

「そのほうは、至急長崎にもどってくれ」

総蔵が訊いた。

「いかがいたしますので？」

「わしが行けぬとなっても、韮山代官所には西洋砲術の技と知識は絶対に必要だ。もっと多くの家臣を送る。そのほう、高島先生に打診してくれ。あと、そうだな、五人の門弟を取っていただけるかと」

「それを伺えばよいので？」

「取ってくれるということであれば、すぐに送る」

柏木総蔵が長崎にもどってほぼひと月半たったころ、長崎から書状が届いた。

秋帆が、あと五人、韮山代官所から門弟を受け入れる、ということである。

英龍はすぐに、五人の家臣を呼んだ。岩嶋千吉、斎藤三九郎、秋山粂蔵、大原安兵衛、それに大原俊七である。英龍は言った。

「かねてより申してあるとおり、そのほうらには長崎に発ってもらう。長崎奉行所鉄砲方・高島先生より、西洋砲術の奥義、すべて学んでこい。我が国の海防は、今後はそのほうらの双肩にかかってくると言って言い過ぎではないのだぞ」

9

ちょうど清では、広州に於ける阿片対策を命じられた林則徐が、密貿易の取り締まりを強化、外国商人から阿片を没収、廃棄するという強硬手段に出た。林則徐の強硬策は、阿片の害により社会が乱れ、また銀の流出によって清の国内経済の疲弊が悪化したことが背景にある。

しかしイギリスはこの清の阿片政策に反発、開戦を議会決定して、総計四十九隻の船からなる大艦隊を清に派遣した。

英艦隊が南支那海の珠江に到着したのが、一八四〇年（天保十一年）の六月である。艦隊は珠江を封鎖し、さらに舟山島の定海を占領、寧波、揚子江を封鎖、八月には北京に通じる白河の河口に達した。ここまで、戦闘はどこでも、イギリスの一方的な勝利である。

それは、アジアの識者たちが最もおそれていた事態だった。

欧米の列強が、その貪欲さをむき出しにしてアジアへの進出をはかってきた場合、アジアはよくこれを退けうるだろうか。

その答が、いま出ようとしていた。

しかもイギリスが相手にしているのは、アジア最大の帝国、清である。世界にみずからと対等の国家などありえないと豪語していた超大国が、いま武力攻撃を受け、激しく悶え苦しんでいるのである。

阿片戦争の情報は、ほとんど間を置かずに長崎に伝えられていた。

高島秋帆は、九月、長崎奉行の田口加賀守喜行に対して、危機意識に満ちた国防意見書を提出する。

田口喜行は、阿片戦争情報と併せて、この長文の意見書（後に秋帆の天保上書と呼ばれるようになった）を江戸へと送った。

この上書の中で、秋帆は書いていたのだった。

「当年入津の紅毛船が提出した風説書に、イギリス人が広州に於いて起こした騒擾事件がある。これは国家の一大事と思われるので、所存を申し上げます。

近来欧州で戦争が相次いで起こったために砲術が一大進歩を遂げました。その砲術をもってしての攻撃を受けて清は大敗、イギリスにはひとりの戦死者もなしというありさまです。かねてよりオランダ人が、我が国の砲術は児戯に等しいと嘲笑っていることに思い至ります。

我が国に伝わる諸家の砲術は、西洋では数百年も前に廃棄した陳腐のもの。国家の武備には役立ちませぬ。この実情を欧米人に知られたならば、見くびられて彼らによる掠奪を招きかねません。

砲術は護国第一の武備でありますから、天下の火砲を一新し、武備を充実し、武威を高揚せしめたく切望します。近来発明のモルチール砲（榴弾砲）を採用して、江戸湾一帯、諸国海岸、長崎等へ備えられてはいかがでしょうか。

長崎に於いては、町民も調練し、非常の際には防禦部隊に補充するようにしてはいかがでしょうか」

水野忠邦もまた、阿片戦争の勃発に戦慄し、イギリスの軍事力に恐れおののいたひとりであった。

もしこのまますずるずると清が敗北していった先は、いったいアジアで何が起こるのだろうか。

イギリスの艦隊の砲口はつぎにどこを向くのか。

イギリスに続く国はないのか？

そこに届いたのが、長崎地役人の高島秋帆の書いた上書である。一読して、きわめて説得力のある建議書であると感じた。

　水野は、この建議にどう対処すべきか、鳥居に諮問した。

「西洋砲術は、どれほど我が鉄砲方の砲術とはちがうものなのであろうか。幕府が西洋砲術を採用せよ、という高島の提言についてはどう思うか？」

　それは、幕閣中とりわけ目付級の官吏たちにも同じ危機意識を持たせようという企みでもあった。

　鳥居は評定所でひと月以上検討した後、答申書を持って水野の前に現れた。

　鳥居は、嘲笑うような調子で言った。

「新奇なものと見ればたちまち飛びつくのが俗世間というものにございます。いわんや蘭学者たちときたら、珍奇なものを好むのは、もうほとんど病同然となっておりますな。果ては砲術から行軍や布陣の術まで西洋流がよい、という妄言。そのうち、身なり風体から教養まで、万事西洋風がよいと言い出しかねませぬ。こんな建議、百害あって一利なしと判断いたしました」

　水野は、鳥居が例のとおり蘭学への嫌悪を露に感情的に答えたので、問い詰めた。

「どこが妄言か、どこが百害か、わかるように話せ。評定所では、審議をその程度の言葉で終わらせたわけではあるまい？」

「ははっ」鳥居は、水野の口調にあわてて居ずまいを正して答え直した。「評定をつまびらかに申しますれば……」

鳥居は、こんどはかなり理路整然と言った。

「いま西洋で用いられているモルチール砲と申しますものは、我が国とはちがって命中第一にする砲ではございませぬ。多人数の中に撃ち込んで火薬の猛威を振るわせるもの。野蛮人に似つかわしい武器にて、我が国のように知力をもって勝利を取るという軍法にはなじみませぬ」

「続けよ」

「は、広東騒乱の次第も、畢竟《ひっきょう》清国は二百年の泰平にて武備すたれ、人心はゆるんでいたのに対して、イギリスは戦争に熟練しておりました。火砲の利鈍による結果ではござりませぬ」

「我が国も、二百数十年泰平であるが」

「さいわい、士族はかたときも武備を怠ってはまいりませんでした」

「果たしてそうか」

「はい。然るに、この高島なる男、わずかの地役人を指揮する程度のことで、我が国海防に意見するとは身の程を知らぬ振る舞い。このような下賤の者の建議など、決して採用されてはなりませぬ」

「長崎の地役人は、下賤か？」

「士族にあらざる男。聞きますれば、西洋砲を購《あがな》う金も、オランダとの商いで貯めたとか。このような商人同然の男に、天下国家を論じる資質はあらぬかと存じます」

水野はいらだって言った。

「けっきょくのところ、西洋砲術は役に立たずと？　我らが砲術があれば、諸外国への備えは万全であるとの答申であるな？」

「さように存じます」

「しかるに、西南諸藩がこの高島のもとへ、大勢の藩士を送り込んで西洋砲術を学ばせているという事実はどう解釈する？　おそらくは西洋の新式の砲も購うなり、作るなりしておろうが、連中は無用の術のために、わざわざそれをやっていると？」

鳥居はあわてた。

「いえいえ。確かに火砲は本来、蛮国より伝来したもの。追い追い発明もあったかと存じます。西南諸藩がこれを知っておって幕府のみが知らぬでは、確かに不具合。高島なる男の持つ西洋火砲を取り寄せてみてはいかがかと存じますが」

「採用するな、という答申ではないのだな。一度確かめろ、というのが、そのほうらの答なのだな？」

「誤解をいただく答え方にございました」

水野は腕を組んで考えこんだ。

とりあえずこの目で見てみたい、という目付も少なくはなかったということだろう。必ずしも鳥居のように、西洋砲術を馬鹿にしきった者たちだけではなかったのだ。しかし、これだけでは幕府全体の空気を変えるには不十分である。もっと強力に、秋帆を援護する者が必要だった。

水野は言った。

「高島秋帆の上書、海防に関わる者たちにも回覧して、意見を聞こう」

その秋帆の建議書と、鳥居がまとめた答申書が、江戸役所の英龍のもとにも回ってきた。

阿片戦争の一件は、当然英龍の耳にも入っていた。同僚たちから教えられていたし、長崎に送った柏木総蔵らからも、報告が入っている。

最新の情報では、清国の欽差大臣伊里布《イリブ》とイギリス艦隊司令官のジョージ・エリオットとが、定海で停戦条約を結んだという。清の側が講和を求めたという話であった。つぎにイギリスは、清の領土の割譲を要求するのか、多額の賠償金か、それとも完全な貿易の自由を求めてくるのだろうか。

どうであってもおかしくはない、というのが、英龍の阿片戦争をめぐる認識であった。

そこに、秋帆の書いた建議書と、これを退ける答申書を読んで評価せよとの指示がきたのである。

　秋帆は、ごく当たり前の認識を主張しているにすぎない。これが退けられる理由が、英龍にはわからなかった。

　英龍は、弁駁書《べんばくしょ》を書いて秋帆の建議を支持した。

「そもそも砲術というのは天文年間に蛮国より伝わり、御家（徳川家）が採用した技術ではないか」

「どっちみち外国から入ってきた技術なのだ。いまここで、近代西洋砲術を拒むのは理屈が通らない。西洋砲術が、ほんとうに採用するには足らぬものかどうか、関わる者たちが実見してみるべきである。至急、高島秋帆を江戸に呼び、彼の砲術を披露させてはどうか。採否の決定はその結果を見てからでも遅くはない。秋帆が身分の低い長崎の地役人であることを言い募る者があるが、それでいったい何の差し障りがあろうか」

　弁駁書の草案を書いてから、英龍はその文書を斎藤弥九郎に見せた。

　弥九郎は、一読してから言った。

「おれも、近ごろの西洋砲術をこの目で見てみたいものだ。ご公儀は、高島先生を呼び寄せるかな」

　英龍は言った。

「高島先生も、いまごろ手ぐすね引いて待っているにちがいない。お呼びがあれば、すぐ出府するさ。それにしても、お主も西洋砲術に関心があったのか」

「そりゃあそうだ。お主のそばにいて、西洋砲術に関心を持たぬわけがない」

「正直なところ、お主は飛び道具は好かぬのだろうと思っていたのだが」

「おれは剣術家だが、剣術はたぶん国の敵を防ぐ術としては、砲術の前には無力だということはわかっている」

「だからといって、お主は剣術家であることを辞めるつもりはあるまい?」

「ああ。海防の武器は砲。だが剣は、志を守る武器だ。たとえどんなに威力ある砲があろうと、侍は剣術を捨てるわけにはゆかぬ」

「お偉方にも、お主のように考えてくれる人物が多いとよいのだが。剣と伝来の砲術があれば、外国など恐るるに足らず、と信じこんでいる輩が多いからな」

「高島先生が砲術を披露すれば、多少なりとも空気は変わるのではないか」

「柏木の報告を聞くと、多少変わるどころではないと思うのだがな」

弥九郎は、ふと思いついたように言った。

「高島先生が出府してくるとなると、柏木らも門弟としてついてくるのだろう?」

「そうなるだろう」

「高島先生の砲術披露の際には、おれもなんとか高島先生の門弟として、その場に潜り込めぬかな。砲を牽《ひ》く人足のひとりでもよい。身近に見たい」

「そんなことをするより、出府されたところできちんと入門を願い出るというのはどうだ。じっさいに砲術の手ほどきを受けるのだ」

「一度却下されている」

「誰も高島砲術を知らなかった。実見したあとでは違う」

「なるほど、それでよい」

英龍は翌日、弁駁書を水野忠邦に提出した。

水野は一読すると、これをただちに羽倉外記に見せて、意見を求めた。

羽倉外記は言った。

「西洋砲術を実地に見てから判断せよ、という英龍の意見はまことに妥当かと存じます。高島秋帆には、砲を携え、門弟たちを引き連れての出府を命じ、鉄砲方をはじめ、関わる者の居並ぶ前で、演練をさせるべきかと存じます」

「そうだな。それ以外にあるまい」

「ただ、秋帆の身分にこだわる者もいることを考えますと、地役人のままでの出府はまずかろうと存じます。秋帆には、幕臣として取り立て、そこそこの格を与えての演練とすべきかと」

「手頃な組の与力とするか」

水野は高島秋帆に西洋砲術を実演させると決定する。
ただちに長崎奉行に対して、秋帆への出府の指示が伝えられた。

10

高島秋帆が、長男のほか、門弟たちおよそ八十名を引き連れて長崎を出発したのは、天保十二年の閏正月二十二日である。瀬戸内海を船で抜け、大坂に上陸した後、東海道を進んだ。

一行が携行した砲は、二十ドイム・モルチール砲、ホイッスル砲（短砲）各一門、野戦砲三門であった。さらに馬上砲数挺、小銃がほぼ百挺である。

これはほとんど軍隊が移動するに等しい。大塩平八郎が乱を起こしたときよりもはるかに重武装の旅行列となった。

秋帆の江戸到着は、三月初めである。

秋帆はすぐに諸組与力格待遇を与えられ、一代限り終身七人扶持、長崎会所調役《しらべやく》頭取を命じられた。

秋帆たちの宿舎は、長崎奉行である柳生伊勢守盛元の屋敷となった。

秋帆は、ここの庭で、門弟たちに対して銃陣の稽古を重ねることになる。

秋帆が江戸に到着して数日後、英龍は弥九郎を伴って秋帆を訪ねた。

奥の間に通されると、英龍は秋帆に深々と頭を下げて言った。

「こたびは長崎より長途出府の段、ご苦労に存じました。家中の者よりお聞き及びかと存じますが、それがし、先生の門弟として学びたいと、一度勘定所には伺いを立てたこともございます。却下されましたが、先生にお目にかかれる日を待ち望んでおりました」

英龍は、秋帆よりも三歳年下であるが、役人としての格は、新任与力の秋帆よりもかなり高位となる。しかし英龍は、そもそも鳥居のように、ひととの応対を相手の地位身分で変えるということができる性格ではなかった。自分よりも優れたものを持つ人物には素直に頭を下げることができたし、一事でも教えられることがあれば、相手を師と仰いだ。

この日の秋帆との接し方も、英龍にとってはごく自然な振る舞いだった。

むしろ秋帆のほうが恐縮した。

「どうぞ、どうぞ、面をお上げくださいますよう。柏木さまそのほか、八人のご家中の方々を派遣された江川さまには、それがしもいつかお目にかかってご挨拶をと念じておりました。このたびの建議書の件では、ひとかたならぬご尽力をいただいたとか、深く謝し奉ります」

「なんの。高島先生の建議書はまさに当を得た指摘ばかり。幕閣も評定所一座も、高島先生の見識には、ただうなずかれるばかりであったと聞いております」

英龍は隣りの弥九郎を紹介してから言った。

「つきましては、家中からもうひとり、この斎藤を、先生の門弟として入門させていただくわけにはまいりませぬでしょうか。こたびの演練では人手も多く必要かと存じます。なんなりと使っていただければと存じます」

秋帆はかすかに微笑した。

「江川さまのご家中となれば、大歓迎にございます。じつを申しますと、在府の諸大名やお旗本の多くのご家中から、もうずいぶん入門の打診がきております」

「ほう、もうすでに？」

「西洋砲術、過分に優れていると思われているのかもしれませぬ」

「いや、世を素直に見ている者には、西洋砲術の優っていることは周知の事実。先生の出府を、多くの者が待ち望んでいた証左にございましょう」

弥九郎の入門はこの場で認められた。弥九郎はこれ以降、秋帆のもとに砲術稽古に通うのである。演練の際には砲隊のひとりとして実演してもらう、と秋帆が言った。

英龍も、自分自身の入門を願い出て、勘定所の許しが下り次第、門弟となりたい旨を伝えた。

秋帆は英龍の入門を快諾した。

「江川さままでがご入門となれば、西洋砲術への評価は確固たるものとなりましょう。心強うございます」

四月十日、英龍は正式に勘定所へ、秋帆への入門について伺い書を提出する。こんどは長崎に赴くわけではない。高島秋帆在府中の入門である。却下される理由はないはずだった。

同じ日、幕府は、秋帆による砲術の演練の日を五月九日と定めた。

すでに幕臣のみならず、諸大名からも参観の希望が数多く出されている。幕府は、直参、陪臣を問わず、届け出た者にはすべて参観を認めると布達した。

演練の場所は、武蔵国豊島郡徳丸原、現在の高島平である。


秋帆への入門について、勘定所からは許可が下りない。伺い書を出しているが、回答がないのだ。

斎藤弥九郎のほうは、勘定所の許可が必要な身ではないから、すぐに秋帆の江戸の宿舎となった柳生伊勢守の屋敷へ、砲術座学と稽古とに通うようになった。

ただ、英龍の立場では、勘定所が許可を出さないうちに、勝手に学び始めるというわけにはいかなかった。ましてや、幕府が公認砲術を変更、高島流砲術を採用するかもしれないというこの時期では。

待っているうちに、演練の日が近づいてくる。演練は五月九日であるが、前日八日に同じ徳丸原で予行演習があることになった。

英龍は、この予行演習についても、参観希望の伺い書を勘定所に提出した。しかし、これも不許可である。

秋帆への入門許可を出さぬことといい、予行演習参観の不許可といい、鳥居耀蔵の意志が働いていることは明白だった。これは鳥居による英龍への嫌がらせであり、横槍なのだ。

英龍は嘆いた。

「鳥居殿たち、よくよくわたしのすることが気に入らぬと見える」

弥九郎が言った。

「こんどの演練で、砲術への見方が一変する。西洋砲術熱が沸き起こる。鳥居たちは、いまからその事態におののいているのだ。お主が、高島先生の強力な後見人となることを阻みたいのだ」

「そうかな」

「入門の件も、予行演習参観の件も、もう一度伺い書を出せ。参観については、お主は家中の高島門弟たちを監督するという立場もある。それを書き添えるのだ」

　もっともな助言だった。

　英龍は、高島流入門の件と、予行演習参観の件について、あらためて伺い書を出した。後者については、演練が間近に迫ってから、勘定所もようやく許可を出してきた。

　演練二日前の五月七日、英龍は、秋帆のもとに弟子入りさせていた家中の者たちを江戸役所から送りだした。柏木総蔵以下八名の銃隊員と、斎藤弥九郎である。

　柏木たちは、秋帆の一行と共に長崎から江戸に戻ってきたが、帰府後は秋帆一行とはべつに、本所の江戸屋敷で起居していたのだ。

　弥九郎は、柳生伊勢守の屋敷で連日続けられた砲術の訓練を受けており、当日は砲隊のひとりとして、演練に参加することになっていた。

　五月七日深夜、英龍は自分自身も徳丸原に向けて江戸屋敷を出発した。宿舎としては徳丸脇村の名主、久蔵方を指定されている。しかし、徳丸原に着くころには夜も明けている。久蔵宅には寄ることもなく、そのまま秋帆たちの宿舎、赤塚村の曹洞宗松月院を訪ねることになろう。

　松月院に着くと、境内では秋帆の門弟たちがあわただしく動いている。予行演習の支度が始まっていた。いくらか殺気だっている様子もある。

　英龍の姿を見て、秋帆が寄ってきた。

英龍があいさつすると、秋帆は門弟たちを示しながら言った。

「一門の者、張り切っております。ただ、なにぶん火薬も使いますゆえ、気を散らすことができませぬ。きょうこれから徳丸原へ向かいますが、ご無礼の段もあるかと存じます。ご了解ください」

「承知しております」。英龍は言った。「それがし、お邪魔だていたしませぬ。端で見ていることだけお許しください」

「もちろんです。英龍さまは、すでに門弟でございますから」

「なにもまだ習うてはおりませぬが」

「兄弟子たちの様子を見つめるところから、稽古は始まっております」

境内には、臼のようなずんぐりした形の砲が引っ張り出されている。これが話に聞くモルチール砲だろう。

その横には、細身で砲身のわりあい長い砲がある。これはホイッスル砲のようだ。見たところ、ヨーロッパではすでに実用に供されているという長距離砲らしきものはなかった。

英龍の視線に気づいたか、秋帆が言った。

「わたしはオランダ商館には、ヨーロッパで一番新しい砲が欲しい、と何度も注文を出しているのですが、じっさいに届いたのはこのような砲です」

英龍は訊いた。

「最新のものではないのですか」

「たぶん、ひと昔前のもの。いまのものは、弾を飛ばす距離も、威力も、そうとうに進歩しているはずです」

「売る側の立場のことも、想像がつきますな。最新の、つまりこの世で一番強い砲を外国に売っては、自分たちの利権も危うくなる」

「この状態が続きますと、たとえ西洋砲術が公認されても、諸外国との力の差は埋まらぬままです。なんとか最新の砲を手に入れる手だてを考えねば」

英龍は、目の前の砲を見つめたまま言った。

「最新式の砲については、オランダ商人は売り渋っています。みずから造るしかないかもしれませせぬな」

秋帆は目をみひらいて英龍を見つめてきた。

「みずから?」

「ええ。外国は売ってはくれぬ。しかしこのままでは海防に不安が残る。ならば自力で造るしかありますまい」

「よい鉄と、その鉄を加工する技が必要になりまする。じつはわたしも、長崎の鍛冶屋に砲を見せて、同じものを造らせたことがございます。モルチール砲のほうは、なんとか似たようなものができましたが」

「あとは？」

「ホイッスル砲は、無理でした。砲弾のほうも、なんとか自前でと考えましたがかなわず、けっきょく鋳型をオランダより取り寄せて造っている次第です」

「たしかにいまの鍛冶屋の技では、無理でしょう。しかし、ヨーロッパで造れて、我らには絶対にできぬというものでもありますまい。ヨーロッパのいまの大砲造りの技だって、二百五十年前は我らと一緒のところだったのですから」

「英龍さまは、我らがと申されましたが、それはご公儀のことにございましょうか」

「まずはご公儀が。ご公儀が諸般の事情でできないならば、先生やわたしのような、それが必要だと切実に思う者が、ということになります」

門弟のひとりが、秋帆を呼びにきた。秋帆は、よくわかりましたと言うようにうなずいて英龍から離れていった。二列になった銃隊が砲を曳いて動きだし、山門を抜けて、松月院の外へと出ていった。

徳丸原は、武蔵国豊島郡にあって、これまでも幕府が砲術訓練の場として使ってきた原野である。荒川沿いの低地で、江戸府内からは、およそ三里の距離だ。

この原野に、五月九日の朝までには、参観する者のための施設が整えられていた。

演練地の南側、原を見下ろす緩やかな斜面上には、五張の幕舎が設けられている。

これは、監察吏や幕閣、諸侯のためのものである。

演練地の西隅の幕舎は、秋帆とその一門のためのものだ。

幕舎の背後には竹矢来が設けられた。地元の農民や、物見高い江戸の町民たちがどっと押し寄せることが予想されている。彼らはこの矢来の後ろで見物することになる。

演練地全体を幕府の徒組が囲んで、見物人が演練地に入りこむことを防いでいる。

幕舎の前には、二門の砲が据え置かれている。英龍が昨日見た、モルチール砲とホイッスル砲である。砲口は北側、つまり荒川の方角を向いていた。

荒川の河原に連なる荒れ地には、実弾射撃の標的となる板壁が三つ、間を空けて立てられている。そのうちふたつは、砲からおよそ八町ばかりの距離、あとのひとつは、四町ばかりの距離である。

夏至を過ぎたばかりであった。この日の日の出から三時間後、こんにち風に言うならば午前七時には、徳丸原の演練地には数千の見物人が押しかけていた。

地元の農民衆のみならず、江戸から駆けつけたと見える町民衆や、武士の姿も多い。御家の参観団には入れなかった下級の武士たちなのだろう。それでも彼らは、なんとか高島流砲術をこの目で見ようと、徳丸原までやってきたのだった。

それからさらに一刻もたったころには、幕閣や諸大名の行列も続々と到着、指定された幕舎の床几《しょうぎ》に腰掛けた。

鳥居耀蔵をはじめ、幕府鉄砲方の田付四郎兵衛、井上左太夫らも、不機嫌そうな顔で幕舎に入っている。

英龍ら韮山代官組は、五つ並んだ幕舎の最も西寄り、つまり秋帆たちの幕舎に近いところに陣取った。

その横には、浦賀奉行組の面々がきている。海防のいわば最前線にいる者たちだ。この日の参観は当然のことであったろう。

英龍は、浦賀奉行組の中に知った顔をみつけた。中島三郎助という与力見習いだ。外国事情と西洋の科学について、強い関心を持っている役人。たしか田付流砲術の免許を持つ浦賀の台場の砲手であったはずである。

中島は、英龍と目が合うと黙礼してきた。その瞳には、強い期待の光があった。この日を何より楽しみにしていたと、言っているようであった。

参観者たちがすべて着席すると、法螺《ほら》貝の響が鳴り渡った。

一同、私語を止めて、西側の幕舎のほうに視線を向けた。

秋帆たちの幕舎から、百名を超える男たちが飛び出してきて、その場に整列した。銃隊は九十九名、砲隊は二十四名とのことである。

一門の前に立つ秋帆の出立ちは、黒いトンガリ帽子に、淡紅色の筒袖、筒袴である。采配を手にしている。

秋帆がかぶっている帽子は、トンキョ帽と呼ぶものだ。昨日、秋帆が教えてくれた。砲の操作に支障がないよう、秋帆自身が陣笠を改良して作ったものだという。額の部分に、銀月の紋がついていた。

一門の身なりは、黒か濃紺と見える筒袖に筒袴、秋帆同様のトンキョ帽であった。秋帆の横には、やはり黒っぽい上下を着た男が立っており、笞《むち》を手にしている。これは秋帆の一番弟子、市川熊男という者だろう。副官を務めているはずだ。どれか区別はつかぬが、秋帆の実子、高島浅五郎も、銃隊の指揮官として一門を率いているはずである。

秋帆と市川の合図のもと、幕舎の前から砲隊員たちが駆けてきた。きびきびとした動作である。砲隊員たちは素早く二門の砲を取り囲んだ。

秋帆が、幕舎の幕閣らに大声で言った。

「モルチール砲試し撃ちにございます。弾はボンベン弾、すなわち破裂弾にございます」

秋帆の指示で、砲隊員たちは手際よく動いた。火薬を詰め、砲弾を装塡した。みな、滑らかな動きだった。

その場にいるすべての者が息を呑んだ。

秋帆が采配をさっと下ろすと、点火である。どんという大きな破裂音と同時に、地響きがあった。英龍は思わず身を縮めた。砲口から白い煙がさっと広がって散った。

つぎの瞬間、八町ほど先で小さな炸裂があり、板壁の標的が砕け散った。

おお、というどよめきが湧いた。

砲弾は、板壁に直接当たったのではなかった。命中する直前に、砲弾自身が破裂して、砕けた砲弾の破片が、板壁を木っ端みじんにしたのだった。

「これが、破裂弾か」

英龍は、思わず口にしていた。知識はあったけれども、炸裂の実際を見るのは初めてである。

この砲弾は、中に炸薬を仕込み、撃ち出す直前に点火する。点火して発射、目標に達したところで、中から爆発して破片を散らし、周囲のものを破壊するのだ。

言葉にすれば簡単だが、これを実用化するには、まず砲と砲弾を均質に製造できる工業技術が必要である。また砲手たちにも、正確に射程と弾着までの時間を測る技術と、点火してから必要な時間で確実に破裂させる技術が求められる。

秋帆は、制約の多い中でここまで西洋砲術をみずからのものにしている。その苦労は並大抵のものではなかったはずである。そもそも、必要な道具や材料を揃えることからして。

秋帆がまた采配を振った。

モルチール砲がまた火を噴いた。こんどは弾道が確認できた。大きく山なりになって飛んでゆく。この飛び方であれば、堅固な土塁や石垣を挟んでの戦いでも、威力を発揮することだろう。

二発目が、砕け散った標的のすぐ上で炸裂した。かろうじて立っていた柱や板も、この炸裂ですべてなぎ倒された。

ついで三発目の発射。砲弾は前の二発とまったく同じ弾道を描いて飛び、同じ位置で炸裂した。

秋帆は幕舎のほうに向き直って言った。

「続いて、ブランドコーゲル弾、すなわち焼打弾を発射いたします」

その砲弾が崩壊した標的の上で炸裂すると、地面に散らばっていた木っ端屑がたちまち炎を上げた。ここでも参観者のあいだからは、どよめきである。

焼打弾はもう一発発射された。

秋帆は、モルチール砲に並んで据えられたホイッスル砲のほうに移動した。

秋帆は言った。

「つぎはホイッスル砲にございます。小型ボンベン弾を二発、続いて、鉛弾を葡萄のように飛ばすドロフィーコーゲル弾、すなわち散弾を放ちます」

ホイッスル砲は、モルチール砲よりも浅い角度で砲口を北に向けている。弾道はおそらく、直線に近いものだ。あるいは、山なりではなくて弓なりとでも表現すべきものだろう。

小型ボンベン弾は、八町先のもうひとつの標的の板壁を完全に粉砕した。さらにドロフィーコーゲル弾も、四町の距離にある標的に命中して吹き飛ばした。

「次は馬上砲にございます」

秋帆の采配で、騎馬の隊員が三人現れ、馬上から小型の砲というか、それとも太めの銃と呼ぶべきものを撃ってみせた。

秋帆はまた幕閣たちに向き直って言った。

「次は、銃隊による陣の動きと、野戦砲の射撃にございます」

秋帆の采配で、今度は西の幕舎の前に整列していた銃隊が動いた。

足並みを揃え、縦一列になって駆け出してくる。銃を胸の前に抱えていた。幕閣の幕舎の前で銃隊は止まり、秋帆の合図で向きを変えた。幕閣たちに向かい合う形となったのだ。

秋帆が、英龍の知らぬ言葉で何ごとか指示した。

銃隊員たちは、胸の前で銃を垂直に持ち直した。

秋帆がまた何か言うと、銃隊員たちは、再び銃を胸の前で斜めに構えた。

この一列横隊は、次に秋帆と高島浅五郎の指示で左右に分かれて動いた。分かれたところで足を止め、空砲の撃ち方。ついで後ろに向きを変えて前進、左に陣形を変えて再び撃ち方。さらに素早く三方備の方形陣を作って撃ち方となった。

銃隊員たちの動きは、まるで機械仕掛けのように明快で、めりはりがきいている。

ついで秋帆の指示で、銃隊員たちは銃に短剣を取り付けた。着剣すると二重陣を作って突撃、ここでもまた撃ち方。すぐに二重陣は三重陣となり、さらに一列横隊となった。最初に幕閣の前に整列したときと同じ陣形となったのである。

一列横隊はまたくるりと向きを変えて後退、ここで三つの中隊に分かれると、用意してあった三門の野戦砲に取りついた。これはホイッスル砲に形は似ているが、ずっと細身で小型、いかにも軽量そうな砲であった。

銃隊はその野戦砲を順に発射した。

三門の砲が撃ち終わったところで、銃隊は北の方角、砲弾の飛んだ方へ駆け足で追撃、止まって撃ち方。また一列横隊になり、もう一度撃ち方となった。

秋帆が大きく采配を振り下ろすと、一列横隊はまた幕閣たちに向き直り、直立不動の姿勢を取った。

秋帆が、幕閣たちを振り返って言った。

「以上にございます」

ほうというどよめきが、またその場に満ちた。感嘆の声とも聞こえる。

秋帆が合図すると、銃隊と砲隊の隊員たちは、演練地に入ってきたときと同様、見るからに機敏に動作を揃えて、西の幕舎のほうに帰っていった。

英龍は、参観の幕閣や諸役人、諸大名たちの顔を見渡した。

どれも、呆気に取られたような顔に見える。しかし、不快そうではない。むしろその驚きは、賛嘆を含んだものである。良いものを見た、見事なものを見た、と誰もが言っているようであった。ごく少数の幕閣、幕吏を除いては。

成功した、と英龍は思った。多少は知識を持っていた自分でさえ、いま秋帆が見せたこの演練には驚かされた。西洋砲術と兵法の水準の高さを知らされた想いだった。もはや、勝負はあった。和式の伝統的な砲術は、いまこの瞬間に骨董品となった。

老中たちが、秋帆に前に進み出るように指示した。

秋帆は前へと進んで土下座した。

老中たちからたちまち質問が飛んだ。

「その服とか道具とかはどのようなものか」

秋帆が答えた。

「胴服に小袴または立付袴を用いました。南蛮の服ではございませぬ。塩硝石がつきますゆえ、黒染めに統一いたしております。胴乱も、誰もが同じ動作で銃や砲を扱えるように、かたちを揃えております」

「陣笠は、異国のものか」

「いいえ。本邦のものでございます。射撃の邪魔にならぬよう、横幅を狭くし、耳を覆いました。眉庇を出しましたのは、雨中での装薬の便をはかったものでございます」

「下知の言葉は、蘭語であろうか」

「は、うまく我が国の言葉に言い換えることができず、やむをえずそのまま合言葉のように使いました」

「剣付き銃の玉目と薬の量はどれほどか」と、妙に細かな技術上の質問も出た。

秋帆も明瞭に答えた。

「玉目は八匁。火薬は四匁にございます」

「野戦砲は？」

「玉目は百五十匁と五百匁にございます」

「その薬の量は」

「五、六十匁から百五十匁ほどでございます」

「モルチール砲とホイッスル砲の最大射程はどれくらいか」

「モルチール砲は、最大十五町ほど。ホイッスル砲は、低矢位で十八町から二十町ほどにございます」

老中やそのほかの高位役人たちは、顔を見合わせた。

無理もない。日の本にある砲で、二十町も砲弾を飛ばすことのできるものはないのだ。せいぜいが十町。秋帆が持ち込んだモルチール砲ほどの射程もない。

もし同じ射程なら、人馬を相手にする場合、ボンベン弾を撃ち込めるモルチール砲のほうが強力である。

ましてや、十町の射程の和砲と二十町のホイッスル砲とが撃ち合う場合は、まったく勝負にはならなかった。

しかし、ヨーロッパではこれ以上の射程の砲が使われている現状では、秋帆の砲を大量に揃えたとしても、我が国の海防は心もとないということになる。

老中のひとりが、この西洋砲術を誰に学んだか、その経緯を訊ねた。

秋帆は答えた。

「は、わたし自身は父、四郎兵衛に学んだところが大部分にございますが、父自身は、出島に出向くついでができますごとに、砲術や用兵術を知るオランダ人を探し、教授を請うたそうでございます。わたし自身もときおり、出島にて同じように教授を請いました。その場には必ず町役人やお目付が立ち会っておりました。ひそかに伝授されたわけではございませぬ」

「ついでの折りだけで、これだけのことを覚えたというのか」

「あとは書物を読みました」

「砲術を知るオランダ人とは、誰であるか。名を挙げることができるか」

「オランダ商船の砲手デヒレニコーへさまと、商館長のスチュレルさまのご教授が、いちばん実のあるものでございました」

「商館長が、砲術を知っておったのか」

「はい。スチュレルさまは、十四歳でオランダ軍砲兵隊に入隊され、後にオランダ軍の砲兵頭まで務められた御仁にございます。かのナポレオン将軍がヨーロッパを席巻しておりましたころ、オランダ軍砲兵将校として数々の戦に従軍されたとうかがいました」

ナポレオンのことは、日本の知識人や高位官僚たちのあいだにもよく知られている。伝記の抄訳さえ刊行されていた。そのナポレオンの名が出たせいか、質問者は沈黙した。

べつの老中が言った。

「見事であった。下がってよい」

秋帆はもう一度ていねいに土下座してから、西の幕舎のほうへと去っていった。

参観者たちが帰り支度を始めたので、英龍は秋帆たちの幕舎に赴いた。柏木や弥九郎が、うまくやれたという顔で黙礼してきた。

秋帆にあいさつしていると、そこにふたり、見知った顔がやってきた。ひとりは、先ほども会った浦賀奉行所与力見習いの中島三郎助である。

秋帆に、西洋砲術についていくつかぜひ教えてもらいたいことがある、とのことだ。

もうひとりは、渡辺崋山の集まりにもよく顔を出していた旗本の下曽根金三郎だった。西丸小姓組に所属していたはずだ。

下曽根は英龍に言った。

「本日の演練、腰が抜けるほど感銘を受けました。高島先生に入門をお願いしたくて、やって参りました」

英龍は下曽根と中島を秋帆に紹介した。

中島が秋帆やその弟子たちに、砲や銃について質問を繰り出し始めた。さすが中島は、浦賀奉行所一の砲術家である。質問の中身は専門的で鋭いものだった。答える秋帆や弟子の顔も、真剣だった。

そこに、高位の旗本と見える男がやってきた。水野の側用人かもしれぬ、と英龍は感じた。従者をふたり従えている。

その男は言った。

「ご老中より高島四郎太夫秋帆に御下命である。後日あらためて沙汰があるが、それまでは赤塚村松月院に留まるべし。砲や銃などは、許しを得た者以外には見せてはならぬ。松月院は徒組が警備する」

役人が幕舎を出て行くと、秋帆が、どういうことだろうと英龍に顔を向けてきた。江戸には入るな、ということなのかと問うているようだ。

英龍は答えた。

「きょうの演練、諸大名や諸藩の者たちも参観いたしました。入門を願う者ばかりではなく、秋帆先生を召し抱えようとするところさえ数多く出てまいることでしょう。ご公儀はそれを心配しておられるにちがいない」

「わたしを松月院に閉じ込めると？」

英龍は笑って首を振った。

「ご公儀はたぶんすでに、先生の砲術を御家公認とすると決められたことでしょう。ただ、なにぶん」

英龍が言いよどむと、横で弥九郎が言った。

「鳥居耀蔵殿という困った御仁がいる」

「さよう」英龍はあとを引き取った。「鳥居殿をはじめ、鉄砲方の田付殿、井上殿などにもそのことを言い含めねばなりませぬ。多少ときが必要。それまで、鳥居殿たちを刺激せぬように、との配慮でございましょう」

秋帆は納得した様子でうなずいた。

じっさい、この演練に衝撃を受けた鳥居と、鉄砲方の田付四郎兵衛、井上左太夫たちは、秋帆の排撃に必死となるのだ。

井上の名で提出された見聞報告書は、つぎのように書かれていた。

「馬上砲、モルチール砲なるもの、我が流にもあり。異国製は重すぎて役に立たぬ」

「野戦砲なるもの、我が流であれば撃ち方ひとり、手伝いひとりで十分である」

「銃の空砲射撃では、的中度を見ることができぬ。銃は我が方秘蔵のもののほうが優れている」

「用兵については、児戯に等しい」

「異体の服と笠を着用させ、異国語で下知するとは心得違い。禁止すべきである」

しかし、こう書きながらも、鳥居たちは幕府が高島流砲術を公認するのではないかと恐れた。そうならぬよう、報告書の最後では、こう申し出ている。

「ただし、これらの砲を我が流に献納せしめて、我に於いて研究し工夫を加えるならば、あるいは役に立つかもしれぬ」

つまり田付と井上は、幕府が和式伝統砲術を捨て、高島流砲術を公認砲術とした場合でも、地位を守ろうとしているのだった。

また鳥居と、このとき浦賀奉行のひとりであった伊沢美作守政義は、秋帆が砲や銃を輸入した手続きや金の出所にこだわった。御禁制を犯してはいないか、何か不正はないかと、秋帆に質問状まで出して調べている。不正があったとなれば、秋帆は捕縛、高島流砲術が幕府公認となることは防ぎうるのである。

英龍はこの動きに対して、反駁書を書いて秋帆を擁護した。

いっぽう勘定所のほうは、演練のあと、英龍に対して、高島流入門を正式に許可している。幕府内部では、高島流砲術の優劣の問題については、演練当日に決着がついていたのである。

英龍は正式に入門が許可されたことで、束脩として魚代五百匹、上下地一反を、松月院の高島秋帆のもとに持参した。名目上の門弟となるのではない。高島流砲術を本気で習得するつもりだった。

英龍は秋帆に言った。

「若い門弟同様に、厳しくご指導くださいますよう」

幕府は高島流の近代西洋式砲術採用に動く。

六月、危機感を募らせた鳥居は、いま一度井上に上申書を書かせた。

「高島四郎太夫とその砲術は、一切御用に立ててはならぬ」

しかし、幕閣も水野忠邦も、鳥居たちのこの中傷や非難はきっぱりと退けた。

六月二十五日、秋帆は江戸城に呼ばれ、銀子二百枚を与えられるのである。さらに、秋帆が長崎から持参した砲も、五百両で幕府が買い上げる、と伝えられた。

下城後、英龍の屋敷を訪ねてきた秋帆に対して、英龍は祝いの言葉を贈ってから言った。

「このたびの扱い、ご公儀は、先生の砲術を事実上公認されたということですな。もう鳥居殿たちの妨害を恐れることはありませぬ」

秋帆への褒賞と砲の買い上げを聞いて、鳥居はいよいよ危機感を募らせる。高島流砲術の公認はもう止められぬかもしれぬ。しかしその場合、直伝を受けるのは、あの江川太郎左衛門英龍であってはならない。それだけは阻止しなければならない。

鳥居は水野忠邦に面会して、直接進言した。

「高島流砲術が他家に伝わることは危険すぎます。もし秋帆が本府で砲術を伝授する場合は、それは幕府直参に限り、諸藩への伝授は禁じなければなりませぬ」

たしかにそうだ、と水野は同意した。

鳥居はたたみかけた。

「また、先般の大塩平八郎の一件もございます。幕府直参にしても、江戸在府の者に限るべきでしょう」

もっともだ、と水野はまた同意した。

江戸在府が条件なら、韮山代官の英龍は対象とはならない。鳥居は、水野の反応を見て、ほくそ笑んだ。

水野は鳥居の進言を受けて、側近たちに相談した。高島流砲術を伝授させるのは、誰がよいか。

側近のひとりが言った。

「下曽根金三郎はいかがでございましょうか。旗本で、父親は筒井伊賀守政憲さま、江戸町奉行、長崎奉行を務めた男にございます」

「それはよい。では高島に伝えよ。幕臣の下曽根金三郎ひとりに限って、砲術を伝授してよいと」

英龍は、この決定を聞いて憤慨した。

「いま高島流砲術を緊急に必要としているのは誰だ？　豆州の代官所や浦賀の奉行所だ。江戸在勤の者たちではない。現実に異国船を見つめ、台場を守っている者たちだぞ」

もちろん英龍は、下曽根金三郎への伝授自体には反対ではない。だが、彼ひとりに、という限定が不満なのだ。

高島流砲術は、いま早急に普及が求められている軍事技術である。下曽根金三郎と同時に、韮山代官たる自分へと伝えられるべきである。自分はすでに入門の許可を得て、高島秋帆の正式の門弟となっているのだ。

七月九日、英龍は登城して、勘定所や水野忠邦らに、自分にも高島流の砲術伝授の許可をあらためて求めた。

水野も、鳥居耀蔵が伝授される者に付けた「江戸在府の者に限る」という条件が、英龍を排除する目的であったと悟った。それは水野の本意ではなかった。水野はむしろ、海防問題について積極的に建議を繰り返してきた英龍を、幕府の軍政改革の責任者としようという心づもりさえ持っていたのである。

水野は英龍に対して、高島流砲術の伝授を受けること、と言い渡す。秋帆に対しては、下曽根金三郎への伝授不仕、の命を下した。

しかしこの時点で、下曽根金三郎はすでに免許皆伝を得ていた。許可が取り消されたわけではなかったので、下曽根はこの後も砲術指南を続けることになる。

英龍への、伝授受くべしの命は、個人的に入門する許可を受けたのとは、まるでちがう重みを持った決定であった。つまり、幕府は、高島流砲術に関して、英龍を公認の直伝者と決めたのである。

英龍が仰せ渡しを受けたのは、七月十一日である。正式許可を得たことで、英龍は翌日から高島秋帆一党が滞在する豊島村の松月院に通い、高島流砲術を習得する。

伝授が終わったのは、八月なかばである。秋帆は、英龍に対して、免許皆伝を告げた。

そのとき、高島秋帆は英龍に訊いた。

「さて、江川さまには、お伝えすべきことはすべてお伝えいたしました。それがしは、おそらくこの秋にも、長崎に帰ることになりますが、このあと江川さまは我が流の砲術をどのように広めて参られます？」

英龍は、徳丸原の演練を観たときから考えていたことを口にした。

「じつは、たったひとつだけ、高島先生の流儀をそのまま広めるのはどうか、と思えることがございます」

「ほう。と申されますと？」

「下知の合図にございます。蘭語をそのまま使っているということで、演練では幕府にこれを不愉快と感じた者は少なくありませんでした。せっかくの砲術ですから、下知の言葉が蘭語であるという理由で反発を受けるのもつまらぬことにございます。先生さえご了解くださいますなら、下知の合図を本邦の言葉に変えようかと存じます」

秋帆は頭をかきながら言った。

「そのとおりです。どんなに稽古を積んだといっても、蘭語では咄嗟のとき、あるいは混乱の中で、合図が伝わらぬ心配もございます。よき言葉に置き換えられますならば、蘭語にはこだわりませぬ」

「いかがでしょう。先生とわたしとで、下知の合図をすべて、作ってみては」

秋帆はうなずいた。

「さっそくやりましょう」

さらに英龍は、砲と銃の国産化の構想も、秋帆にあらためて明かすのである。

「オランダが、最新式の銃砲を売ってはくれぬというなら、我々が造るしかありませぬ。わたしは鋳造の許しを受けて、韮山で製造にかかるつもりでおります」

秋帆も賛同した。

「わたしにはできぬことも、英龍さまであれば許しが得られるでしょう。ぜひお進めください。必要な文献など、できるかぎり長崎で集めてお送りいたします」

「かたじけのうございます。まずはよき鉄の製法と、よき鉄を造る溶鉱炉の造りかたについて、手引きを探していただければ」

「長崎に戻ったところで、すぐに手配いたします」

早速、英龍と秋帆の手により、オランダ語の砲術用語、用兵用語が、日本語に移し換えられた。今日も使われている「右向け右」「担え筒」「捧げ筒」等の言葉も、英龍と秋帆が創案したものである。

九月二十二日、英龍は幕府に対してふたつの願書を提出している。

「大砲御鉄砲拝借之儀奉願候書付」と「高島流鉄砲調方之儀奉願候書付」の二通である。

幕府が秋帆から買い上げた砲の借用願いであり、秋帆を通じて剣付き小銃二十四挺を取り寄せる許可を願い出たのだ。

実技の指導の場所としては、英龍は韮山の代官所を考えていた。自分が韮山代官としての務めを兼ねつつ指南するとしたら、手狭な江戸屋敷では実弾の発射は不可能、となると、季節は晩冬から春のみと限定されるが、韮山を砲術指南の場とする以外にはない。韮山と江戸と、勤めの時季を改める必要もあるだろう。

砲の借用と取り寄せの許可願いは、つまり韮山への移送、搬入の願いということであった。

ただ、幕府が秋帆から買い上げた四門の砲は、田付、井上両家が保管していた。付属の品々は、竹橋の鉄砲蔵にあるという。砲術の伝授には実物の砲がどうしても必要だが、田付、井上両家が簡単に引き渡してくれるかどうか心配だった。

願書を出した後、英龍は弥九郎に頼んだ。

「今年も、そろそろ韮山に戻る時期だ。長崎に帰られる高島先生も、韮山でおもてなししたい。砲の借用の手続きの件、よろしく頼んだぞ」

「まかせておけ」と弥九郎は請け合った。

11

伊豆・韮山代官所の奥、江川屋敷に通された秋帆は、一瞬、顔をこわばらせた。英龍には予測のついていたことだった。この屋敷に客人を招じ入れると、おおむねみな、同じ顔をする。屋敷のたたずまいの質素さ、というよりは、貧しさに驚くのだ。どの畳もほうぼうに破れが生じて、藁屑さえのぞいている。客間以外の障子はすべて反故紙で切り貼りしていた。庭の手入れも、最低限のものである。藪の中から獅子でも出そうだと評した客さえあるくらいだ。なにより、迎えに玄関口に出た英龍自身が、つぎはぎだらけの袴をつけているのである。

英龍は言った。

「驚かれるのもごもっともです。江戸屋敷では、登城する手前、無礼にあたらぬだけのものを身につけておりますが、当地ではご公儀の倹約令を徹底するためにも、代官が率先して手本とならねばなりませぬ。お見苦しい段、お許しくださいませ」

秋帆はあわてた様子で言った。

「見苦しいなど、とんでもございませぬ。英龍さまの質実なお暮らしぶりは、江戸でも耳にしましたが、噂どおり、いやそれ以上と知って、感嘆した次第にございます」

英龍は客間へと秋帆を案内しながら言った。

「お恥ずかしい話ではございますが、当家では先代の折り、まったく蔵も空となって、家臣が腹を切ったことさえございます。それ以来、倹約は絶対の家訓にございます」

「倹約と吝嗇《りんしょく》とはちがうとは、わたしも承知しております。英龍さまが、お務めに必要なものであれば、書であれ、交誼であれ、掛かりを惜しまぬとも伺っておりました」

秋帆は、韮山で英龍の歓待を受け、ひと晩海防と砲術について語り合ってから、再び長崎へと旅発っていった。

いっぽう、砲の借用と銃の取り寄せについては、なかなか許可が下りなかった。勘定所の中の鳥居派の面々が、書類の書式や、移送の態勢の不備を問題にして、結論が出ないのである。田付と井上も、勘定所から意見を求められると、まだ鉄砲方の試験と調査が終わっていないと、引き渡しには反対した。

斎藤弥九郎は、井上左太夫を訪ねてなじった。

「高島流砲術の普及は、遅れれば遅れるほど国家の損失。危機は増大します。それをおわかりのうえでのこの難癖か」

弥九郎のこうした働きもあって、ようやくこの年の暮れに、大砲借用の許可が下りた。期限は五年間である。

ところが、なお田付、井上のふたりは、引き渡しを拒んだ。引き渡せという下命がない、というのが理由である。

すでに天保十三年となっていた。

弥九郎はついに鉄砲玉薬奉行の山内助次郎に面会して、田付と井上の妨害を詳しく伝えた。英龍もあらためて韮山から願書を提出し、許可を督促した。

さらにこれに引き続いて、英龍は「砲術師範之儀付申上候書付」を提出、高島流砲術教授の正式許可を求めている。

鳥居は焦慮を深めた。

「手続きの上では、もうこれ以上、英龍の請願を拒むことはできない。このままでは、英龍が幕府鉄砲方に就任する。羽倉外記、川路聖謨ら改革派が、幕政の実権を握る。勢力を拡大する」

鳥居は反撃を開始する。

改革派の追い落としのために、彼らが後援する高島秋帆に狙いを定めたのだ。うまいことに、秋帆に対してはすでに二年前からひそかに身辺を調べさせている。もし秋帆を犯罪人として伝馬町送りにできるならば、返す刀で……。

鳥居は前年の暮れに、江戸町奉行に昇進していた。このとき、本庄茂平次という、やくざ者を正式に家臣としている。本庄は、もともと長崎の出で、不身持から出奔、江戸に出てきた男であった。

数年前から本庄は鳥居に近づいて、密偵として使われるようになっていた。天保十一年、鳥居は「天保上書」を出して評判の高かった高島秋帆の身辺を調べさせるべく、本庄を長崎に帰している。本庄が再び江戸に舞い戻ったのは、徳丸原演練の直前である。

このとき本庄は、鳥居に吹き込んだ。

「高島秋帆が外国より銃砲を大量に輸入しているのは、乱を起こすためである」

「長崎小島郷にある秋帆の屋敷は、石垣で囲まれた一種の城砦であり、秋帆は籠城の用意を進めている」

「会所の金を流用して、兵糧米までため込んでいる」

「軍用金を得るために、密貿易にも手を染めている」

「密貿易のために、数隻の早船まで建造して所有している」

荒唐無稽としか言いようのない中傷であるが、英龍が田付、井上両鉄砲方の座をおびやかしかねない状況に至って、鳥居はこの告発を、改革派追い落としに使おうと決めるのである。

同じ時期、勘定所は、鳥居派の妨害と英龍の突き上げの板挟みとなって、ついに事態収拾を幕閣に任せることにした。事情の一切を報告したのである。

老中の水野は、呆れて言った。

「つまるところ、鳥居は、わしの指示が聞けぬということなのか」

五月十四日、水野は勘定奉行に対して、砲を英龍に引き渡せと下命する。

砲術教授については、勝手次第、と通達された。徳丸原演練の直後は、諸家相伝は禁止されていたが、その方針が撤回されたということであった。

「やれやれ」と、江戸屋敷にもどっていた英龍は、この報せを聞いてもらした。「五年間の期限のうち、もう半年を無駄にしたわ」

水野が砲の引き渡しを鉄砲方に命じた直後、鳥居は秋帆に対する乱の嫌疑があることを、水野に訴え出た。

「かような告発、いかがいたしましょうか。幕吏のあいだには支持する者も多い砲術家となれば、告発には目をつぶるといたしましょうか」

告発の書類は、本庄茂平次がまとめたもので、大部四冊の報告書となっている。

水野は、これが讒訴《ざんそ》であると見たが、乱の企てという告発である以上、無視することはできなかった。しかも、町奉行の家臣による報告書が持ち込まれたのである。正規の検討課題としなければならなかった。

水野は、この報告書を吟味せよと、評定所に命じた。

幕府の中枢で、秋帆の乱の企てが正式議題となったということである。

英龍は、羽倉、川路らから、この一件を知らされた。

英龍は、珍しく激昂して口にしていた。

「馬鹿な！　高島先生が乱を企てたなどと、讒言にもほどがある」

弥九郎や柏木総蔵も心配そうだ。この疑惑、へたをすると英龍自身にも火の粉が降りかかりかねないのだ。秋帆が乱を企てたなど、ありえないことだが、もし疑いが晴れなかった場合、秋帆と親しかった英龍にも疑惑の目が向けられる。

その場合、なぜ熱心に高島流砲術の伝授を希望したか、大砲借用をあれほど懸命に願ったか、ということまで、連座の裏づけとされかねなかった。

弥九郎が言った。

「鳥居の家臣となった本庄茂平次という男、剣術家たちのあいだでは、直心影流の井上伝兵衛を闇討ちした男ではないかと噂されている。長崎を出た理由についても、あまりよいことを聞かぬ。ご公儀が、こんな男の戯れ言をまともに受け取るとは思わぬ。心配しすぎることはあるまい」

「そうだろうか。鳥居殿がけしかけた訴えだ。鳥居殿も、少なくとも高島先生をお縄にできる程度の証は、手に入れているのではないだろうか」

「たとえば？」

「銃砲を購うための掛かりも、たしかに相当なものがあったはず。また、砲術指南のためになぜ百挺もの銃が必要か、これだけの火薬は必要なのか、と問えば、どう答えても疑いは膨らむような気がする。高島先生、どこかに付けこまれるような弱みがなければよいのだが」

弥九郎は、腕を組んでから言った。

「おれは、鳥居殿とそのまわりの面々のこと、探ってみる。告訴の中身も、詳しく知る必要があるな」

「わたしも、羽倉殿らに聞いてみよう」

「どうであれ、これからは砲術をめぐっては慎重になれ。手続きを怠ることなく、細かなことでもひとつひとつ、許可を取っておくべきだ。教授勝手次第の通達も、再確認が必要だぞ。それまでは、弟子は取るな」

「そうだな」

しかし、教授勝手次第の通達が出たことは、諸藩や蘭学者たちのあいだにも伝わっていた。

英龍のもとで高島流砲術を学びたいという声は、江戸府内で大きくなっていたのである。

そんな折り、英龍は川路聖謨から、佐久間象山《しょうざん》という松代藩士が、間宮林蔵を紹介して欲しいと言っている、と伝えられた。

この象山という男、海防問題について一家言を持つ蘭学者であり、藩主の真田幸貫《ゆきつら》の顧問であるという。北蝦夷地を探検してきた林蔵から、直接に北方事情を聞きたがっているとのことであった。

松代藩主の真田幸貫は老中で海防掛である。英龍もこれまで何度も持論を語った相手だ。こんどの高島砲術をめぐる鳥居派との一件でも、味方になってくれている幕閣のひとりである。

その大名の顧問のこととなれば、断ることはできなかった。

英龍が林蔵と会ってこれを伝えると、林蔵は首を振って言った。

「その御仁の名、このところよく聞きます。やたらに江戸の名士や学者を訪ねては、自分は誰それの門人であるとか、知遇を得ているとか言って回っているとか。どうも愉快に談論を楽しめるお方のようには思えませぬ。どうかこの話はなかったことに」

英龍は了解して林蔵の屋敷を辞した。

ところが、その二日後、象山が直接英龍の屋敷を訪ねてきた。英龍よりも十歳ほど若いと見える男である。

応対に出た英龍に対して、佐久間象山は頭を下げて言った。

「松代藩士、佐久間象山と申します。川路さまを通じて、間宮林蔵先生へのご紹介をお願いした件、その後、いかがなものかと伺いに参りました」

英龍は、象山のその言いようが気に障《さわ》った。紹介を当然と考えているようである。しかも英龍からまだ何も連絡がないことをなじっているようにも聞こえる。

英龍は言った。

「川路さまより、たしかにその一件承りました。先日、間宮先生にお伝えしたところ、紹介には及ばずというお返事でございまして、明日にも松代藩のお屋敷のほうへ使いをやるつもりでおりました」

象山は意外そうな顔になって言った。

「会ってはくださらぬと？」

「その必要はございますまいと」

「はて、どういうことでございましょうか」

象山は食い下がってきたが、英龍は取り合わなかった。

そのうち、林蔵への紹介の件は諦めたか、象山は言った。

「それはそれとして、江川さまには、このたび高島流砲術の教授勝手次第と伺いました。それがしをぜひ門弟としていただきたく、お願いする次第でございます」

英龍は断った。

「教授勝手次第のお達しはありましたが、当家にてはまだ砲術指南を始めてはおりませぬ。高島先生へあらぬ嫌疑がかけられているいま、しばらくご公儀よりの正式の布達を待とうとしているところにございます」

「いまだ誰も入門を許してはいないと？」

「ただのひとりも」

「ぜひそれがしを、最初の門人としていただけませぬか。すぐにも免許皆伝となり、一番弟子として、ほかの門弟たちの教授にあたらせていただきますが」

「いまは、入門を受け入れるわけには参りませぬ」

「そこをぜひ」

「どうか、本日はお引き取りください」

象山は、不服そうに口をとがらせて屋敷を辞していった。八月五日のことである。

ところが象山は、その足で間宮林蔵の屋敷へと向かい、面会を求めたのである。

林蔵は、すでに英龍からその件を聞いていたこともあり、英龍は自分の返事を伝えなかったのかといぶかりながらも、象山を客間に上げたのだった。

象山は、その翌日にも江川屋敷を訪ねてきた。英龍は登城で留守をしていたので、家人の柏木総蔵が応対、あらためて入門を断った。

しかし象山は、束脩を百匹、置いてゆくのである。

屋敷に帰った英龍は、象山の強引な入門要求に激怒した。

「無礼な。いまは入門させるわけにはゆかぬと、あれほどはっきり申したのに」

翌朝、総蔵を象山のもとにやって、束脩を返却させた。

象山も懲りない。その日の夕刻には再び江川屋敷を訪れて、入門を請うている。英龍は、会わずに、同じ返答のみを伝えた。

翌日、真田幸貫の家臣から、真田家への砲術指南を要請する書状が届いた。当然これは真田幸貫の意を受けたものであろう。書状には、入門を願う家臣のひとりとして、象山の名が入っていた。

実質的にこれは、老中からの直接の依頼ということである。

英龍は翌日、真田幸貫の屋敷を訪ねて、家臣の山岸助蔵に面会した。

英龍が、困惑している旨を率直に告げると、山岸は平伏して言った。

「どうやら佐久間が先っ走りしてしまったようですな。一刻も早く教授を受けたいという思いからでしょう」

山岸は象山の無礼を詫びてから言った。

「いかがでしょうか。わが藩主が江川さまの砲術指南認可について、強力に幕閣に働きかけます。それはおそらく、高島先生への疑惑について、評定所の評議の行方にも影響を与えることでしょう。そして江川さまが正式の師範の聴許《ちょうきょ》を受けたところで、当家に高島流砲術を教授していただくということでは」

それは悪くない提案だった。高島流砲術を広めよ、という決定が幕閣から出るならば、秋帆には救いの船となる。その人物が確立した砲術の普及を決定しておいて、その人物に乱の企てありと決めつけるのは難しかろう。

英龍は、この申し出を受け入れた。

「では信濃守さまには、働きかけのほど、よろしくお願い申し上げます。聴許が出たところで、佐久間さまを含む真田さまご家臣の入門ということではいかがでしょうか」

「よろしゅうございます」

英龍は翌日、「高島流砲術指南之儀付伺書」を勘定所に提出する。秋帆の告発があったが、それでも高島流砲術の教授は許可するのだな、という確認である。

勘定所もこの伺書を受け取った。本来なら、すでに勝手次第という達示が出ている以上、上申無用、という反応があってもよかったはずである。しかし伺書は受理されたのだ。勘定所もまた、秋帆への疑惑をめぐって、評定所の審議の行方を気にしていたということであった。

徳丸原の演練から、すでに一年以上がたっている。いまこの時期に幕府が英龍に、高島流砲術師範を正式に聴許するということは、高島流砲術がいずれ幕府の公認砲術となるという含みである。すなわち英龍が、田付、井上両家に代わって、あるいは加わるかたちで、幕府鉄砲方に任命される、ということであった。

だから、英龍からのこの確認に対して、またもや鳥居耀蔵が立ちはだかる。

「ならぬ。砲術は代々、田付家と井上家が伝えておる。高島流の砲術はしょせん邪技。いちおう知っておく必要はあるが、あくまでも幕臣が伝えるべきは御家（徳川家）流であるべきだ。とあらば、江川太郎左衛門にわざわざ高島流砲術師範を聴許する必要はない。高島秋帆がそうであったように、私塾のかたちで勝手にやらせておけばよいではないか」

鉄砲方の田付四郎兵衛、井上左太夫も、鳥居の後押しを受けて、英龍による砲術伝授には猛反対した。

「御家の砲術は、代々我ら両家が伝えてきたもの。江川太郎左衛門が幕府公認の砲術師範となるべき理由はございませぬ。どうしても高島流の教授も必要と言うならば、われらが御家流指南のついでに、高島流についても教授いたしまする」

英龍は、鳥居たちの反応に対しても、もう驚きもしなかったし、溜め息もつかなかった。

すでに幕閣内では、どの流の砲術をもって国を守るか、という問題については、共通の認識ができているのだ。鳥居たちの反対は、無視されるだろう。

もちろん鳥居たちの反対は、一応は幕閣内部でも取り上げられ議論となった。

しかし最後に、海防掛である真田信濃守幸貫が反対者を説き伏せた。

「高島流砲術が邪技かどうか、あの日徳丸原にいた者は承知しておられるはず。また、誰がいつから高島流砲術の普及を熱心に説き、海防に役立てようと建議してきたかを思い起こされよ。幕府がすでに直伝者と認めた江川太郎左衛門以外に、師範となれる者はおりますすまい」

鳥居は、真田幸貫の発言を聞いて、形勢逆転は不可能とみた。かくなるうえは、秋帆を完全に罪人とすることで、高島流砲術を葬り去るしかあるまい。

ちょうど鳥居の縁戚である伊沢美作守政義が、長崎奉行に転じて出立するところであった。伊沢に秋帆の容疑を調べさせれば、本庄の訴えの裏づけは、いくらでも取れることだろう。秋帆を捕縛できる。

鳥居は、伊沢に秋帆取り調べの件を言い含めたうえで、自分の腹心である小笠原貢蔵、花井虎一たちを同行させた。花井虎一は、蛮社の獄の際に渡辺崋山らを告発した男である。このころ学問所勤番であるが、林家の使用人のようなものだった。

今度もあのときと同じように、あることないことでっちあげればよいのだ。

伊沢らが、長崎に着いたのは、九月五日であった。

その翌日の九月六日、江戸では、英龍が砲術師範の聴許を正式に受けた。

この正式許可を受けて、七日、英龍は象山を入門させる。彼が門弟の第一号ということになる。

その翌日には、川路聖謨が入門を願い出た。「許していただけますよね」と、小普請奉行に昇進していた川路は、愉快そうに言った。

英龍は答えた。

「もちろんです。川路さまのようなお方が入門となれば、わたしの砲術指南にも、風当たりは違ってきましょう」

この入門は、英龍もすぐ了解したとおり、たぶんに形式的なものである。川路の名を門弟の名に加えることによって、高島流砲術指南の権威を確立しようということであった。

英龍は川路を二番目の門人とする。

またこの日には、松代藩士の十人も同時に入門を願い出ている。さらに最終的には、この年九月末までに百人が入門を許されたのだった。その中には、大槻磐渓《おおつきばんけい》率いる仙台藩の足軽二個小隊も入っている。

本所南割下水の韮山代官江戸屋敷では、九月八日からさっそく指南が開始された。田付、井上両家から引き渡された砲四門を使い、実弾の発射こそできなかったものの、実際に装薬しての稽古までをおこなっている。九月十九、二十日には旗本の小野田熊之助の屋敷で実演、二十三日には松代藩屋敷に於いて、真田幸貫の前でも実演を見せた。

　いったん聴許となった以上、幕臣、諸藩のあいだに、できるかぎり早く高島流砲術を広めることが、英龍の役目だった。そのことは、おそらく、評定所が秋帆の無実を確認することに役立つはずである。

　指南の合間に、川路が英龍に助言した。

「英龍さまは、先年より大砲を国内で造るべきだと語っておられましたね。師範聴許が出たのですから、つぎはできるだけ早く大砲鋳造の許可願いも出されるべきでしょう」

　英龍は同意した。

「すぐにも、書きましょう」

　英龍が、大砲鋳造許可を願い出たという話は、海防に関心のある者たちのあいだにすぐに広まった。

　英龍なら、難なく洋式砲を造ってしまうだろう。

　すでにそんな評価が定まっていたようである。たちまち英龍のもとに、鋳砲の依頼が舞い込んできた。幕府からの許可も出ないうちにである。

　その依頼主とは、水野忠邦、土井《どい》大炊頭《おおいのかみ》利位《としつら》、真田信濃守幸貫、堀田備中守正睦《まさよし》である。すべて老中であった。

英龍は苦笑して柏木総蔵に言った。

「お応えせねばなりませぬな。府中の銅屋に声をかけ、集められるだけの銅を集めてください」

この時期、砲の材料は銅と錫である。銅と錫の合金を青銅と呼ぶが、洋式大砲がおおむね青銅製と知られるようになってからは、砲金とも呼ばれるようになった。銅が九、錫が一の割合である。

たちまち江戸から、鳴物銅が払底した。依頼主たちも独自に銅を集めて、英龍の屋敷に届けている。危機意識を持つ幕閣のあいだでは、洋式砲はそれほどまでに切実に求められていたのである。

英龍の江戸屋敷での砲術指南は、九月いっぱい続いた。このあと、英龍は韮山にもどる。砲術指南の教場は、英龍とともに江戸から韮山へと移るのである。門弟たちは、韮山の江川屋敷で起居することになろう。

十月二日、砲の移送を弥九郎にまかせて、英龍はひと足先に韮山へと発った。

いっぽう長崎では、この日、長崎奉行の伊沢美作守政義が、秋帆を捕縛した。

幕府の公認砲術をめぐる争いは、一段階深刻なものとなったのである。

英龍が韮山に戻ったあとの江戸役所では、長崎で高島秋帆の門弟となった者たちが、自主的に蘭語の学習の会を開くようになった。彼らは、蘭語のあべせを覚え、砲術の免許皆伝を受けたとは言え、まだ蘭書を読めるだけの語学力はない。しかし自分たちが砲術指南する側に回ったことで、あらためて蘭語、蘭学を学びたいと願うようになったのだ。ときには、その会は若い蘭学者の矢田部《やたべ》卿雲《けいうん》を招いて教授を請うた。

やがてそのことを伝え聞いた江戸の青年たちのあいだで、その勉学の会に加わりたいと希望する者が出てきた。その意志は本物だ、と判断された青年たちが、その私塾とも呼べぬ小規模な蘭語学習の会に加わるようになった。

韮山に借用の砲が届いたのと、秋帆検挙の報せが届いたのは、ほぼ同時期である。

英龍は、砲を移送してきた弥九郎に言った。

「高島先生が江戸に送られる。江戸で評定所が詳しく事情を調べれば、嫌疑は晴れるだろう。だが、それまでは、いま以上に振る舞いには気をつけねばならぬ」

弥九郎が言った。

「お主が乱を企てていると、あの連中なら言い出しかねないからな」

蛮社の獄に次いでこんどの一件である。弥九郎の懸念には、笑い飛ばせぬだけの現実味があった。

12

江川太郎左衛門英龍の砲術指南の塾は、韮山の屋敷の中に設けられた。

後には東側の向座敷と呼ばれる十八帖の部屋が塾に当てられたが、この当時は十二帖の控えの間が塾である。十名前後の塾生がここで寝起きし、この部屋で座学を学んだ。最初の塾頭は、佐倉藩の長道平という男である。

日課は、このようなものであった。

朝六ツから素読、ついで講義。

一と六の日は、夜に詩会を開く。

二と七の日は、夜に小学廻講。

三と八の日は、午後に復読。

四と九の日は、午後に論語廻講。

五と十の日は、夜にも講義。それに剣術の稽古である。

講義は、歩騎砲操典、築城学、戦場医学等であった。

砲術の実技は、小銃操法、銃隊調練、大砲打ち方、馬上砲打ち方、船打ち稽古、火薬製法等であった。

教材は、秋帆から幕府が買い上げたモルチール砲、ホイッスル砲、二門の野戦砲であり、さらに二十四挺の燧発銃《すいはつじゅう》も使用された。

小銃の射撃訓練には、屋敷の裏山の平坦地を使った。銃隊の調練は、表門の脇にある升形で行われた。英龍自身が子供のころ馬の稽古をしてきた広場である。

大砲の訓練は、屋敷の裏手にある韮山城址の土塁で行われた。

ある日、入門したばかりの塾生が、英龍に「殿さま」と呼びかけたことがあった。

英龍は振り向いて、すぐに言った。

「先生と呼んでください。わたしはあなたの殿さまではありませぬ」

塾生は、面食らったように言った。

「でも、柏木さまたちは……」

「彼らは家中の者です。塾生のあなたはちがう。あなたたちは、いわば客分。わたしを殿さまと呼んではなりませぬ。これは、塾法です」

その塾生は、英龍が塾と江川家とを厳密に区別していることを知って、素直に頭を下げた。

江川家で法事があったとき、塾頭の長道平が、自分たちも参列するのですねと確認してきた。

英龍は首を振った。

「法事は江川家の私事。塾生には関わりのないことです。ふだん同様に勉学を続けてください」

また、新しい塾生は、韮山に着いたとき、束脩のほかに手土産などを持参するのがふつうだった。帰る際にも、何かしらの土産などを購って行こうとする。

英龍はこれら無用の出費も厳禁した。

「塾生たちがお互いに負担となります。そのような虚栄は塾では禁じます。在府の、あるいは藩の後輩たちにも、手紙であらかじめ知らせてください」

塾生たちには質素と敬慎が求められた。師範の英龍自身が、つぎだらけの袴を身につけて、粗食に甘んじているのである。寒中でも火鉢を用いず、衣服も袷ひとつだ。これを見ている塾生たちは、待遇に不平をもらすことはなかった。

ある日、塾生たちが母屋台所の囲炉裏のそばで歓談しているときだ。

これを見とがめて、英龍が厳しく言った。

「この台所には御錠口があります。武士たる者、そのくぐり戸を抜けて、火のそばに集まってはなりません。ここは下男下女たちの仕事場です」

塾生たちは、黙って台所を出た。

英龍は、塾生の必修課目のひとつに、狩りを入れていた。

「武士たる者は、治に乱を忘れてはなりませぬ。常々山狩りなどをなして筋骨を作り、生き物に逢うて手銃の矢業を試みておくべきです。座学だけでは、また調練場だけの稽古では、砲術も小銃術も、いざというときに役には立ちませぬ」

英龍自身も率先して、泊まりがけの狩りに出かけた。韮山周辺の山中には、狩小屋がいくつも設けられており、夜はこうした小屋で火を囲んで食事をし、共に西洋事情や海防論を語るのである。

最初の塾生たちを山猟に連れ出したとき、昼食として出されたものに、塾生たちは目を丸くした。

「これは何です？」

「食べるものですか？」

英龍は微笑して言った。

「パンと申します。ヨーロッパで食されているものです」

「餅のようなものでしょうか」

「麦の粉を練って、窯で焼いたものです」

ひとりが、おそるおそるパンに歯を立ててから言った。

「硬くて、歯が立ちませぬ」

「日持ちさせるため、二度焼きしています。一度に焼いておけば、何年でも持つのです。飢饉のときには倉から出せばよい。また戦の場合も、これさえ携帯すれば、いちいち米を炊く必要はありませぬ。兵は迅速に行動できます」

べつのひとりが、少しだけかじって呑み込んでから言った。

「何の味もしませぬ。これ、ヨーロッパ人は、これをほんとうに飯の代わりに食べておるのですか？」

「オランダ人というのは、男はみんな偉丈夫、背は六尺を超えているといいます。そのオランダ人が食べているのは、このパンとジャガタラ芋なのです」

「オランダ人にはなりたくないものです」

「そう言わずに。狩りのあいだは、このパンが飯だと思って食してください。水をよく飲むように」

塾生たちは、黙ってその乾パンを食べ始めた。

この乾パンは、英龍が秋帆から教えられ、屋敷で焼かせたものであった。

それ以前、幕府は切支丹禁教の一環として、パンの製造を禁止していたが、長崎の出島用にだけは認めていた。秋帆は、長崎会所調役頭取となったとき、パンが飢饉のときの備荒食《びこうしょく》としてよいことを思いつき、みずからの門人たちにパン焼きを学ばせていたのだ。そのパン焼きを覚えた門人のひとりが、作太郎という男だった。

秋帆一行が江戸にきたとき、英龍は家臣の柏木総蔵に命じ、この作太郎からパン焼き技術を学ばせたのである。前年（天保十二年）の四月には、作太郎が韮山にきて、屋敷の中にパン窯を造った。四月十二日、この窯を使って、最初のパンが焼き上がった。長崎以外では国内で初めてパンが焼かれたのである。

天保の大飢饉は、代官としてその対応に当たった英龍の記憶にも、いまだ生々しい。英龍はさらに大量に小麦粉を集め、この窯で家中の者たちが半年食べていけるだけのパンを焼き、非常用として保存したのだ。

この狩りの携行食として塾生に配ったのは、そのとき焼かれた乾パンなのだった。

また英龍は、塾での飲酒は禁じたが、船打ちの稽古のあとなどは、魚を釣り、酒を許した。韮山塾は、成人した武士を相手の技術教育の場である。徳目だけが過度に強調されることもなかったのだ。

塾生には、「幕内立入」「目録」「免許」「皆伝」といった、修行レベルに応じた資格が与えられた。砲術は秘伝・秘儀の類とはちがうから、最初、英龍はさほどこうした資格の付与には、関心がなかった。

しかし、松代藩から派遣された最初の塾生が帰藩するときに言った。

「資格を受けないまま帰れば、お前はほんとうに砲術を学んできたのか、と言われそうにございます。高島流砲術を確かに修めたという一筆を書いてはいただけませぬか」

もっともな希望であると英龍は考え直し、資格を定めたのである。

それでも、その塾生たちを送り出すときに、英龍は言った。

「砲術は日進月歩の技です。これからどこまで進歩するのか、見当もつきませぬ。いま知り得る技術をすべて学んだからといって、たちまちその資格も時代に取り残されることは必定です。

みなさまは、韮山で新しい砲の撃ち試しなどがあるときは、どうかいま一度韮山に出向き、稽古していただきたい。また、それを繰り返していただきたい。便宜上、免許も皆伝も申し渡しますが、高島流砲術には、これで終わりという線はありません」

英龍が、韮山で高島流砲術の指南を開始した直後である。

幕府から、大砲製作の許可が正式におりた。同時に、銃砲の製法書についても、幕命によって取り寄せることが許可された。

しかし英龍は頭を抱えた。

「大砲の製造も、高島先生の指導のもとに始めたかったのだが、先生がお縄の状態では」

韮山に来ていた斎藤弥九郎が訊いた。

「高島先生なしでは、できぬことか？」

「いや」英龍は首を振った。「でも、先生も大砲の製造はすでに試されて失敗しているそうだ。もしいま先生がいれば、同じ失敗を繰り返さずにすむ。その先のところから、試すことができる。造り出すまでのときを、大いに短くすることができる」

弥九郎が、まっすぐに英龍を見つめてきた。

何か真剣なことを言い出そうという表情だった。

弥九郎は言った。

「幡崎先生のときは、おれが浮浪人を装って送られる先生の檻に近づき、金子を差し入れた。高島先生も、東海道を送られてくるのだ。三島宿か箱根の山中で、護送の一行を襲って先生を救い出さぬか」

「役人の一行を、弥九郎さんひとりが襲うのか？」

「練兵館の門弟たち二十人ばかりを使えば、役人たちを殺すことなく、先生を救い出すことができる。韮山に潜んでいただき、同時に大砲造りを指導していただくのだ」

「だめだ。護送を襲ったとなれば、首謀の嫌疑はわたし以外にはかからない。鳥居殿の思う壺となる。高島先生もわたしも、打ち首となる」

弥九郎は、ううむと唸ってから言った。

「例の林述斎の大塩平八郎に書いた借用書、いよいよ役立てるときかもしれぬな」

英龍は、首を振った。

「まだなんとか、別の手があるはずだ」

「銃砲造りの一件は、とにかく許可が出たのだ。腕のいい鋳物師なら、あの四門の砲を手本に、それに近いものを造れるだろう。いい鋳物師を探せ。また、実弾を使っての稽古も、始めて心配はあるまい。それとはべつに、あらためてひとを長崎にやり、製法書を入手させてこい」

「そうしよう」

英龍はまず雷管式の小銃の製造に着手した。雷管式銃については、原理だけは伝わっている。この時期に多く輸入されていた燧発銃よりも、命中精度が高く、扱いやすいことははっきりしていた。この実用化と普及が急がれたのだ。

英龍は松代藩士の門人の片井京助に雷管式小銃の研究と製法にかかるように命じた。

「難しいのは」と英龍は言った。「雷管に詰めるドンドロシルフル（雷汞《らいこう》）だろう。扱いには十分に気をつけ、なんとか使えるものを作り出して欲しい」

片井京助は舎密学《せいみ》（化学）を学んだ男である。彼はこれ以降、雷管銃の開発に専心することになる。

いっぽう、英龍は江戸にいた長谷川刑部《ぎょうぶ》という鋳物師を専属で召し抱えた。韮山役所には、すでに召し抱えられていた刀工、庄司美濃兵衛と、鋳物師の長谷川刑部と、鉄と銅を扱うふたりの技術者が揃ったのだ。青銅製の大砲の鋳造、銃砲の製造に乗り出すための、ひとの準備は整った。あとは設備だ。

すでに老中たちから注文がきているのである。急がねばならなかった。

「くれぐれもお願いするが」と、英龍は韮山にやってきた長谷川に言った。「高島先生のお話では、砲の出来具合は、銅の質で決まるとか。古半鐘などの粗悪なものは一切使わず、どこに出しても恥ずかしくないだけのものを鋳っていただきたい」

長谷川は苦笑して言った。

「わたしが、自分の名前で粗末なものを造ると思ってるんですか」

役所の裏側の三百坪ほどの土地に、銃砲の製造工房が建てられた。鋳造所、鍛冶場、工作場などである。

英龍は、オランダの大砲鋳造の手引き書をもとにして、反射炉も築造した。しかし指示されている耐熱性の高い煉瓦を作ることができず、全体の寸法も手引き書に示されていたものの三分の一の大きさのものとなった。反射炉の構造の要である、蒲鉾《かまぼこ》のかたちの天井を作ることにも大変な難儀をして、けっきょく不細工なものしか作れなかった。さらに火を入れてみてわかったが、この炉では必要なだけの熱を得ることが難しかった。火室の容積が小さいせいでもあるのだろう。結果として、出来た砲身には鬆《す》の入ったものが多くなる。歩留《ぶどまり》は、半分程度だ。

それでも長谷川は、製砲所ができると、数人の弟子たちを使って、ひと月ほどのあいだに手本にならった十一門の砲を製造してしまった。

これを注文主である老中たちに届けると、また新たに砲の注文があった。堀田摂津守正衡《まさひら》や松前志摩守昌広といった大名たちから、全部で五門である。

「無理です」長谷川が首を振った。「もう江戸じゃあ、銅が手に入りません。集まるまで、少しときをくれと言っていただけませんか。わたしも、方々に声をかけてみますので」

「そうしよう」

「あと、あの反射炉がやはりうまくありませんね。鋳こんだ砲の半分は、鬆ができて使えません。せめて七割までは使えるようになるといいのですが」

承知していた。手引き書が記す仕様どおりの反射炉を作らねばならない。しかしそのために掛かる費用はいま捻出できなかった。手立てを考えねばならないが、そうそううまい手が見つかるはずもない。不本意ながら、しばらくはこの反射炉、いや反射炉とは呼べぬ溶解炉を使い続けるしかなかった。

雷管式小銃の開発に当たっていた片井京助も、この年十二月には試作品を完成させた。

試し撃ちしてみると、雷管銃は燧発銃よりも遥かに扱いが容易とわかった。熟練を要しない。命中精度も高い。

これなら、と英龍は確信した。自分が海防態勢のあるべき姿として語ってきた農兵制は、現実的なものになる。戦闘の専門技能者としての武士だけに頼らずとも、防備を充実させることができる。

　その年十二月である。江戸から使いがきた。ただちに出府するようにとのことである。用件は伝えられなかった。

　英龍はひとりごちた。

「わたしにも、お調べかな？」

　その日のうちに、英龍は江戸へと向かった。

　登城すると、勘定奉行、井上秀栄の言葉は、予想とはちがったものであった。

「そのほうを、布衣《ほい》に列する」

　官位を与えられたということである。

　英龍は、韮山代官職にあるが、無官無位である。幕臣としては、ほかの同僚の大多数同様、最低のレベルにあったのだ。その英龍が、幕臣のあいだから首ひとつ抜け出たということであった。

　大名を含めての幕府内部の官位の序列は、下から言うとこうなる。

　無位　布衣　諸大夫　四品　侍従　少将　中将　参議　中納言　大納言。

　旗本の場合、得られる官位の最高位は通常、諸大夫であり、高家のみ少将まで昇る資格があった。布衣は朝廷の位階では六位に相当し、六位の者が着る布衣の着用を許されるのでこう呼ばれるが、朝廷から頂く官位ではない。あくまでも幕府内部の序列であり、武家の官位である。

しかし、それでも布衣に叙任される幕臣はごく少数であった。幕閣が英龍をいかに高く評価するようになったかという証でもあった。

それを弥九郎に報告すると、彼は頰をゆるめて言った。

「それでこそ、おれがお主の相談役となった甲斐もあるというものだわ。つぎは諸大夫、そして、何かの奉行だぞ」

英龍は苦笑して言った。

「あまり先回りしないでください。いまは、砲術指南と大砲製造、そして高島先生の救解に力を尽くすだけです」

十二月十六日であった。


「高島先生を救う手だてはないものか」

いま、英龍の気がかりはその一点である。

天保十四年一月八日、九日には、江戸屋敷に関係者を集めて対策を協議した。高島流砲術の直伝者、下曽根金三郎、それに渡辺崋山や高野長英と親交のあった兵学者、鈴木春山、さらに最初の門人、佐久間象山という面々である。弥九郎もこの場に出席している。

　英龍は言った。

「わたし、川路さま羽倉さまといった方々に、これが讒訴であることをなお繰り返し訴え続けて参る所存にございますが、佐久間さま、いかがでしょうか。ご藩主真田さまにも、無罪放免を強く働きかけてはいただけませぬか。言いがかりのような訴えをもとに高島先生を投獄するなど、大いなる国家の損失にございます。高島流砲術の普及が止まりかねませぬ」

　佐久間象山は、門人第一号ではあるが、まだ韮山の塾には移らず、江戸に留まっているのだった。彼は、顎をなでながら言った。

「わたしは英龍さまの門人にございます。高島さまからご指南を受けるわけではございませぬので」

「高島先生は、西洋砲術の第一人者にして、我が砲術の師範にございます」

「しかし、乱の企てがあったという訴えならば、我が藩主も救援には腰が引けることでございましょう。江戸でお調べが始まってから動けばよいのでありませぬか」

「そのときは藩主殿にご助力をいただきたいと申しております」

「それはわかります。しかしいま江川さまには、余計なことにかかずらうことなく、砲術の指南に全力を傾けていただきたいと願うものですが」

「それはもちろんのことですが」

「しかし、我が藩士からの便りによれば、韮山ではいまだ実弾を使った稽古も少なく、銃砲製造についても指南もないとか。しかたなく片井という藩士は、独学で雷管銃を作ったと聞いております。また、塾生たちはもっぱら身体の鍛錬に明け暮れておるとか」

雷管銃の試作の件がそのように伝わっているとは意外だった。

英龍は言った。

「いまだ誰も知らぬ技術については、塾生と共に学んでおります。それに、座学だけが砲術ではございませぬ」

「わたしを含め、松代藩士ら、束脩を納めたほか、我が藩より鉄砲鋳造のための鉄もたっぷりと韮山には送っておりますゆえ、それに見合うだけの指南をぜひ」

英龍は、象山が高島秋帆の救済にはまるで熱を見せぬことに失望して言った。

「高島先生が乱の企てありと讒訴されたのです。高島先生を救うことは、高島流砲術を救うことと一緒です」

「分けて考えることもできるのでは」

ふたりのやりとりに穏やかならぬものを感じたのか、下曽根金三郎が割って入った。

「高島先生にかけられた嫌疑は、乱の企てという大事。高島流砲術を知る者が結束して疑いを晴らすことに力を尽くすことは当然でございましょう」

象山は言った。

「こたびの一件については、あまり関わりにならぬほうが。それに、我らは高島先生に束脩を納めたわけではございませぬ」

弥九郎が、たまりかねたように言った。

「束脩がどうしたこうしたという話ではないぞ。返せばよいのか」

象山は鼻白んだように黙り込んだ。

江戸屋敷で二日間、秋帆救解のための話し合いを持った後、英龍は羽倉外記を訪ねて、秋帆の一件を相談した。

「じつは」羽倉外記は言った。「わたしも鳥居殿に面会して、嫌疑がどれほど濃いものなのか訊いてみました」

「いかがでした？」

「長崎奉行の伊沢政義殿からきたという書状を見せてくれましたよ」

羽倉によれば、その書状にはこのようなことが記されていたという。

「高島四郎太夫の乱の企て、もし手遅れになれば容易ならぬことであったろう。屋敷は天然の要害、大砲二十門余り、小銃は数知れず、叛心は明らかである」

「発表前に与力格に昇任したことを周囲に吹聴したのが罪の第一のもの」

「伜の浅五郎の妻は、代官の娘。彼の身分で御目見得以上のものと縁組みするなど、もってのほかの振る舞い」

「会計処理にも不審な点がある」

「所持の書物の中に、御本丸の絵図がありました。おそらくオランダ人に売ろうとしたものでしょう……」

羽倉は言った。

「長崎奉行の報告です。町人の訴えとは、重みがちがいます。ご老中も、取り上げて精査を命じないわけにはゆかなかったのでしょう」

英龍は言った。

「しかし、馬鹿げています。与力格を与えられてこれを吹聴したのが第一の罪状とは、乱の企てなどなかったと言っているようなものではありませんか」

「わたしも、そのとおりだと思います。このような訴えは、退けられる。鳥居殿も、町奉行として高島先生に愚劣な罪をなすりつければ、その見識のほどが疑われる。高島先生は確実に放免となります」

「崋山先生、長英先生の例があります。あれも、馬鹿げた獄でした」

「心配せずともよいと思います。あのときのような無体なことは通用しませぬ。わたしも、江戸で力を尽くします。英龍さまは、せっかくの高島流砲術指南の聴許、韮山でいま、ときを無駄にせずに使っていただけたらと願うものです」

英龍はうなずいた。たしかに長崎では、鳥居と親しい伊沢が長崎奉行として気ままに秋帆に疑いをかけることもできた。しかし江戸では、町奉行が鳥居とはいえ、ほかの高官たちの目も耳もあるのである。無茶はできない。

「かしこまりました」英龍は頭を下げて言った。「とりあえず、韮山にて高島流砲術指南に、力を注ぎます」

正月半ばすぎ、英龍は韮山に帰った。象山がこれを追うように韮山に移ってきた。一月十八日から塾生となった象山は、最も寒い時期を、英龍の流儀で過ごすことになったのである。本来、武ではなく文の人物である象山には、韮山での塾生活は、過酷と感じられるものであったかもしれない。

象山はぼやいた。

「誰もが英龍さまほど頑健な身体を持っているわけではないのだが」

象山が韮山塾に入って四十日後、彼には幕内立入の資格が与えられた。これをもって、象山はいったん韮山を出ることになる。

英龍も、二月末には江戸にもどった。

ちょうど秋帆も、長崎から江戸に護送されてきて、伝馬町の牢屋敷に入れられている時期であった。

英龍は、また羽倉外記を訪ねて、風呂敷包みを差し出した。大きさはちょうど菓子折りほどと見える包みだ。

羽倉外記は、屋敷の客間でふしぎそうに首を傾げた。

「これは?」

英龍は微笑して言った。

「門人に試作させておりました雷管式の小銃、どうやらうまくできました。どうぞご覧ください」

羽倉が風呂敷を開くと、中に木の箱がある。羽倉はさらに箱の蓋を取った。中にあるのは、短銃であった。

英龍は言った。

「雷管式小銃を作ってみましたが、護身用に短銃もよいかと。差し支えなければ、お使いくださいませ」

羽倉はその短銃を取り上げ、興味深そうに眺めてから、英龍に訊いた。

「これまでの銃とは、ちがうからくりですかな?」

「はい。燧発銃は、使うバネが強くて、引き金を引いたときに大きく上下いたします。徳丸原演練の際にも、命中の精度については疑問がございましたが、この雷管式銃であれば、燧発銃の欠点を補うことができます。扱いも容易にて、たとえば農民たちを本邦防衛の兵にするときも、手頃な武器となります」

「見目がよいものですな。遠慮なくいただき、同輩諸氏にもお目にかけましょう」

「つきましては、高島先生が雷管式銃の普及をかねてより述べておられたことも、ぜひお伝えいただければ」

「承知いたしました」

　羽倉は微笑し、短銃を箱にもどしながら言った。

　それから三日後である。羽倉が江川屋敷を訪れて言った。

「ご老中の水野さまにも、あの短銃を見ていただきました」

　英龍は訊いた。

「何かご感想などは？」

「これをぜひ自分にも誂《あつら》えて欲しいとのことでありました。できるだろうか」

「もちろんにございます。韮山にすぐ伝えましょう。して、高島先生の一件は？」

「鳥居殿には、調べはくれぐれも慎重にと申し渡したということでした。水野さまがそこまで言うのです。案じるには及びますまい。

　しかし、ただちに放免とはなることもないでしょう。ときは必要です。とりあえず高島殿の身柄は、伊沢殿のいる長崎から江戸に移ったのです。あとは調べを見守るだけでよいのではないでしょうか」

「そうですね。あとしばらくは見守りましょう」

静観は決めたが、同時に英龍は鳥居に対し、秋帆への差し入れの許可を求める願書を提出した。鳥居も、これを許した。

許可を得て英龍が秋帆に差し入れた品目は、つぎのようなものである。

五布蒲団《いつのふとん》、木綿綿入れ、手拭い、半紙、それに煮肴や香の物……。

これ以降も、英龍は伝馬町牢屋敷の秋帆に対して、差し入れを継続してゆくことになる。


その年の五月十八日、英龍は幕府鉄砲方兼帯を命じられた。

徳川家の鉄砲方は、代々田付、井上の両家であるが、江川家がこれに加わったのである。すでに高島流砲術指南聴許の出た時点から予想されていたことであったが、これで幕府も正式に、英龍が砲術と海防問題についての第一人者であることを認めたのである。

いっぽう鳥居のほうは、おそらくこのとき、歯ぎしりしたことであろう。自分があれほど失権を願ってきた英龍が、ついに鉄砲方就任である。田付、井上と組んで蘭学や西洋の学問、技術を攻撃してきた鳥居にとっては、じつにいまいましい事態だった。

しかし水野を中心とする幕閣は、鳥居についての評価を下げたわけでもなかった。

町奉行として、天保の改革発令以降乱れた江戸の治安を、鳥居は厳しい取り締まりをもって回復させているのだ。秋帆の捕縛は、鳥居の業績の全体から見るなら、些末な勇み足にすぎない。六月、幕府は鳥居に印旛沼干拓という大事業の責任者を命じている。

このため鳥居が多忙となったからであろう。秋帆の取り調べは、その後一向に進展をみなかった。英龍は、焦《じ》れるような想いで、秋帆の放免される日を待った。

いっぽうこの時期、幕府内部で大きな政争が持ち上がった。水野忠邦が、上地《あげち》令を発令したのだ。

これは、江戸と大坂の十里四方に領地を持つ大名・旗本から、この私領を幕府に収公するというものである。大塩平八郎の乱の反省もあり、この二大都市の支配強化を狙った政策であった。

五百石以上には代知を与え、それ以下には蔵米を支給するもので、旗本や大名は猛反対した。とくに生産量の高い領地を持つ大名ほど強く反対にまわった。

水野忠邦はこれに対して、領地の加増も収公も将軍の権利であると、反対を突っぱねた。さらに水野は、大名の飛び地領も整理する方針を打ち出した。

鳥居は、この時点で水野と袂《たもと》を分かつ。水野攻撃の急先鋒となったのだ。

彼は評議の場で主張した。

「百姓・町民がどう感じておるか、わかりますか。この上地が実施されれば、領主の借金は踏み倒され、年貢の率も上がるのではないかと、戦慄しておるのです。大混乱は必定、実施するなら、江戸の周囲で一揆や打ち壊しがまちがいなく起こる。江戸十里内での一揆となれば、武蔵とは深刻さがちがう。御治世そのものをあやうくしますぞ」

老中のひとり、土井利位《としつら》も水野を激しく攻撃した。諸大名や有力旗本は、上地令に絶対反対である。水野は孤立し、敗北した。

閏《うるう》九月七日、上地令は撤回され、水野は失脚して、代わりに阿部正弘が老中の座についた。英龍の盟友であった羽倉も、勘定吟味役を罷免された。

「つぎはわたしか」と英龍は覚悟した。

水野忠邦が失脚し、羽倉も更迭されたとあっては、自分についても何らかのお沙汰があっておかしくはないのだ。

13

弘化《こうか》元年（一八四四年）から翌年にかけて、幕府は混乱をきわめた。

老中水野忠邦が主導した、いわゆる天保の改革が、事実上すべて失敗に終わったためである。

もちろん、幕藩体制の制度疲労はもう誰の目にも明らかである。政治と経済両面の大改革なしには、幕藩体制そのものが倒れかねない、とは、幕政に携わる者にとっての共通の認識であった。しかし、その方向性と手順については、明快な答はない。合意はできていない。

水野は、かつてない規模の都市改革や、年貢増徴などによって幕政の改革をはかったのだが、それは苛政と呼ぶべきものであった。

諸大名や都市町民層、それに農民たちは猛反発した。

片一方で、開国せよという外国からの圧力は年ごとに強まっている。日本はこの時期、内と外の両方から、ろくに猶予のない変革を迫られていたのである。

しかし天保十四年の上地令が、鳥居耀蔵らの猛反対によって撤回され、ついに水野は失脚した。また、水野の改革路線を支えた有能な行政官のひとり、羽倉外記も罷免された。二年以上にわたって続いた水野による幕政改革の試みは、これで幕を引かれたのだった。水野に代わった阿部正弘は、備後福山藩主である。

水野の失脚が伝えられてすぐのことである。浅草から帰ってきたところだという斎藤弥九郎が、江戸役所で英龍に言った。

「知っておるか。鳥居耀蔵のことを、近頃、町民たちは、妖怪と呼んでおるのだぞ」

水野のもとで、鳥居耀蔵は町奉行として、江戸の町の奢侈《しゃし》に流れる風潮を厳しく取り締まっていた。その取り締まりの過酷さは江戸市民に恐れられ、鳥居は蛇蝎《だかつ》の如く嫌悪されていたのだ。

英龍は、弥九郎の言葉を聞いて苦笑した。

「妖怪か。どこにでも出てくるからか？」

「それだけではない。鳥居殿の今日の権勢も、水野さまの引きがあったらばこそのものだった。なのに上地令が出たときは水野さまをあっさり裏切り、水野さまを攻撃する側に回って自分は生き残った。主が死んでも残った怪物だから、妖怪だと言うらしい」

「鬼なら退治もできようが、妖怪では、ひとにできることは何もないな」

「おれは、できるぞ」

英龍は、弥九郎を見つめた。何を言い出すつもりなのか？

弥九郎は言った。

「いまこそ、あの借用書を使え。水野さまを追い落とした鳥居殿は、つぎはまちがいなく、お主に狙いを定めてくるぞ」

英龍は首を振った。

「いや、それはしない。もう、できないんだ」

「できないとは、どういうことだ？」

「あの借用書は、もう焼いた」

「焼いた？」弥九郎は目をむいた。「こんなとき、役に立ってくれる書面なのに」

「あの借用書を使えば、わたしまで鳥居殿の同類とみなされかねない。ひとを蹴落とすためならどんなことでもやる人物だと。わたしは、それは望まない。だから、弥九郎さんには黙っていたが、燃やしたのです」

「鳥居ほどには落ちたくはないということか」

「そんなところです。それより読んでくれませんか」

英龍は、文机《ふづくえ》の脇から一通の書面を取り出し、弥九郎の前に押しやった。

「また、海防に関して建議書を書いています。その下書きです。弥九郎さんの意見を聞かせて欲しいのですが」

英龍はこれまでにも、海軍創設の必要性や、海防上の伊豆・下田の重要性についてたびたび建議してきた。先年も、江戸湾防備のためには大型軍船を建造して、浦賀水道防衛に当たらせるべしと提案している。

このたび提出しようとしている建議書は、農兵採用の提案である。これもすでに何度か建議してきた主題ではあるが、このたびはそれをいっそう掘り下げたものだ。その背景には、韮山で雷管式の小銃の量産が可能となった事実がある。

槍や火縄銃ともなると、日常的に訓練を繰り返した士族でなければ、武器として使いこなせない。しかし、扱いの容易な雷管式銃が実用化されたことで、農兵論はいよいよ現実味を増したのだ。海防のためには、幕府や諸藩の兵士を動員するよりも、非常時に即座に地元の農兵を招集するほうが、はるかに実際的であり有効である。英龍は、許可さえおりれば、まずはみずからの支配地で農兵主体の海防態勢を整備しようと考えていたのだった。

弥九郎は、書面から顔を上げて言った。

「正論だ。だが、正論ほど通りにくいものもないのではないか。よっぽどのことが起きないかぎりはな」

英龍は同意せずに、その建議書の下書きを手元に引き寄せた。

弘化元年（一八四四年）の六月、鳥居が責任者となっていた印旛沼の干拓事業が突然中止となった。資金難のためである。鳥居の力をもってしても、事業継続のための資金捻出はできなかったのだ。鳥居の評価が、少しだけ下がった。

その直後である。阿部正弘が老中を退任、水野が老中に再任されて再び首座となった。

「おやおや」と、英龍は弥九郎たちに言った。「風向きが変わったのかな」

弥九郎は、例のとおり、皮肉っぽい調子で言った。

「どうかな。しばらく様子見といこうや。本丸には、魑魅魍魎《ちみもうりょう》が跋扈《ばっこ》している。何が起こるか、わかったものじゃないからな」

　オランダ国王からの開国勧告が届いたのは、水野が老中に再任された翌月である。英龍は、川路聖謨からこの勧告書の中身を知らされた。幕閣は、この勧告にどう応えるか検討に入っているという。

　英龍は江戸屋敷で弥九郎に言った。

「オランダ国王はわが国に開国を促したそうです。評定《ひょうじょう》が始まったようですが、いまの空気では、ご公儀はやはり、祖法を守るということになるでしょう。となると、つぎには欧米の列国は、軍艦を押し立てて開国要求してくるということになります。そのとき、外国の軍船が出現するのは、下田か浦賀、どちらかでしょう」

　弥九郎が言った。

「そうなれば、お主の先見の明を、誰もが理解するな」

「うれしくは思えません。開国を突っぱねるだけでよいわけがないのです。早く国の大方針を決めて、対策をとらねば」

「ご公儀のこのどたばたが続いているあいだは、どうにも決まらぬさ」

「そうこうしているうちに、外国の軍船が現れる、ということになるのですよ」

「この首を賭けたっていいが、それまでご公儀はけっして何も決めぬ。何もだ」

幕府の混乱はなお続いていた。九月、水野は先般の意趣返しのように、鳥居を町奉行から罷免する。

ところが水野自身、体調を崩して、老中職を務めることが難しくなった。登城できぬ水野の権勢もまた失墜した。そうこうしているうちに、十一月、英龍が鉄砲方を罷免されるのである。鳥居耀蔵をはじめとした、幕府中枢保守派による逆襲だった。

「かまわぬ」と英龍は、この決定を淡然と受け止めた。「わたしには、韮山の塾がある。あちらで、なすべきことをなしておくだけだ」

弘化元年師走、英龍は韮山にもどり、あらためて高島流砲術の洗練と塾生への伝授、それに大砲、小銃の製造に力を尽くしていくのである。

翌弘化二年の二月、水野は病気を理由に辞任したが、九月には在職中の幕政混乱の責任を問われて、領地二万石と屋敷を没収され、隠居・謹慎を命じられた。

水野に代わり、阿部正弘が老中に再任となった。阿部正弘は、高島秋帆の容疑を再吟味し、讒訴した面々をも厳しく取り調べた。その結果、高島秋帆への乱企画の嫌疑はようやく晴れた。しかし、完全に無罪放免とはならなかった。幕府の面子もあったのだろう。どこかの藩へのお預けが検討されることとなった。

いっぽう、長崎奉行であった伊沢政義や、鳥居の子飼い、本庄茂平次らが処罰された。鳥居も丸亀藩への永預けとなる。幕政改革をめぐる水野と鳥居との暗闘は、これで一応の決着をみたのだった。

そのかたわら、この年六月には、幕府はオランダ国王による開国勧告を正式に拒絶した。

老中が阿部正弘となって、幕府中枢には、英龍の支持者も味方も少なくなった。川路聖謨でさえ、弘化三年には奈良奉行に左遷されている。羽倉外記も職を追われ閉居を命じられていた。

弘化三年閏五月である。アメリカ合衆国のビッドル提督がコロンバス号で浦賀に来航、開国を促した。

ビッドルは、アメリカ政府の期待だけを伝えてすぐ退去したが、外国からの軍事的圧力が、いよいよ現実のものとして立ち現れてきたのである。

ビッドル退去の直後、英龍はあらためて「患当世の急務の論」として、農兵制採用を主張する文書を著している。

「ああ、在位の君子、なんぞ国を患うるの日ならざるや」と始まる、激越な、同時に悲憤に満ちた調子の論考であった。ただし、これは正式の建議書として、幕閣に提出されたものではない。海防問題に関心を持つ人物だけに向けて書かれた文書であった。

その年七月、高島秋帆が武蔵国岡部藩へのお預け処分となる。禁固刑ということであるが、乱企画の嫌疑をかけられた者に対しての処分としては、事実上無実と認めたということであった。

英龍は、ひそかに岡部藩の重臣と接触、高島秋帆を武州から江戸屋敷に移すよう、幕府に許可を求めることを提案した。藩主の安部信賓《あんべのぶたか》もこれに賛同した。江戸での軟禁が認められれば、完全な釈放まではあと一歩なのである。

秋になったころ、英龍は江戸屋敷に日本橋の呉服屋を呼んで、みずからの陣羽織や野袴、手代たちのための割羽織などを注文した。

役所の者たちはみな仰天した。韮山ではみずからもつぎはぎの袴で通し、家中の者にも虚栄を厳しく戒めている英龍である。いったいいま、どういうわけでそのような奢侈品を購う気になったのかと。

用人の松岡正平が、英龍に直接真意を質してきた。

英龍はおだやかに笑って答えた。

「早晩、必要になるからだ」

嘉永元年（一八四八年）の三月、佐賀藩主の鍋島直正《なおまさ》が、参勤交代の途中、三島宿に本陣を置いた。

このとき、韮山の英龍のもとに使いがきて、藩主がぜひお目にかかりたいと言っていると伝えた。

　鍋島直正については、高島秋帆からも、開明的で西洋技術の導入に積極的な大名だと聞かされていた。長崎の秋帆の塾にも、鍋島直正は多くの塾生を送りこんでいたという。大砲の製造や洋式帆船の建造にも意欲的だということであった。

「参りましょう」英龍は使いに言った。「鍋島さまと海防や西洋砲術についてお話ができれば、それがしも光栄に存じます」

　三島宿まで三里の道を行ってみると、鍋島直正は英龍よりもひと回り若いと見える男だった。まるで格式ばったところを見せぬ大名で、最初のあいさつが終わると、頭を上げて英龍に言った。

「江川さまには、お願いがございまする。かしこまった作法は無用。どうかこの場では、身分の差を忘れてお話しいただけませぬか。うかがいたい話題は山とございますが、作法を気にしていては、言葉も婉曲になろうというもの。伝わることも伝わらぬかと存じます」

　英龍は言葉を選びながら言った。

「かつてわたしは、渡辺崋山先生のもとで、身分の差なく愉快に談論に興じたことがございます。鍋島さまには、もしこの場での不作法をお許しいただけるのでしたら、ここが崋山先生の茶の間と心得ようかと存じますが」

「よろしゅうございます。わたしもここでは、崋山先生の門人のひとりのように接していただこうと存じます」

「は。でももし無礼の段などありましたら、遠慮なくご指摘くださいますよう」

「このやりとりがそもそも、妙にかしこまっておりますな」

そう言うと、鍋島が笑い出した。英龍もつられて笑った。

そこに、酒肴が運ばれてきた。

鍋島によれば、佐賀藩はかつて福岡藩と交代で長崎港の警備を命じられていたが、イギリス軍艦フェートン号の来航の折りに不手際があったと、幕府から譴責処分を受けたのだという。鍋島はこの汚名をそそぐべく、藩政の改革を進めて財政の健全化を果たし、軍事費を確保して、長崎警備の態勢強化に努めた。

その過程で、西洋の産業技術の水準について知識を深め、海防のためにはどうしても西洋技術の積極的な導入が必要との認識を持つに至ったという。

いま鍋島は、洋式大砲の大量配備や洋式軍艦の建造、藩兵の洋式編制、長崎湾には洋式台場を築造する等、いくつもの大胆な構想を現実化している最中とのことであった。

「さて」と、佐賀藩の事情について語った後、鍋島は言った。「江川さまはこれまで、たびたび海防については建議書を提出されてきたとか。一旦ことあれば百姓たちを兵となすという農兵制の主張や、大型軍船に砲を積んで、我が国の海の備えとすべしという提案、洩れ聞きますが、詳しくお話しいただけませぬか」

「喜んで」と英龍は語りだした。

鍋島は、この時代、海防に責任を持つ者として、大名と代官のちがいはあっても、英龍と同じ問題意識を持っていた。その時代認識も、海防についての危機感も、英龍のものと同質であった。ふたりの会話は一刻では終わらなかった。ついに夜まで語り合うこととなった。

さすが、そろそろ語り疲れたと感じてきたころ、鍋島が英龍に訊いた。

「江川さま。もし佐賀藩が江川さまに洋式砲数十門の製造をお願いしたとしたら、受けていただく余裕はございますか？」

英龍はためらいながら首を振った。

「実は、銅も錫も手に入りにくくなっており、これまでご注文をいただいた諸藩にも、ご迷惑をおかけしております。すぐには、お応えできかねまする。それにじつは」

「お困りのことでも？」

「というか、大砲を数多く造るとなると、反射炉という構造の窯が必要となります。でも韮山では、オランダの手引き書に記されたとおりの寸法と材の炉を造ることができず、よい砲金を作るのに難儀しております」

「手引き書どおりに造れないのはなぜです？」

「まず高い熱にも耐える煉瓦を焼くことができていません。その煉瓦を積んで、蒲鉾の形の天井を作ることのできる職人も、江戸や伊豆近辺では見つけることができませんでした。煉瓦のことも含め、費えがそうとうのものとなるので、ご公儀にも、言い出しかねておるところにございます」

「費えのことさえかまわなければ、反射炉は造れますか？」

「できます。韮山では江戸の鋳物師の長谷川刑部という親方を召し抱えており、腕はたしかです。耐熱煉瓦についても、伊豆のほうぼうの土地を探し、やっと手頃な粘土も見つけました」

「蒲鉾形の天井というのは？」

「火室の天井の造りですが、熱を反射させ炉床に集めて高熱を得るため、角のない、ちょうど半円の弧の線を持った天井が必要なのです。火室と炉床の外側の様子、ちょうど蒲鉾の形を思い描いていただけるとよいかと存じます。あ、竹の筒を縦に半分に切った形、と申し上げたほうがよいかもしれません」

「西洋の寺院などには、そのような天井のものが多いと聞きました。たしか唐からも、長崎にはその石積み術は伝わっているはずです」

「職人がいるのですか！」

「煉瓦を積むかどうかは存じませんが」

「であれば、反射炉の築造にはさほどの困難はないでしょう。長谷川も、二度目はうまくやれるはずだと言っているのですが」

　鍋島は少し思案する顔となってから言った。

「いかがでしょうか。失礼とは存じますが、わが藩ならいま、反射炉を造るだけ蔵にはゆとりがございます。その蘭書と、長谷川なる親方を、わが藩にお貸しいただくわけにはまいりませぬか。江川さまの仰られるとおり、海防の備えの充実は一刻を争う急務。わが藩が、幕府や諸藩の求めに応じて、よい大砲造りを引き受けてもようございます」

　思いがけない提案だった。

　反射炉を築造して、洋式砲の大量生産にかかる……。たしかにそれは、幕府の一代官には荷の重すぎる事業だったかもしれぬのだ。ここは、意欲と技術と潤沢な財のある藩に任せたほうが、実際的かもしれぬ。

　それは英龍にとって、洋式大砲製造の第一人者としての名誉を奪われることにもなるが、大事なのは英龍の名誉よりも、海の備えである。つまらぬことに拘泥しているべきではなかった。

　英龍は言った。

「よい案にございます。できるだけ早く長谷川を佐賀にやって、反射炉造りに当たらせましょう」

鍋島は、感激した面持ちで言った。

「かたじけのうございます。せっかくの江川さまのお手柄を横取りするようで、誠に申し訳ありませぬが」

「些事《さじ》にございます。いまは、一刻でも早く、一門でも多く、洋式大砲を造ることが肝要にございますれば」

こうして佐賀藩が英龍に代わって反射炉を築造、洋式砲の大量生産にかかる話がまとまった。

その夜、鍋島直正の本陣を辞したとき、英龍はひさしぶりに晴れやかな気分だった。

英龍は、この夜、いわば同志をひとり発見したのだった。

14

嘉永《かえい》二年閏四月、伊豆・下田から英龍のもとへ、イギリス軍艦が一隻入港した、とのが報せが入った。船の名はマリナー号といい、最初浦賀に入ったが、四月八日に下田に回ってきて投錨したというのだ。

　マリナー号の入港の目的は明らかではない。下田の町役人が退去を命じようと船に乗ろうとしたが、高位の役人以外とは話をする気はないと突っぱねられたという。あまつさえ、町役人たちの制止を押し切って、港の測量まで始めたとのことであった。

「測量とは、おだやかではないぞ」報告を受け、英龍は家中の者にもらした。「上陸を想定している、ということではないか？　薪や水が欲しいだけなら、測量などせぬ」

　異国船打払令は、天保十三年に、遭難船に限っての薪水給与令にあらためられている。阿片戦争の事情を知った幕府は、打払令が厳格に執行された場合の結果を心配し始めているのだ。

　英龍は、その日から塾の日課をすべて中止として、続報を待った。

　十三日の昼になって、幕府からの使いが早馬で駆け込んできた。

「韮山代官はただちに下田に向かい、この船を退去させよ」

　英龍は、命令を聞き終えると、立ち上がって周囲に言った。

「下田に向かう。支度せよ。急げ。我らの日頃の鍛練の成果が試されるのは、いまぞ」

　英龍は、用意してあった蜀江錦《しょっこうきん》の野袴に陣羽織、金細工の大小を差して、馬にまたがった。望月大象《たいぞう》ら手代たちも、燦爛《さんらん》の袴に割羽織という姿である。

韮山塾の門弟たちも、高島秋帆の一党にならった筒袖に細袴、それにトンキョ帽を改良した頭巾という出立ちである。頭巾はこのごろ、韮山頭巾と呼ばれるようになったものだ。

英龍に従った門弟たちの数はおよそ四十、全員が雷管式の小銃を担った。このとき塾には、沼津藩、小田原藩の藩士も合わせて十人、在籍していた。

英龍たちが向かうのは、まず伊豆半島東海岸の網代港である。ここで用船を仕立てて、下田に向かうのだった。

網代街道を東に進んで山伏峠を越え、網代からは船で伊豆半島東海岸を南下、下田港に到着したのは十三日午後であった。

港に入ってみると、犬走島の南側に、一隻の洋式帆船が帆を畳んで停泊している。犬走島と、湾の最奥の弁天島を結ぶ線のあたりの海面では、二隻の小舟が出て、測量らしき作業の最中だった。一隻の船では、水兵たちが銃を構えて、周囲を警戒している。

マリナー号やその小舟の周辺には、地元民の舟はない。役人が海面に出るのを止めているのだろう。英龍たちの乗った船は、マリナー号のすぐ脇を通って下田港に入った。

下田に降り立った英龍の一行を見て、町衆たちは驚いた。質素で聞こえた韮山の代官は、この日はまるで大名とも見えるような威風堂々たる身なりである。しかも、英龍は背が高い。五尺七寸（百七十センチ強）もあるのだ。押し出しが立派であった。

そのうえ、部下として従う者たちは、見事に統制の取れた動きを見せる銃士たちなのだ。

「英龍さまは、いつのまにこんな鉄砲衆をつくり上げていたのだろう」

下田の町衆は首をかしげつつも、安堵したのだった。

英龍は門弟たちに指示して、弁天島に近接する、湾の北の浜へと向かわせた。測量隊を牽制するためである。英龍は塾頭に、もしイギリス人たちが上陸するようならば威嚇発砲することを許した。

門弟たちが整然と隊列を組んで弁天島方向に向かったところで、英龍は、停泊しているマリナー号に向かうべく押し送り船に乗り込んだ。

町役人のひとりが教えてくれた。

「あの船には、清国人の通弁が乗っております。浦賀では、先年のモリソン号の打ち払いの事情について、この通訳がいろいろ問いただしてまいりました。我らの言葉で話しても、通じまする」

英龍は言った。

「用意のよいことだ。たまたま通りかかっただけではあるまい。向こうにも何か思惑があるのだ」

押し送り船がマリナー号の舷側に着いたところで、英龍は立ち上がり、甲板から英龍を見下ろしてくる士官らしき男に向けて、大声で言った。

「当地代官である。船将と談判したい。船梯子を降ろせ」

士官の横には、若いアジア人がいた。

この男が日本語で言った。

「艦長は、格下の役人の前には出ていきませぬ。お引き取りください」

日本語が達者だった。

英龍はその通弁に言った。

「伊豆相模武州を支配する代官が、格下というのか？　この艦の乗組員の数はいかほどか？」

通弁が士官になにごとかささやいた。士官が英龍をいぶかしげに見つめてくる。頬が桃の色にも見える若い男だ。瞳の色は青い。

また通弁が言った。

「三州の代官と言われても、そもそもどれほどの役にあるのか、よくわかりません」

英龍は、十五万石の支配地、と言おうとして、考え直した。米の穫れ高が、清国人通弁に理解できるかどうか。

　英龍は言った。

「伊豆から甲州、相州まで、十五万人のたみびとを預かっておる。当地には、わたしより格が上の役人はおらぬ。県令とか総督という言葉は、そちらにはないのか？」

　通弁がまた士官に伝えている。士官は、ほうと言う顔となった。

　通弁が言った。

「梯子を降ろします。艦長はお代官の表敬を受けます」

　表敬などではない、とは思ったが、英龍は降ろされた船梯子を使って、素早く船に乗り込んだ。あとから望月大象らふたりの家臣が続いた。

　甲板に立つと、士官や水兵たちが、一瞬当惑したような顔を見せた。日本人はもっと小柄とでも思い込んでいたのか。

　通弁にあらためて名乗った。

「豆州韮山代官、江川太郎左衛門。当地を治める役人として、艦長にお目通りいたしたい」

「こちらへ」

　仕官に案内されたのは、船の後尾の小部屋であった。大きな卓の向こう側に、髭の白人男がいる。制服には、金の肩章をつけていた。

通弁が言った。

「イギリス海軍、マリナー号ハロラン艦長にございます」

英龍は差し出された手を握ってから、椅子に腰を下ろすと、すぐに言った。

「難に遭われて、やむをえずの寄港と存じます。心よりお見舞い申し上げます。国法により、遭難船には薪、水などを給与できますが、何をいかほどご入り用か？」

通訳された言葉を聞いて、ハロラン艦長は怪訝そうな顔になった。

「遭難船？　いや、我が艦は遭難したわけではありません。日本国役人と接触すべく、この港に入った次第です」

「遭難ではない？　イギリス海軍の正規のお務めとして、寄港されたと言われましたか？」

「そのとおりです」

「我が国は、外国船との交渉はすべて長崎港で行っております。諸国の海軍はすべてそれを承知のはず。この件について、前任の艦長もしくは貴官の上官から、引き継ぎや注意などは受けていないのですか」

「受けています」

「イギリス海軍の最高司令官はどなたとなります？」

「ビクトリア女王陛下です」

「つまり我が国の外国船取扱定めを無視してのこの寄港は、御国の女王陛下の指示によるものということでしょうか」

「そう理解されてかまいません」

「女王陛下は、万国海律をご承知なのでしょうか？」

「もちろんです」

「となると、外国の庭先に入り込んで勝手な測量をするの振る舞い、これが万国の海律に違背しておることも、女王陛下はご存じであろう。この違法は女王陛下が貴官に命じたものにあるやあらずや、いかがでしょうか」

ハロランは、瞬きした。

英龍が国際海洋法を持ち出したことで、そうとうに面食らったようであった。そもそも国際法を知っている日本人などいない、という思い込みがあったのかもしれない。

答が遅れている。

英龍はもう一度、こんどは言葉の調子を強めて訊いた。

「独立国の三海里内でのこの振る舞い、明らかに万国海律違反、これはイギリス女王陛下のご意志に基づいたものか」

ハロランは狼狽を見せた。

「いや、これは、その」

「違いますか？」

「通弁の言葉を取り違えました。こたびのこの港内での振る舞い、これは艦長たる自分の指示によるものです」

「女王陛下のご指示による海律違反ではない？」

「違います。違反は陛下の指示にはございません」

「ならば」英龍は、口調を和らげて言った。「話は早うござる。艦長もいま海律違反と認められたこの無法行為、即刻止めて、我が国沿岸から退去していただきたい。もし何かご用の向きがあるとのことであれば、長崎へ回航されたし。そこの役人がお相手つかまつります。即刻立ち去るのであれば、海律違反の罪は問いませぬ」

ハロラン艦長は英龍を凝視してくる。英龍の言葉の重みをはかっているようだ。本気なのか、脅しなのか。ほんとうに国際法の知識を持った上での通告か。それともはったりか。

英龍も、たじろぐことなくハロランの目を見つめ返した。

数秒の見つめ合いの末、ハロランは言った。

「本艦は、先般のモリソン号がなぜ事情も説明できぬままに追い返されたか、なぜ砲弾を撃ち込まれたのか、それを調査するために来航したものにございます」

「その点については、浦賀ですでにことの次第を聞いたはずです。下田には、その顚末を説明できる者はおりませぬ。浦賀では、かの地の役人と接触されていますか？」

「たしかに」

「では、用は済まされたわけですな。長居をしたり、女王陛下のご意志にもない無法を続ける理由もないと考えます。即刻の退去を。不測の事態が起こらぬうちにです」

甲板上にいた士官が、ハロランに何か耳打ちした。ハロランの顔が曇り、目の色に不安が走った。

やがてハロランは、額の汗をハンカチでぬぐってから言った。

「測量は、ただいまをもって切り上げましょう。本艦は、明日日の出と同時に出帆いたします。約束いたします」

ハロランは、英龍の要求を突っぱねた場合の結果を心配したのである。英龍の物腰と口調には、それを懸念せねばならぬと感じさせるだけの迫力があったのだ。英龍の気合い勝ちであった。

退去で話はついた。英龍は船を下りるときに、通弁の男に小声で訊いた。

「日本人か？」

通弁は顔色を変えた。

「はい、じつは日本の漁師です」

「どうしてこの船に？」

「船が漂流して、外国船に助けられたのです。一度、モリソン号という船で帰ってくるつもりでしたが、ご公儀が許さなかったとかで、日本に向かうというこの船に雇われました」

「帰国したいか？」

「もちろんですが、帰ればお縄ですね？」

「難破という事情であれ、一度外国に出た者の帰国を許していない。いまは、な。同じような境遇の日本人は、多いのか？」

「マカオや、南蛮のあちこちにかなりの数がいると聞いています」

そばにいたマリナー号の士官が、早く退艦するようにと身振りで示してきた。英龍は船を下りた。

マリナー号は翌朝、下田を退去していった。外交船との交渉にあたっても英龍が際立って有能であることを、幕府に知らしめることになった事件であった。

五月、英龍は幕閣からこのときの事情を聞かれ、同時に異国船打払令について意見を求められた。

英龍は答えた。

「打ち払いなどもってのほかにございます。むしろロシアなどとも通商して国庫を豊かにし、軍事力を充実させるべきでありましょう」

「軍事力とは、とくにどのようなものを想定している？」

「洋式軍船からなる、洋式の海軍の創設が、まず第一かと」

「その次には？」

「農兵を陸軍の基本とすることです」

ペリー来航四年前という時点での、この認識であり、主張であった。

15

嘉永三年の一月、伊豆・韮山の江川屋敷を、ひとりの佐賀藩士が訪れた。三十代の武士で、中間《ちゅうげん》を伴っている。

江川太郎左衛門英龍が客間でこの武士と面会すると、武士は言った。

「佐賀藩士、本島藤《もとじまとう》太夫《だゆう》にございます。我が藩主の命により、書状をお届けすべく参りました」

英龍は、その書状を受け取って開いた。

佐賀藩主の鍋島直正は書状で、前年の会見について触れ、このとき英龍から海防問題や砲術について貴重な教えを受けたことを感謝していた。さらに鍋島は、ついてはこのとき了解を得た反射炉築造に関して、職人受け入れの支度を進めていることと、夏ごろまでの派遣を要請していた。また台場築城法についても助言を受けたく、また台場に備えるダライバス銃（旋回砲）についても、ぜひ一門、提供いただけないものだろうかと書いていた。

英龍は書状を読み終えると、顔を上げて言った。

「早速きょうの昼より、わたしと塾頭から、できるかぎりのことをお伝えいたしましょう。またダライバス銃の件も了解いたしました」

本島という佐賀藩士は、安堵した様子を見せて言った。

「もうひとつ、藩主より言いつかってきたことがございます。藩主は先般、江戸出府の折り、牛痘の種を携えて参り、これを伊東玄朴《げんぼく》先生にお渡しいたしました。もし江川さまがご家中の誰かに種痘をとお望みであれば、伊東先生からこれを受けることができまする」

伊東玄朴とは、佐賀出身の蘭方医で、蘭学の教授でもある。翻訳した医学書の数も多い。

御徒町で開業しているが、先年鍋島家に招かれて侍医となっていた。

英龍は医術にはまったくの門外漢であったが、種痘という医術の先進性についてはすぐに理解できた。

疱瘡《とうそう》は当時の難病であり、よしんば治ったとしても、顔にはあばたが残る。一族や家臣の中にも、疱瘡の残る者の数は多かった。もし種痘なる医術で、これを撃退することができるならば、たみびとの抱える大きな厄介をひとつ除去することになる。

英龍は言った。

「もし種痘を受ける機会ができるのであれば、わたしの子供たちにまずやらせていただきたく存じます。家中の者や町民衆、百姓衆など、種痘の意義を言葉で説くよりも、代官の子が植えたと知れば、ならば自分たちの子も、という気になるでしょうから」

「では、玄朴先生を、近々当地韮山へ参らせましょう」

「いえ、それにはおよびません。子供たちを江戸にやります」

長男の英敏《ひでとし》と長女の卓子《たくこ》を、伊藤玄朴のもとに送って種痘させることが決まった。

さらに本島が言った。

「つきましては、それがしより、ひとつ勝手なお願いがございます」

「なんなりと」

「江川さまの韮山塾では、座学のみならず、身心の鍛練と銃砲取扱いの慣熟のために、山中での演練を義務づけられているとか。それがしは塾生ではございませぬが、ぜひこの山中演練に同道願えないでしょうか」

英龍は、本島を見つめた。本気のようだ。一月の山中で狩りをするというのは、決して楽なことではないのだが、この本島という侍、あるいは門弟になりたいという希望も持っているのかもしれない。

英龍は言った。

「塾では、ちょうど明日から五日間、江梨山に山猟に出るところにございました。ご一緒ください。わたし自身も、これに加わります」

翌朝、英龍は、塾生や本島たちと共に屋敷を出た。塾生たちはみな、銃を担っている。目指すは、江梨山であった。

このときも、英龍は毎夜狩小屋で、塾生たちにみずからの海防論を説き、意見を求め、互いに論じさせた。本島にも、佐賀や長崎の事情を質問し、答えさせた。本島は、さすが鍋島直正が派遣してきた藩士である。欧米事情、アジア事情についての認識は深く、海防についても一家言持っていた。鎖国政策の愚かしさを述べたときなどは、その言葉の鋭さに、塾生たちの多くがかすかに動揺したほどであった。

四日目、江梨山の山中で、塾生たちは一頭の牝鹿を追い詰め、手負いとした。塾生たちが、英龍に留めの一発を撃ち込むように望んだ。英龍の銃の腕を見せて欲しい、ということであったのかもしれない。

英龍は、慣れた動作で雷管式の銃に実弾をこめると、構えて狙いを定めた。英龍のいる位置から鹿まで、二十間ばかりである。英龍は引き金を引いた。乾いた破裂音があって、鹿は沢の中に静かに倒れた。

塾生たちが、その鹿を棒に吊るして英龍の前へと運んできた。

英龍は、本島に顔を向けて言った。

「ご進物の返礼として、鍋島さまにはこの鹿を届けていただけませぬか。この英龍がドンドル銃で仕留めたのだと」

本島は言った。

「殿も、喜ばれることでございましょう」

翌々日、韮山の屋敷で、英龍は本島に、台場の模型を見せた。オランダの築城術の本を参考に、木材を削って作ったものである。四尺四方ほどの大きさであった。

「これは、サハルト式八菱型台場の模型にございます。実寸の百分の一に縮めたものでございますが」

本島は、しげしげとその模型を見つめて言った。

「絶妙なる縄張りにございます。まったく死角がございませぬ」

「西洋では、砲戦が当たり前となった二百年も前から、この形式の要塞が主流とか。我が国が台場を築くとしたら、やはりこの形でなければなりませぬ」

「長崎湾にも、欲しゅうございます」

「築城術の教本の写しと合わせ、この模型も江戸屋敷までお届けしましょう。またダライバス銃も、出来次第お届けいたします」

本島は、翌日江戸に帰っていった。彼はこのあと、三月に韮山塾に正式に入門して、門弟となる。

本島が韮山を去ったあと、英龍は長男の英敏と長女の卓子を、韮山から佐賀藩江戸藩屋敷付きの蘭方医・伊東玄朴のもとに送った。種痘を受けさせるためである。種痘は成功し、ふたりの子供たちは二月に韮山に無事戻った。英龍の実子ふたりが種痘を受けた、という事実は、代官所の者たちの口から支配地全域へと広められた。

八月、お抱えの鋳物職人、長谷川刑部とその門人の惣五郎が、いよいよ佐賀に向けて発つことになった。

長谷川が、英龍に申し訳なさそうな顔で言った。

「ほんとうは韮山に反射炉を造るのが一番だと思うのですがね。殿さまが、日の本の誰よりも大筒造りに熱心で、詳しいのですから」

英龍は首を振って言った。

「鍋島さまのもとであれば、窯造りに十分に金をかけることができる。少ない公金をやりくりして、半端なものを造ってしまったのが間違いだった。ただし、どのように造って成果はどうであったか、逐一伝えてくれ」

「承知しております」

英龍は、粘土と、これで焼いた耐熱煉瓦の見本も、すでに佐賀に送っていた。粘土のほうは、ようやく賀茂郡梨本村で発見した白い土である。

煉瓦はこの白土で焼いたもので、銅が溶解する熱にも耐えられるものだった。佐賀でも、この見本を参考に、粘土探しと耐熱煉瓦焼きが、すでに始まっていると聞いている。長谷川の到着を待って、すぐにも反射炉の築造が始まるはずであった。

長谷川らを佐賀に派遣したため、代官所での洋式砲製造は中止された。もちろん雷管銃と雷管式の実弾の製造は続いているが、大砲製造ほどに大がかりな作業があるわけではない。邸内は妙に静かになった。

英龍が沈んでいる、と家中の者が噂するようになった。

柏木総蔵が、同僚たちをたしなめて言った。

「殿さまは、水野（忠邦）さまご失脚以来、ご公儀には遠ざけられておる。今年はほとんど出府されていないのはそのせいだ。それは寂しかろうさ。だけど、そんなことをいちいち噂するな。殿さまはいつかまた、重用されるようになる。そんなに遠いことではない。そのときは、目も回るほどの忙しさになるにちがいないのだ。その日のために、いまは身体を休めて、力を蓄えていただくのだ」

この年十月、高野長英が自殺した。ちょうど佐賀では長谷川たちが、いよいよ反射炉の築造にかかろうとするころであった。

嘉永四年四月、英龍に下田警備の任が命ぜられた。

出府して勘定奉行の一色直休《いっしきなおやす》からこの辞令を受けた英龍は、一色に確認した。

「それがし、これまでもたびたび、豆州警備には農兵の採用が肝要と具申して参りました。このたびの任命、農兵を認めていただけたということでございましょうか」

一色は首を振った。

「それとはべつのことじゃ。大塩平八郎の一件を思い出せ。与力が乱を起こすというご時世に、百姓に鉄砲など渡すことができるか。農兵など、ならぬぞ」

「それでは、下田の警備はそれがしには務まりませぬ。新式の鉄砲で武装した十分な数の兵がないところで、下田の警備はできませぬ」

一色は、不愉快そうに顔をしかめて言った。

「できぬ、と申すか。荷が重いからこの務め、返上すると申すか？」

一色は、厳しい視線を英龍に向けてくる。

農兵の採用に関して、重臣たちにあらためて働きかける、という意志など毛頭ないようだ。むしろ、英龍がこの任務を喜ばなかったと、重臣たちに耳打ちでもするつもりかもしれない。

英龍はやむなく頭を下げて言った。

「謹んで、下田警備に当たろうと存じます」

翌嘉永五年一月、英龍のもとに、佐賀に行っている長谷川から書状が届いた。反射炉は前年の十月に竣工、十二月からまずは手慣れた青銅砲の製造にかかったが、青銅に気泡が入るという。気泡は、金属の耐久性を減じる。じっさい、数回試し撃ちをしただけで、砲はみな砲身が裂けたとのことだった。

英龍は考え込んだ。

反射炉で溶かした青銅に、なぜ気泡が入るのか？　西洋では、特別な問題とはなっていないことであるが。不十分な炉で溶かした青銅に鬆ができることと、同じ理屈だろうか。長谷川が鬆と書いてきていないことをみると、それはごく小さなものなのだろうが。

解説書を読み違えたか。反射炉の構造を誤ったか。大砲鋳造の手順を間違えたのだろうか。

屋敷の裏では、長谷川が残していった弟子たちが数人、この日も雷管銃製造にいそしんでいる。

英龍は、その職人たちに、長谷川からの手紙を読んで聞かせ、どうしたものかと問うた。

鋳物職人たちもみな、腕を組んで首をひねった。

しばらくの沈黙のあとに、職人のひとりが言った。

「湯口から鋳型までのあいだが、長すぎるのかもしれません。溶かした砲金をできるだけ空気に触れさせずに鋳型に流しこめるよう、仕掛けを造り直したほうがよいのでは」

英龍は、翻訳された手引き書を読み直し、長谷川に書いて送った。

「鋳型の置き場所を、湯口のすぐ下に設けてはどうか。地中に穴を掘ることになる。溶けた砲金は誘い溝を流すことなく、窯から出てきた熱さのままで鋳型に落としこむのだ」

蘭書にある記述も、写して書状に添付した。

長谷川は、この書状を受け取ると、ただちに反射炉に手を加え、鋳型を置く場所を変えた。それ以降、青銅に気泡が入るという問題は解消された。


嘉永五年の秋となった。

英龍はいまだ、幕府中枢から再抜擢を受けるには至っていない。下田警備こそ任じられたが、海防問題の専門家にして砲術の第一人者、という評価が、幕府内の地位と役職とにつながっていないのだ。このところ、幕閣から海防についての意見を求められることもなくなった。

しかしいっぽうで、開国を求める外国からの圧力はひしひしと高まっている。昨年、アメリカ船で琉球に降り立った土佐の漁師・万次郎という男も、欧米諸国がいかに日本の開国を期待しているか、土佐藩の役人に証言したという。

そんなおり、オランダ商館長のクルチウスより、衝撃的な情報が幕府にもたらされた。明年、アメリカは開国を要求する特使を艦隊で派遣してくるというのだ。すでにこの計画は、世界各国に伝えられているという。

このオランダ商館情報は、老中や幕府重臣のあいだにのみ伝えられたが、なにぶん衝撃的な情報である。口外無用、という前置きつきながら、たちまち幕府のそれなりの地位の者のあいだにも広まった。

英龍はこの情報を、川路聖謨から伝えられた。川路は水野失脚のあと奈良奉行に左遷され、さらに大坂奉行に転じていたが、この年九月、勘定奉行として江戸にもどっていた。英龍の直接の上司となったのである。

「事実ですか」と、英龍は思わず背を伸ばしていた。「来年、艦隊を派遣してくると?」

川路は、不安げな顔でうなずいた。

「そのとおりです。ただの噂とはちがう。アメリカが、欧米各国に明らかにしたというのです」

「して、ご老中はいかに対処すると？」

「何も決めていません。いや、祖法は開国・通商せず、です。祖法をあらためる要はなし、ということでしょう」

「しかし、こんどは二度目。あらためて艦隊を派遣してくるとならば、祖法どおり、というあしらいでは、おとなしく退去はいたしません」

「やはり戦争になりますか」

「コロンバス号は、いわば事前の警告でありました。こんどは、開国を拒んだ場合、まちがいなく、その砲を使うことでしょう」

「江川さまのご意見は？」

「開国・通商はやむなしと思っています」

「困ったことに、そう考えておるのは、幕閣のごく一部です。水戸公のような方もおられる」

水戸の徳川斉昭《なりあき》は、鎖国・攘夷論者の代表だ。幕政にも大きな影響力を持つ実力者であり、こと海防に関しては、彼にお伺いを立てないかぎり、幕府は何も決めることができない。

英龍は言った。

「しかし、もはや開国は不可避です。我が国の選択は、みずからの意志で国を開くか、欧米諸国にさんざんにいたぶられた後、不本意ながら国を開くか、どちらかであります」

「いま幕閣が開国でまとまることは無理です」

「では戦争を覚悟で、拒むしかありますまい。とはいえ、アメリカの艦隊が砲撃を始めたとたんに、我らが備場は吹き飛びます。アメリカ艦隊は海兵を上陸させて拠点を押さえ、さらに江戸湾に進入して、上さまに直接開国を迫ることになりましょう。そこでもなお拒めば、阿片戦争の再現となります」

「戦を避ける手はないのでしょうか」

「繰り返しますが、戦が嫌なら、開国以外には手はないでしょう。せめて三年前にロシアと通商し、この日に備えておりますれば、脅しに屈することなく、みずから開国の時期と条件を選ぶことができたことでしょうに」

川路は、吐息をついて言った。

「どちらにしても、けっきょくは開国するしかない。その道理が、どうしてもご老中やほかの重臣たちには伝わりません」

川路の言葉には、徒労感がこめられている。たぶん彼は、これと同じようなやりとりを、ちょうど英龍の立場で繰り返してきたのだ。

英龍は言った。

「戦端が開かれれば負けは必定としても、初戦で相手にも十分痛手を与えるならば、多少は有利な講和、条件をつけた開国に持ち込むことはできるかと思います。その場合、オランダ国王による即座の仲介などを、いまから根回ししておく必要はあるかと思いますが」

「我が国は、オランダ国王の開国勧告を突っぱねました」

「子供っぽいことをしたと、感じます。ただそれでも、欧米諸国が、どこかを出し抜いて我が国を領有する、という野心を見せていないことは、わずかながら慰めとなります」

「幕府をまとめるために、あと少しの猶予があれば……」

英龍は、川路の絶望を理解しつつ、いま幕府が採りうる最低限の対策を口にした。

「わたしが支配地で農兵を使えるよう、お偉方に説いてはいただけませんか。海戦では歯が立たないにしても、洋式装備の陸兵があれば、交渉による条件つきの開国はできるかもしれません。それには、農兵制の採用は不可欠ですが、韮山でその手本を作ってみますので」

「やってみましょう」

しかし、十一月に幕府から正式に達示があった。農兵の採用は危険である故、許可せずと。

そのうえ、いよいよアメリカ艦隊の来航の年である嘉永六年になって、川路は下田警備の経費の減額を、申し訳なさそうに通告してきた。幕閣で決まったことなのだという。

これを聞くと、斎藤弥九郎が激怒して英龍に言った。

「ご公儀は何を考えておるのか。よりによって、アメリカ艦隊がくるというときに警備の掛かりを減らすとは、いったいお主に何をどうしろと言っているのだ？」

英龍は、弥九郎以上の憤激を押し殺して言った。

「経費減額となるのであれば、農兵採用の許しを、あらためて強く求める」

五月、川路から回答があった。警備の足軽については、いずれ農民から採用することを許可する方針である。ただし、正式決定まで待てと。

英龍は、これを伝えた川路に言った。

「アメリカ艦隊の来航が迫っています。かくなるうえは、お固め四藩の藩兵の調練に、経験豊富な高島秋帆先生を当たらせるべきかと。先生の赦免を願い出て、短時日で多くの銃兵、砲兵を育てねばなりませぬ」

高島秋帆はいま、岡部藩江戸屋敷に軟禁中である。扱いは寛大なものになったとはいえ、赦免されたわけではない。現状では、砲隊、銃隊の訓練を任せることはできなかった。

川路は言った。

「できるだけのことをしてみます。赦免となった場合、江川さまが秋帆さまの身元をお引き受けくださるということで、かまいませんか？」

「もちろんです」

川路のもとを引き下がったあと、英龍は激しい焦慮に襲われて身を震わせた。

16

嘉永六年六月三日、夕刻の七ツ半（午後五時ごろ）である。

韮山にいた英龍のもとに、下田から使いが駆けつけた。

「異国船四隻、下田沖合を東に通過いたしました。アメリカ軍船のようにございます」

英龍は立ち上がりながら言った。

「きたか」

使いはつけ加えた。

「四隻のうち二隻は、黒い煙を吐いていたそうにございます」

「煙？」

では、話に聞く蒸気船だ。大きな水車を回して、恐ろしいほどの速さで海面を突き進むという。蒸気船二隻を交えた四隻の艦隊……。

「本気だ」英龍はつぶやいた。「きゃつらは今度は本気だ」

英龍は、ただちに家中の者や塾生たちに出動の支度をさせた。艦隊は下田の沖合を東に向かったとのことだから、たぶん目的地は浦賀であろう。しかし、豆州も非常態勢に入らねばならない。

もしかすると、幕閣は韮山代官組に対して、下田ではなく浦賀に向かえと命じてくるかもしれなかった。英龍は夜半まで江戸からの指示を待った。夜九ツ（零時ごろ）となったところで、英龍は家臣や門弟たちに命じた。

「出発だ。下田へ向かう」

深夜であるが、夏至に近い季節である。東伊豆の網代に着くころには、夜は明けている。

ここから、用船で下田に向かうのである。

翌四日、下田に着くと、町役人が教えてくれた。

「アメリカの軍船は、浦賀の沖合に投錨したとのことにございます」

「やはり浦賀か」英龍はうなずいて言った。「では、アメリカ船は当面浦賀を動くまい。だが、先日来申し渡しておいた段取りどおり、町衆や親方衆を集め、不測の事態に備えよ。要所に物見を置き、夜もかがり火を絶やすな」

「すでに昨日のうちから」

「よし。では、何かあれば、本陣にただちに伝えよ」

「かしこまりました」

英龍は、緊張した面持ちで散ってゆく町役人や町衆の姿を目で追いながら思った。わたしも、浦賀に行くことはできぬだろうか。その場で、ことの次第をすべてこの目で見届けるというのは、越権であろうか。

ふと、浦賀奉行所の若い与力見習いのことを思い出した。彼ももう与力になっているころだろうが、このアメリカ艦隊の出現に対して、彼はどのような働きを見せるのだろう。

その名も覚えている。

中島三郎助。

知的な好奇心の旺盛な、まっすぐで生真面目そうな青年だったが。

アメリカ艦隊の来航目的は、オランダ風説書が記していたとおり、開国を正式に幕府に求めることであった。アメリカ合衆国の大統領名による開国を促す国書を、将軍に提出すると言っているという。特使は、海軍提督のペリーという男とのことだった。幕府はこの国書を受け取るかどうかで協議に入った。つまり、アメリカ艦隊を門前払いにはしなかったのだ。検討する、という姿勢をアメリカ側に示している。

英龍は五日、下田から三浦半島の三崎へ使いをやり、浦賀奉行所の役人の話として、これらの事実を知ったのだった。

使いの報告では、アメリカ艦隊は、四日だけ待つと言って、浦賀に居すわったままであるという。四日後にあたる六月七日、幕府からの回答がもし、国書は受け取れず、ということであれば、艦隊は浦賀水道を突破して江戸湾に進入、直接江戸城を目指すと言っているらしい。

しかし、江戸湾警備を担当する川越藩らお固めの四藩は、艦隊が江戸湾に進入したところで、躊躇せずに海岸の備場から砲を撃つことだろう。その砲撃がじっさいに有効かどうかは別として、砲撃に対してアメリカ艦隊も黙ってはいまい。反撃する。戦闘が勃発する。

阿片戦争。

いやでもそれを思い出す。その結果も。

幕閣は、どう回答するだろうか。

日ごろ激しく攘夷論を唱える徳川斉昭は、現実にアメリカ艦隊の来航を知って、なお打ち払いを主張するだろうか。

英龍は、その夜もほとんど眠ることができず、事態の成り行きを考え続けた。

六月六日である。空が白み始めたころ、英龍は飛び起きた。ひらめいたことがあったのだ。

身支度を整えながら駆けて、武ガ浜の海岸に出た。英龍は、荒く息をつきながら、周囲を見渡した。

そこに、柏木総蔵が駆けつけてきた。主人がいきなり本陣を飛び出していったので、一大事かと追いかけてきたのだろう。

「いかがなされました？　何ごとにございますか？」

英龍は柏木に顔を向けて言った。

「開国は避けられぬ。だが、開く港については、話し合うこともできるだろう。鎖国を唱えるお歴々をも納得させるには、少しずつ港を開くという手が使える」

言葉は、いささか興奮した調子となった。

柏木は、居心地悪そうな顔となった。

「どういうことにございますか」

「開港場だ」と、英龍はもう一度下田の様子を眺め渡しながら言った。「戦を避け、頑迷な方々も納得させる開国の手だてだ。少しずつ港を開く。まずは下田だ。この下田ならば、江戸の安寧が乱されることはない。開国を嫌がるお歴々をなだめることもできる。諸外国も、長崎のほかにこの下田が開くとなれば、まずは了解しよう」

「この下田を、長崎のようにすると？」

「外国船の入港を認める。商いを許す。公使の駐在も認めよう。ほかの港や海岸には絶対に立ち入らぬことを条件にだ。これならば、アメリカも受け入れられるのではないか。祖法に固執するお偉い方々も、戦の代わりに下田を開港するだけだとなれば、悪くないと考えよう。いま、戦を回避する手だてがあるとすれば、これだ」

英龍は、東の方角に目をやった。松に覆われた上《かみ》ノ山の向こうは、もう完全に朝の空である。日が昇ったようだ。

六月七日、幕府はアメリカ艦隊に対して、国書を受け取る、と返答した。ただちに国書受け渡しの儀式の段取りが決まり、九日、浦賀の南西にある久里浜に於いて、幕府側代表がペリー提督から国書を受け取ることとなった。

戦は回避された。

英龍は、安堵した。もしここで国書受領拒絶が決まっていたとしたら、江戸湾で砲戦が起こったことは確実なのだ。幕府は冷静であったと言うべきである。

九日、久里浜で国書を幕府代表に渡すと、ペリー提督は明春の再来航を告げ、十二日に出航していった。つぎの来航は、幕府側の回答を聞くためである。しかしそのときの回答次第では、再び江戸湾は緊張する。つぎはもっと切迫した、もっと危険なものとして。

十四日、英龍はなお下田にとどまり、警備を続けていた。

そこに、韮山の屋敷から使いがきた。

「ただちに出府されたしと、勘定奉行川路左衛門尉さまよりの命が届きました」

「出府とな」

「はい」

翌日、英龍は家中の者と塾生たちをまとめ、韮山に帰った。

韮山を発ったのは十六日、江戸に到着したのが十九日である。

江戸屋敷に着くと、斎藤弥九郎がかなり高ぶった様子で駆け寄ってきた。

「とうとうきたな。この日が、とうとうきたな」

英龍はうなずいた。

「あらかじめ見えていたことが、そのとおりになった」

「あわてておお主を呼び出したというのは、お偉方、やっとお主の卓見に耳を傾ける気になったということか。いまさらという気がするが」

「わたしがいたことを、思い出してくれただけでもよいさ」

江戸屋敷で着替えると、英龍はすぐに勘定奉行役所に向かい、川路の執務室に入った。

　川路は英龍を迎えて言った。

「江川さま、ようやくあなたの出る番がまいりましたね」

　英龍は言った。

「出府命令は、こたびの国書受領をめぐる件ですね？」

「いまこの時期、それ以外の用がありますか？　江川さまには、明日から正式に海防の評議に出ていただきます。ご老中にも、意見を求められることでしょう」

　英龍は驚いた。事態の分析を聞かせろと言われることになるとは予測していたが、正式に海防の評議の出席者となるとは。

　英龍は訊いた。

「韮山代官の身で、評定所一座に参加ですか？」

　川路は、かすかに微笑して言った。

「江川さまは、本日より勘定吟味役格となりました。周りの面々の地位などに臆することなく、存分に日頃の主張を開陳していただきます」

　翌日、老中をはじめ重臣たちが居並ぶ中で、英龍は意見を述べることとなった。アメリカ大統領からの国書に対して、どう回答すべきか、というのが、老中からの問いである。

英龍は、開国拒否では戦となるが、我が国にはアメリカの海軍力を退けるだけの軍事力がないことを、具体的に説いた。

大船、蒸気機関、射程が長く威力の大きな砲と砲弾、小銃の性能、兵たちの調練の程度、いずれを取っても、我が国が太刀打ちできるものではない。戦って勝ち目はないのだ。

また鎖国を続ければ続けるほどに、彼我《ひが》の科学技術の差は拡がる。鎖国を守るための条件は消えてゆく。

となれば、アメリカが軍事力の行使に出ると決断する前に、開国の主導権を持ったうえで、段階的に開国に踏み切ったほうがよい。開国し通商することで、欧米の科学技術を導入、軍事力も充実させて、欧米と対等に友誼を結び得る国を造るべきである。

また、当面、長崎以外に開港する場としては、下田がふさわしい……。

聞いている重臣たちは無言である。英龍がいま述べていることは、下田開港の提案以外は、これまでも建議書で繰り返してきたことだ。その主張が、ようやくこうして、幕閣たちにも真剣に吟味されるところとなったのだ。

英龍は話しながら、思った。

ペリー艦隊の来航は、大地震が襲ったほどの衝撃だったようだな……。

英龍は、その日の最後に言った。

「土佐の漂流民の万次郎という男、アメリカ人に交って暮らしてきて、イギリス語も流暢に話すとか。アメリカ事情を調べるには格好の人物、交渉の際は通弁とすることもできましょう。江戸へ召し出してはいかがかと存じます」

重役たちがみな同意し、万次郎召し出しがその場で決まった。

幕府の混乱は続いている。

四隻の軍艦を前にして、強硬手段は取れなかった。国家の大方針を曲げて国書を受け取る以外に、途はなかったのだ。その決定だけで、まず前代未聞の大騒動となった。しかもペリーは、翌春に再来航して、開国するかどうかの返答を聞くと言っている。つまり次がほんとうに国難のときとなる。開国か、開国拒絶か、結論を出さねばならないのだ。幕府がどちらを選択しても、幕府にとって歴史上最大最悪の事態となることは必定だった。開国であれば、祖法に背いたとして幕政非難の声が高まるのは必定、かといって開国を拒絶するなら、戦争である。

どうすべきか。

悩みきった幕閣は、いわば自分たちの判断の責任を薄めようと、広く諮問する。七月一日、幕府は国書を諸大名に示して、意見を出せと促している。いいや、庶民にも意見を求めた。上から下まで、堰を切ったような勢いで、活発な議論が始まった。江戸城内はもちろん、諸藩の屋敷であれ、町場の飯屋であれ、諸学の塾であれ、ひとの集まるところすべてで、侃々諤々《かんかんがくがく》と政談が始まったのである。

英龍も、出府を命じられてからは、ろくに眠る間も取れぬほどの多忙の身となった。幕吏の中に、この日がくることを正確に予見し、そのとき自分が何をなすべきか心構えを持っていた者は、英龍以外にはいなかったのである。ありとあらゆる案件が、英龍の責任となった。

ペリーが浦賀を去ってからまだ半月もたたぬうちに、川路聖謨から指示が出た。

「江戸湾御備のため、近隣諸州の検分が命じられましたぞ。武州、相州、房州、総州の海岸をとくと見て回り、御備の手立てを建議するようにと」

もう遅い、と思いつつも、英龍は訊いた。

「わたしがひとりで巡検ですか？」

天保十年の巡検のことが思い出されたのだ。あのときは、正使鳥居耀蔵によって、自分たちの測量と巡検は大いに妨害されたのだった。川路が答えた。

「いいや、わたしも入ります。若年寄の本多忠徳《ほんだただのり》殿、我が同僚の松平近直殿にも下命がありました」

「出立と、帰府の日はいつです？」

「いずれもできるだけ早くということです」

「では、二日後には支度を整えて出立いたします。ところで、備えとなりましても、明春の回答がいかがなりますか、それ次第で変わって参ります。開国拒絶で戦争を辞さぬという場合と、開国の場合とでは、なすべきことはまるで違います。ご老中の心づもりはいかがなものでしょうか」

川路は難しい顔で首を振った。

「見当もつきませぬ。どちらの場合にも応じられるよう、備えねばならぬでしょう」

命を受けて江戸屋敷に帰ってきた英龍に、斎藤弥九郎が言った。

「先日来、長州藩士の桂小五郎という若侍が熱心に通ってきておる。門人となりたいと言っているのだが」

英龍は言った。

「この事態です。いまは新たに門人を受け入れるゆとりはありません。韮山も、柏木らにまかせきりにすることになる」

「ならば、此度の巡検の従者にしてやれぬか。あの佐久間という男とはちがって、話していて気持ちがいい。役に立つだろう」

「弥九郎さんがそう言うなら」

英龍は、その桂という長州藩士を従者のひとりとすることにした。

検分は、七月半ばまで続いた。海岸防備のための検分ということは、具体的には台場（砲台）築造場所の調査ということである。江戸湾内の測量が、最重要であった。

同時に任命された巡検使の本田や松平たちは、測量の技術を持っていない。彼らは、名目だけの検分役であり、検分を実際に主導したのは、英龍であった。七月十四日には、英龍たちは浦賀水道一帯を精密に調査、暗礁も正確に測量した。

帰府したところで、英龍はすぐ復命書を提出した。

復命書で英龍が提案したのは、まず至急海軍を創設することであった。軍船の建造と乗組要員の育成をはかる一方、オランダを通じて緊急に軍船を購入することを英龍は提言した。

台場については、浦賀水道からやや内側に入った三枚洲《さんまいす》と猿島が築造適地であると結論づけた。英龍たちは、品川近辺まで一応測量は行ったが、ここはいくらなんでも江戸に近すぎる。英龍は品川については、水深が浅いので埋め立ては容易であると記すに留めた。

復命書を提出すると、これを資料としてすぐに評議となった。

評議では、三枚洲案は、建設費用がかかりすぎるということで退けられた。工期が四年から五年という点も、排除される理由となった。台場との連関で用いるべき海軍の創設は、まともに議論されなかった。

結局、幕府は、品川沖に十一基の台場を建設すると決めた。明春のペリー再来航時、米国と一戦交えることになったとしても、とりあえず江戸城だけは守ろうという計画である。

拙策だ、と思いつつも、英龍は最後にはこの案に同意する。幕府の金庫が苦しいことは重々承知していた。どのみち雄藩に協力を求めることになるが、その場合はやはり、安上がりな品川台場案を申し渡すしかあるまい。

七月二十三日、英龍は江戸城内の老中の阿部正弘の部屋へと呼ばれた。

阿部正弘は言った。

「そのほうに、お台場築造の御用掛を命ずる。松平、川路、竹内らと合議の上で、早急に取りかかれ」

竹内というのは、英龍とは同格の勘定吟味役の竹内保徳《やすのり》のことである。

「は」と英龍は頭を下げた。

阿部正弘は続けた。

「幕府総力を挙げての事業じゃ。いつでも、わしになんなりと相談せい。諸奉行にも、そのほうらに協力することを最優先するよう命じる。築造、急ぐのだぞ。急速のお掛かりじゃ」

英龍は、阿部正弘の口調の強さに驚き、いま一度頭を下げた。

「全力を賭《と》して、事にあたります」

「御用掛として」阿部は言った。「もうひとり、目付の堀利熙《としひろ》も御用掛に任じる。そのほうの片腕として、やつを使うがよい」

堀はこのところ、若手の幕吏の中でめきめきと頭角を現してきた男である。見識があり、外国事情にも強く、一方で風雅な趣味をたしなむという。

これはいい男を部下に得た、と英龍は思った。築造現場の監督は、彼にまかせることもできるだろう。

英龍は、早速台場設計のための参考書を長崎に注文、それが届かぬうちから自分自身の手で設計に入った。

しかし、台場を十一基築造するということは、この台場に備える砲が必要になるということであった。いまや佐賀藩を当てにしている余裕はない。

英龍は阿部正弘に建議書を提出した。

「砲を造るための、洋式の窯が必要にございます。下田に幕営の反射炉を築造してはいかがかと存じます」

八月二日、英龍は登城するとすぐ阿部正弘の部屋に呼ばれた。

阿部は言った。

「建議書、読んだ。窯の件、すぐにも沙汰を出す。それとはべつに、そのほう、本日より、海防掛である。海防全般のこと、そのほうよりすべてを幕閣に持ち込めい」

思いがけない辞令である。台場築造だけではなく、海防全般の御用掛とは。

「早速ながら」英龍は言った。「台場を築くとなれば、そこでは洋式砲と洋式砲術が必要となりまする。いま岡部藩江戸屋敷に永預けの高島秋帆、赦免して砲術教授、砲造り指南としてはいかがと存じます。一刻を争いまする事態でありますゆえ」

阿部は少し顔をしかめてから言った。

「考えておこう」

四日後、高島秋帆は赦免された。同時に、英龍が彼を配下とすることも許可された。

英龍は岡部藩屋敷に駕籠《かご》をやり、江戸屋敷へ高島秋帆を迎えた。

高島秋帆は、英龍の前で深々と頭を下げた。鬢がかなり薄くなっている。捕縛された後、伝馬町にいたあいだに、体力を落としていたのだろう。赦免まで、長い日々であった。

高島秋帆は、嗚咽《おえつ》をこらえるような調子で言った。

「英龍さまには、自らの身に禍難が降りかかるのもいとわずに赦免にお骨折りをいただき、まったくお礼の言葉もございませぬ。まことに英龍さまは大恩人にございます」

英龍は、首を振って言った。

「とんでもございませぬ。さ、どうぞ面を上げてくださいますよう。わたしのしたことなど、微々たるものにございました。世の中がようやく先生に追いついたということにございます。時がようやく、先生を理解したのです」

「それがし、また砲術家として働くことができましょうか」

「この屋敷で、存分にお力を奮いくださいますよう」

英龍は、台場の設計が済むと、台場築造位置を最終的に確定し、普請の手順のひな型を作成、図面を立体化した模型も作成した。さらに詳細な見積もりを作って、これを勘定所に提出した。

埋め立ての合計立坪は十二万七千五百余、坑木四万一千本余、縄五千九百余房、埋め立てのみにかかる費用は七万一千両である。

了解を得たうえで英龍は工事の入札をおこない、大工棟梁平内大隅《へいのうちおおすみ》に発注した。平内を直接に監督するのが、堀利熙である。

すぐに一、二、三番の台場が起工の運びとなった。ペリーが浦賀を退去してからわずかふた月後のことである。これほどまでに迅速に起工が可能となったのも、英龍に十分な知識と情報の蓄積があったからであった。

起工を報告すると、川路がつくづく感嘆したように言った。

「いまこの時期、江川さまがいなかったと考えると、ぞっといたします。誰がこれをやれたでしょうか」

五日後、川路を通じてまた阿部正弘から命令である。

「台場備砲製造を命ず」

英龍は川路に言った。

「では、湯島の公用地に、製砲場を造ると許可をいただけますか」

川路が訊いた。

「もう土地の目処がついているのですか？」

「はい。下調べをしておきました。ついては、高島秋帆先生に大砲製造をおまかせしようと存じますが」

「当然でしょうな。赦免には、その含みもあったはずです」

「軍船はどうなるでしょう？　台場だけでは、江戸湾を守ることはできないのですが」

「いま、オランダから買うというのは無理です」

幕府の金蔵には、この上さらに出費できるだけの金がない。それは十分に承知だ。

「では、大船の建造を解禁すべきかと。軍船にも転用できる大船が我が国に何十とあれば、いざというとき海軍の代わりとできます」

「アメリカ艦隊の再来航までに間に合いますか？」

英龍は、佐賀藩主の鍋島直正の顔を思い出しながら答えた。

「許しさえ出るなら、すぐにも造ってやろうという藩は少なくないはず。とくに西の藩などには。たとえアメリカ艦隊の再来航には間に合わずとも、大船の建造禁止は解くべきです」

「ご老中を説いてみる」

翌日、英龍はかねてから屋敷に招《よ》んでは西洋事情を聞かせてもらっていた蘭法医、蘭学者の矢田部郷雲を訪ねた。矢田部は三十歳で、暮らしぶりはあまり豊かそうではない。蘭方医としても、あまり知られてはいないのだ。

英龍は言った。

「先生に緊急に一冊、蘭書を翻訳していただきたいのですが」

英龍は、江戸府内で大砲製造の命が出たことを明かし、じっさいの製砲の指揮は高島秋帆が当たることを語った。

「大急ぎで？」と矢田部はまだ英龍の懇請の意味がよくわからないという表情だ。

英龍は持参した蘭書を矢田部に見せた。題を日本語に直訳すれば、『青銅及び鋳鉄を溶解する反射炉築造教本』となる技術書である。

矢田部が言った。

「なかなか手応えのある蘭書ですね。いつまでに？」

「ひと七日では？」

蘭学者のあいだでは、七日を単位とした日数の数え方がある。その数え方で答えたほうがわかりやすい。

「ひと七日？」

「無理は承知のお願いです。こんな事態でありますゆえ」

「ひとりではできません。誰かと手分けしてなら、できるかもしれません。この書物、ふたつに分けてもかまいませぬか？」

「ときのほうが大事ですが、お相方、お心あたりでも？」

「石井脩三という蘭学者とは親しい。あのひとになら、頼めるでしょう。確約はできませんが」

「お願いします」出せる翻訳料を伝えてから思いついた。「もし差し支えなければ、江戸役所におふたりでいらしてください。雑事の一切は、役所の者たちがやります。先生たちは、ただ翻訳に専心できます」

ふたりはその日のうちに、それぞれ蘭語の辞書を持って江戸役所に移ってきた。

八日目の朝、翻訳されたその資料を受け取ってから、英龍はふたりに言った。

「韮山代官江戸役所におふたりを召し抱えたいと申し上げたら、失礼でしょうか？」

夜更かししたのか、腫れぼったい目で矢田部が訊いた。

「ご家来となって、わたしどもは何をすればいいのです？」

「蘭書の翻訳。ただただ翻訳だけです」

「お役所には、そんなに翻訳を必要とする蘭書があるのですか？」

「これから、この部屋を埋めるほどに届きます」

矢田部と石井は顔を見合わせた。突然の申し出に驚いてはいるが、考える余地もないという表情ではなかった。

やがて矢田部が言った。

「お申し出、謹んで受けさせていただきます」

石井も、頭を下げた。

ふたりが翻訳した大砲鋳造の技術書をもとに、湯島に製砲所の築造が始まった。築造全体の指揮を執るのは、高島秋帆である。佐賀から戻ってきた長谷川刑部が、その補佐役だった。

九月十五日、大船建造も解禁となった。

この間、長崎にはロシア海軍のプチャーチンが艦隊を率いて来航、ペリー同様に開国を促した。箱館《はこだて》と江戸近くの港の開港を最初から提案してくるなど、要求はペリーのときよりも具体的である。千島《ちしま》の国境を画定しようとも提案していた。

水戸の徳川斉昭は、プチャーチンの開国・開港要求にも強硬に反対した。

英龍は、この頑迷固陋《ころう》な実力者から不興を買うことも恐れずに建議した。

「ロシアの求めには応じるべきでございましょう。箱館のほか、江戸に近い港ということであれば、下田が適当かと存じます」

同じことを、周囲にも繰り返し説いたが、しかし幕閣は結論を出せない。

ある夜、弥九郎が、どうなっているのかと訊いてきたので、英龍は答えた。

「誰も、決めることができぬのです。どっちに決めても、とんでもない波風が起こる。決めた者の責任は重大です。誰も火の粉をかぶりたくない」

弥九郎は、鼻で笑いながら言った。

「しかし、ペリーがもう一度くるまでには、決めねばならんのではないか？」

「いいえ、お偉方から、ぶらかし、という言葉が出ています」

「ぶらかし？　たぶらかすということか？」

「そのとおりです。何も決めず、何も約束せず、言質も与えず、決着を引き延ばせるだけ引き延ばそうということです」

「ペリーなる提督、それでごまかせるか？」

「まさか」英龍も鼻で笑った。「できるはずもありません」

「だがな」弥九郎は言った。「いったんペリーが来てしまえば、国書の受け取りさえ呆気なく決まった。今度もそんなことが起こりそうに思うぞ。ぶらかしは無理じゃ。ものごとは落ち着くところに落ち着く」

十一月二十二日、土佐の中浜万次郎という男が江戸に着いた。もともとは漁師だが、漂流中にアメリカ船に救われ、アメリカで教育を受けて、やがて捕鯨船の一等航海士になったという男だ。いまは土佐藩士という待遇で、中浜という苗字も得ている青年だった。当然、英語は堪能である。

英龍は幕府に願い出て、中浜万次郎を韮山代官の手附とする許可をもらった。

江戸役所に万次郎を迎えると、英龍は万次郎に言った。

「万次郎さん、アメリカのペリー提督は、明春に再び浦賀に現れます。万次郎さんが、このとき通弁に任じられるならば、交渉も円滑に進むことでしょう。その節はひと働きしてもらうべく、わたしの手附とした次第です」

万次郎は驚いて言った。

「出仕のことさえ身に余る光栄でありますのに、そのような大役を」

「万次郎さんのほかに、ひとはおりませぬ」

「そんな」

「難しい交渉になります。万次郎さんがアメリカで見聞したことをもとにして、この難局を切り抜けるべく、手伝っていただきたい」

「一介の漁夫に対して、もったいないお言葉に存じます」

「いいえ、万次郎さん。聞きますれば、アメリカには誰が漁夫で誰が武士かなどと、うるさい身分というものはないとか。頭領の地位でさえ、誰もが自分がなると名乗りを挙げることができると聞きます」

「そのとおりです。奴隷州もありますが、アメリカの大半の地方では、家柄や血筋が卑しくとも、その本人に才覚があるなら、どのような職にもつけるのです。漁師の伜でも、お役人にも学者にもなれるのです」

「アメリカという国の力と、技術の進み具合、たみの暮らしぶり、もしかしてその身分の違いのなきことに支えられているのでしょうか。たみびとが全体に、のびのびと、元気であるのかと想像しますが」

「たしかに、そう言われますと、妙な格式とか身分の差を気にしない分、ものごとに面倒は少ないように思います。道理が通じやすいというか」

「ならば万次郎さん、己のことを一介の漁夫などと言うのはおやめください。名目上、韮山代官所の手附とさせていただきましたが、難局にあたる同輩として、いやアメリカを見てきた師として、わたしと接してくださいますよう」

「縮み上がる思いですが」

その夜から、英龍はアメリカの事情について万次郎を質問攻めにした。

アメリカの地理、歴史や、統治の制度、ひとびとの日常、都市のありよう、産業技術……、聞きたいことは山ほどにもあった。海防掛として江戸城や台場築造現場でやらねばならぬことも多かったが、屋敷に戻れば必ず万次郎を食事の席に呼んで話を聞いた。

　万次郎は語った。

「アメリカのたみびとは、自分たちの制度のことを、デモクラシーと呼びます。日本語にはうまく言い換えることができませぬが、たみびとがたみびとみずからの手で政をなす政体のことを言います」

　英龍は確認した。

「頭領も奉行も、みな入れ札で選ばれてくるとか。政に関わる職は、世継ぎできぬというのは、真実ですか？」

「はい。アメリカでは、頭領は世襲ではなく、入れ札にて選びます。地方のお奉行に当たる者も入れ札です。大評議をおこなう御殿もございますが、その評議をする者も、各地から入れ札で選ばれてくるのです」

「では、たみびと自身が、入れ札で自分たちの代わりを立てて政をなす、ということですな」

「そのとおりです」

「たみびとが、自分たちたみびと自身のために、みずからの手で」

「はい、それがデモクラシーの意味と言えます。わたし自身、乗り組んでいた船では先任の一等航海士が亡くなったあと、船員たち全員の入れ札で、次の一等航海士となったのです」

「誰か力を持った頭領が、そのまま地位に留まり続けるというようなことはないのですか。あるいは、自分の血筋に地位を継がせると言い出すようなことは」

「聞いたことがございません。もしその者がたみびとの事情を忘れて暴政を敷いたり、身内ばかりをひいきに致しますれば、つぎの入れ札ではたみびとはこの者をその地位から追い落とします」

「役人たちは、どのように任じられるのでしょう？」

「たいがいは、塾を出るなり、学問吟味を受けて、その者にふさわしい役に任じられます」

英龍も一応は、外国事情のひとつとして知っていたことだったが、それを実際に見聞してきた男から改めて伝えられて、感嘆した。オランダにしても、王こそ立ってはいるが、政の基本は万次郎の言うような形である。法律を定めるのも、政をなすのも、たみびとのあいだから入れ札で選ばれた者たちだ。入れ札という制度を通過してはじめてひとの上に立てるというならば、そこには見識もなければ知恵も浅いというような人物は、現れることはないのだろう。

デモクラシーか。

英龍は思った。我が国が開国して最初に外国から移入すべきは、そのデモクラシーの精神かもしれぬ。それこそ、富と平和の礎《いしずえ》かもしれぬと。

英龍は、江川屋敷に集まって蘭学や砲術を学んでいる青年たちにも、万次郎の話を聞かせてやろうと思い立った。いまの江戸には、万次郎の話を聞きたいという青年たちが、たぶん万の単位でいるはずである。

十二月十三日、英龍に反射炉築造の命が出た。この半年、反射炉なくしてまともな砲は造れぬと口を酸っぱくして言ってきたが、ようやく下田での築造の許可が出たのである。

例年ならばまだ江戸屋敷にいる時期であるが、英龍は反射炉築造をみずから指揮するため、韮山に戻った。

韮山に帰ったところで、思いついたことがあった。自分の庵号だ。坦庵、のほかにもうひとつ。

「民民亭」

どうだろう?

英龍が江戸に帰ったのは、明けて翌嘉永七年(安政元年)の一月十三日である。

江戸役所の中に入ると、裏門に並ぶ長屋へと向かった。中浜万次郎はいま江戸屋敷の長屋で起居しているのだ。万次郎には、韮山にいるあいだに、また訊ねたいことがたまっていた。長屋へと歩くと、裏門のそばに万次郎とひとりの青年が立っていた。青年が万次郎に会釈して、何か口にした。イギリス語のように聞こえた。万次郎もたぶん英語で返すと、青年はまっすぐ通用門へと向かっていった。

中浜万次郎が英龍の姿に気づいて、駆け寄ってきた。

「お帰りなさいませ」

英龍は、裏門のほうに目を向けたまま訊いた。

「いまの若党は？　以前にもここで見た覚えがあるが」

万次郎も裏門のほうに目を向けた。もうその青年の姿はない。

「こちらで蘭語を学んでいる若者です。自分もイギリス語を学べないかと熱心に請うてくるので、お代官がお留守のあいだ、ときおりイギリス語のいろはの手ほどきなどをしていました。まずいことだったでしょうか？」

「いいえ、そんなことはありません」役所には、万次郎に翻訳してもらうだけの英書もないのだ。暇であったに違いない。「幕臣ですか？」

「御家人の榎本釜次郎という青年です。面白いことを聞きましたよ。父親は、伊能忠敬殿の内弟子だったと。西日本の測地に従ったそうです。そのあと、幕府天文方出仕。もともとは備後の出で、御徒組の榎本家に養子に入ったのだとか」

つまり青年の父親は、測地術と天文学を修めた男ということか。英龍はその青年に興味とかすかな親しみを感じた。父の英毅も測地術と天文学を修めた。自分も測地術にはそこそこの自信がある。榎本釜次郎。その名を覚えておこう。

17

その翌日から、英龍は台場築造現場にみずから出向いて、築造を督励した。

さらにその翌日である。三番の台場にいたとき、神奈川方面から一隻の早船が向かってきた。浦賀奉行所の早船のようである。あとにも、まだ八丁櫓の早船が続いていた。

英龍は、横に立つ堀利熙に言った。

「何ごとだろう。何か起こったようだが」

堀が、不安そうに言った。

「まさか、ペリーの再来航では？」

「約束は、今年の春だ。だが、もしやあれは、年明け早々の意味だったのか？」

「だといたしますと」と堀が振り返った。

英龍も振り返った。ふたりのうしろでは、三番の台場の埋め立て普請が真っ最中だ。

一番二番も、まだ完成には至っていない。三基とも、竣工は今年四月の予定である。ペリーの再来航がこの時期という予測で、これに合わせて完成させる計画であった。

英龍は、背中に冷水を浴びせられた気分だった。

台場が間に合わぬうちに、ペリー艦隊が戻ってきたのか！

日没近く、築造途中の三番台場にも、一艘の小舟が近づいてきた。築地方面からだ。乗っている男たちに注意を向けると、ひとりは弥九郎だった。舳先《へさき》に立っている。何か急報という様子だった。

石の上で待っていると、弥九郎が小舟から飛び下りてきた。

「来た。アメリカ艦隊だ」

やはりか。

英龍は訊いた。

「浦賀に投錨したのだな？」

「まだだ。明日、すべてが浦賀に揃うそうだ」

「揃うと言うが、四隻ではないのか？」

「いや、今度は七隻になるという」

英龍は、弥九郎と堀の顔を見た。ふたりも、緊張した面持ちで英龍を見つめ返してくる。

しばらく、三人は無言のままでいた。

英龍は、ようやく想いをまとめて言った。

「もう、ぶらかしは効かぬ。相手が七隻の艦隊できたとなれば、アジアにある軍船全部を差し向けてきたということだろう。もう、出しうる答えはひとつだ」

ペリー艦隊の七隻が浦賀に集結したのは一月十六日である。早速浦賀奉行所とペリーとのあいだで、応接地をどこにするかの交渉がもたれた。日本側は浦賀または鎌倉を提案するが、ペリーは神奈川と主張して一歩も引かない。それればかりか、神奈川の生麦、大師河原沖まで船を進めたのだ。

談判員として大学頭林復斎《ふくさい》が急派され、浦賀奉行所から交渉を引き継いで、江戸湾を出るように言い渡した。だが、ペリーも強硬である。神奈川を応接地と求めて譲らない。応接地が決まらぬまま内海進入の既成事実が出来上がっていった。

一月二十三日である。英龍は勘定奉行の川路からの指示を受け取った。

「アメリカ船のこれ以上の内海乗り入れを阻むべく、出船致して交渉すべし」

ついに英龍は、この重大局面で、事実上の幕府側代表として交渉の矢面に立つことになったのである。

すでに老中たちは下城している時刻である。しかし、至急、阿部正弘と会わねばならなかった。英龍はすぐに福山藩邸を訪ねた。

英龍は阿部に向かい合って言った。

「江戸湾から退去せよと談判いたすには、回答の含みが必要かと存じます。ご老中は、回答を決められたのでしょうか」

阿部は視線をそらし、口をへの字に曲げて天井をにらんだ。しばし沈黙のままの時間がすぎた。阿部の顔は、苦衷のせいか、次第に難しいものになってくる。言うべきか言わざるべきか、葛藤しているようにも見えた。

英龍は、答を促そうとした。

「この度の……」

阿部が英龍に視線を戻し、言葉を遮った。

「決まった。決まっておる」

英龍は腹に力を入れた。

「ということは？」

「開国やむなしじゃ」

決まったのか。とうとう開国を決めたのか。

英龍は、自分の興奮を殺して言った。

「談判、拝命つかまつります。ついては、中浜万次郎を通弁として使うことをお許しくださいますよう」

「あいつか」

「イギリス語の使い手が必要にございます」

「いいだろう」

江戸屋敷に戻ると、英龍は矢継ぎ早に指示した。

「韮山に使いを出せ。柏木総蔵に伝えよ。手下の鉄砲組のほか、金谷村の農兵たち六人も全員江戸に参るようにと。中村清八以下の手代らも江戸役所へ。制服を整え、武装し、移動にあたっては公用の旗印を掲げよ。緊急の事態である。一刻も無駄にするな。江戸屋敷の者たちも、非常と心得て禁足のこと」

ところがほどなくして阿部から使者がきた。阿部の書状を届けにきたのだ。

阿部は書いていた。水戸公は、中浜はアメリカの間者《かんじゃ》とみなしておる。今晩中は、何事があっても万次郎同行は見合わせるように。

通訳なしで、交渉はできない。英龍はその夜の出発を見合わせ、翌日登城してこの件を再び阿部と協議する。

阿部は困惑しきった顔で言った。

「水戸公が申されておるのじゃ。無理は通せぬ」

英龍も、万次郎を通訳に使うことは諦めるしかなかった。

一月二十七日、英龍は神奈川に赴いた。

神奈川では、諸藩の警備兵が海岸をぎっしりと固めていた。沖合には、七隻のペリー艦隊が浮かんでいる。そのうち二隻は、蒸気船である。

話には聞いていたが、英龍は蒸気船を見るのは初めてである。蒸気機関を積んでいる、という事実もさることながら、それらの船は巨大だった。自分の想像力はこの大きさを思い描けなかった、と英龍は感じた。西洋の技術力を軽んじてはならぬ、という直感だけが、これまでの自分の多くの献策、建議の根拠だった。自分の直感を信じて、正解だった。

英龍は、砂浜に張られた幕営の中で、松平近直、井戸覚弘、伊沢政義らの応接掛に幕府の方針を伝えた。

「ご老中は、開国やむなし、とのお言葉でした」

三人が顔を見合わせた。高島秋帆を冤罪に落とし入れた責任者、かつての長崎奉行の伊沢政義が、ため息をついて首を振った。

英龍は、三人と交渉の細部を打ち合わせた。

松平近直から控えめに意見が出された。

「開国を受け入れるとはいえ、神奈川沖から退去させることは、もうこれ以上は難しい。あくまでも退去を求めるならば、戦闘ということになります」

江戸にとって返すと、阿部に応接掛との打ち合わせの結果を伝えてから、提言した。

「開国と決まった以上、応接地はすでにさほどの重大事にはございませぬ。交戦の危険を冒してまでこだわることはないと存じます。神奈川でよいのではございませぬか。これ以上の内海進入はせぬと約束させますゆえ」

阿部は少し考える様子を見せてからうなずいた。

「いいだろう」

一月二十八日、英龍は総勢六十人の鉄砲組を率いて再度神奈川に赴いた。高島秋帆、斎藤弥九郎、それに中浜万次郎も同行している。いわば韮山代官組、江川太郎左衛門組がすべて英龍に従って、神奈川に移動したのだった。

この日、海岸には、前年、浦賀奉行を名乗ってペリーと交渉した浦賀奉行所の与力、香山栄左衛門が英龍を待っていた。その隣に立っているのは、やはり浦賀奉行所の与力、中島三郎助である。幕営から、松平近直たち三人の応接掛も出てきて、英龍を迎えた。

海岸は、強い緊張に満ちている。応接地をめぐって交渉決裂となれば、武力衝突となるやもしれなかった。砲撃と、武装兵の上陸がいまにも起こるかもしれないのである。次の手を指さねばならぬのは、幕府の側であった。その指し手をこの場に伝えて非常事態を回避するのが、英龍の任務である。

英龍は、香山、中島や応接掛の前に立つと、彼らに伝えた。

「応接地を、神奈川とする。ペリー提督にそう回答する」

香山と中島が英龍を見つめてくる。彼らの目は訊いていた。では、国書への回答は？

応接掛たちは、阿部の決定をいっさい周囲には漏らしていないということだった。英龍は香山と中島を交互に見てから伝えた。幕府が、ついに国是を大転換したその決定を、ペリー提督と最初に接触したふたりの与力に。あのとき、機転で戦闘を回避し、開国決定までのときを作ってくれた、有能で肚の据わったふたりの男に。

「開国だ」

香山と中島の瞳に、強い光が走った。

彼らの背後には、ペリー提督の艦隊が見える。七隻の黒い軍艦が。

香山、中島や応接掛の面々と艦隊と、その両方を視野に入れつつ、英龍は思った。自分はこの瞬間に間に合った。この歴史的な場に立ち会うことができた。夢を見、提案し続けたことが現実となる日に、その現場にいることができた。それを伝える日本側の代表として。

歯がゆく感じたこともあったし、苛立ったことも、みずからを情けなく思ったこともあった。でもけっきょく、世はわたしが見通したとおりの地平まで来たではないか。わたしを先走りさせることなく、取り残すこともなしに。

幕吏としてわたしは、いまこの瞬間、死んでもいい。

江川英龍は、その日以降、開国に伴う諸事の多くを受け持ち、これを処理した。ペリーから献上品を受け取り、これを将軍家定に上覧したのも英龍である。また、引き続き台場の竣工に力を注いだ。韮山に反射炉を造った。これは当初、下田に築造が計画されていたものである。築造地が途中で変更となったのだった。

さらに、彼は多くの洋書の翻訳を指揮した。再度鉄砲方となって、徳川陸軍の基礎作りに献身した。

ロシア船ディアナ号の乗組員を救助した。大地震の被害を受けた下田の復旧に携わった。戸田《へだ》村で洋式船を建造した……。

これらはすべて、ペリー再来航から一年弱のあいだに成したことである。当然ながらそれは通常のひとの体力と能力の限界を超えるだけの激務であった。英龍の健康はみるみるうちに損なわれた。十二月、韮山からの帰府の後、英龍はついに病臥するのである。

十二月二十一日、老中の松平乗全《のりやす》は、英龍の病を承知の上で、翌日の登城を促す。勘定奉行に任じるためであった。英龍はこのとき、旗本として望み得る最高の地位まで昇ろうとしていたのだった。

しかし英龍は、起き上がることもできぬまま、翌安政二年一月十六日、ついに没するのである。

その死を知った多くの幕吏、門弟たちは、口々に言った。

「早すぎた。先生は早すぎた」

同時代の誰よりも遠くまでを見通しつつ、誠実に、また勤勉に日本の近代を準備した男の死であった。

その男の柩が覆われたとき、江戸の菩提寺である浅草・本法寺には二千五百人ものひとびとが集まって、その死を悼んだ。

ただ公的なつきあいがあったという人物だけではこの数にはならない。同僚や家臣、友人たちをすべて足しても無理だ。この数の多くは、彼の門下生たちだった。直接薫陶を受けてはいないが、その学識と人柄を深く慕うひとびともきた。

彼らは、柩を前に、小声でささやき合った。

「先生は、早すぎた」

「生も早すぎたなら、その死も早すぎた」

「いよいよときが、先生を必要としているのに」

「日の本が先生を必要としているのに」

幕末、ペリー初来航からまだ二年にならぬ安政二年（一八五五年）一月二十三日、である。その人物は七日前に息を引き取った。きょうはその柩が、彼の故郷である伊豆韮山に送り出されるのである。

彼は伊豆韮山の世襲代官だった。

また、彼は開国の不可避を早くから見てとり、渡辺崋山に師事、西洋事情について知識を深めた。洋学と洋式技術の導入をめぐって、幕府保守派と激しく争った。海防と兵制について先見的な具申を重ね、自身、高島秋帆から洋式砲術を直接学んだ。自分の塾の生徒たちを近代的な用兵術で訓練、みずから溶鉱炉を築いて洋式砲を製作し、品川の台場築造を指揮した。また、欧米流の民主主義への共感も隠さなかった。

彼は誰もが認める優れた行政官だった。それも、幕府の中でも数少ない、技術を理解できる役人だった。そして文人であり、ときに教育者だった。

幕府中枢が彼の力量に真に気づいて重用するのは、ペリー来航以降のことである。混乱の幕府にあって、彼は一年半あまり奔走、手がけたことの一部を未完のままとして不帰の客となった。しかし日本の近代は、彼の蒔いた種から多くの豊かさを刈り取ったのだ。

江川太郎左衛門英龍、享年五十五。墓所は伊豆韮山・本立寺である。

（完）

解説

高橋敏夫

おどろきの転倒がくる。

ひとつではない。次から次へ、また次から次へ、さらに次から次へ。

おどろきの転倒がつづく——。

すぐれた歴史時代小説は、堅固な歴史的常識をゆさぶり、転倒させる。

ふだんは見えない、感じられない常識がゆさぶられ露呈するのは、もちろん、歴史時代小説だけではない。現在とほとんど素手でストラッグルする現代小説も、小気味よく日々の常識をゆさぶり、転倒させる。しかし、一〇〇年、二〇〇年はもとより、ときには一〇〇〇年以上もの時間をさかのぼってえがかれる歴史時代小説は、その長い時間のうちに、歴史の勝者によって形成された部厚く、堅固な常識と格闘しないわけにはいかない。

幕末の伊豆韮山の世襲代官にして、技術に明るく開明的、「民民亭」を庵号とするなどデモクラシーへのつよい関心を隠さず、海防体制の充実を主張しながら平和的な開国に尽力した江川太郎左衛門英龍（一八〇一年〜五五年）。その困難にして豊饒な生涯をえがく本作『英龍伝』もまた、歴史的常識とのたえまなき格闘によってもたらされた。これは、日本の近代において形成、維持されつづけてきた明治維新中心史観または薩長史観をゆさぶり転倒、そこから、今まで直面したことのない人物とその世界を清冽に出現させた、歴史時代小説の秀作である。

政治や経済はもとより、教育、文化、言葉、常識、約束事、そしてわたしたちの日々の意識にも見え隠れする支配的な力を、その構造もろともに転倒せんと、物語の紙礫《かみつぶて》をなげつづけてきた怒りと熱と夢の冒険小説作家、わが佐々木譲が可能にした超硬派の歴史時代小説といってよい。

ながらく社会派エンターテインメントを先頭でひっぱってきた佐々木譲の数々の物語に、わたしは、工作者で詩人の谷川雁がかつてかかげた「イメージからさきに変れ！」の稀有な実践を読みとり、そのつど堪能してきた。制度的現実の先に変えるべき「イメージ」には、もちろん、支配的な常識も定型的な物語もふくまれる。

『英龍伝』（二〇〇三年〜〇四年連載、二〇一八年刊）は、「幕末幕臣三部作」の最終作である。第一作は、共和国独立をめざし蝦夷ガ島自治州政権総裁となって京都政権軍と対峙した榎本武揚（一八三六年〜一九〇八年）の生涯をえがく『武揚伝』（二〇〇一年刊、決定版二〇一五年刊）。第二作は、浦賀奉行所の元与力で、箱館戦争で壮絶な討ち死にをとげた中島三郎助（一八二一年〜六九年）の一生を活写した『くろふね』（二〇〇三年刊）である。

三部作を書きつぐ傍ら、佐々木譲は集英社新書から『幕臣たちと技術立国——江川英龍・中島三郎助・榎本武揚が追った夢』（二〇〇六年）をだしている。

その「はじめに」は、幕末幕臣をめぐる否定的な常識への異議から書きだされる。「日本の近代の始まりは、『夜明け』とたとえられることが多い。／その夜明けとはふつう、明治維新を指す。明治維新がすなわち夜明けであり、近代の始点であったという認識は、歴史学者ではない一般の日本人にとって、ごくあたりまえのものだろう。レトリックとして理解できないこともないが、筆者はそのレトリックが逆に、日本の近代の始期について、多くの日本人を大きく誤解させているのではないか、という思いをずっと抱き続けてきた」。

　三人の生涯をたどった後の「あとがき」ではつぎのように記す。「筆者は、徳川幕府を古い世界観と旧弊な道徳観に基礎を置いた、滅ぶべき恐竜のような体制としては描いていない。それはアジアの激動の時代に、まちがいなく日本の近代化を積極的に進めようとした主体だったのであり、近代化の道筋についても、倒幕勢力と同等かあるいはそれ以上に明快な構想を持っていた統治機構であった。その近代化路線の代表的な人格的表現として、ここに取り上げた三人の技術系の幕臣がいたのである」。『武揚伝』、『くろふね』、そして『英龍伝』と「幕末幕臣三部作」を書きつぐことで、明治維新中心史観または薩長史観をゆさぶり、転倒させてきた自信と確信とが、これらの表現にはあらわれていよう。

＊

　ところで、この「幕末幕臣三部作」が、ながく書きつづけられた「蝦夷地三部作」の後に書かれていることを、忘れてはなるまい。『五稜郭残党伝』（一九九一年刊）、『雪よ荒野よ』（一九九四年刊）、『北辰群盗録』（一九九六年刊）の三作であり、このうち『五稜郭残党伝』と『北辰群盗録』は、後に『婢伝五稜郭』（二〇一一年刊）とむすびつき、「五稜郭三部作」を形成する。

これら四作品をさしつらぬくのは、自由で平和な共和国実現への夢である。箱館戦争で榎本軍は京都政権軍に降伏するが、降伏直前、新政権の圧政を厭う数多の兵士が五稜郭を脱走、広大な地に散った――。新政権がはりめぐらした秩序からは「残党」や「群盗」といったネガティブな集団に姿をかえながら、水平的な連帯のもと、ともに生き、ともに闘うなかまが「共和国」という夢を日々実践する者たち。そこでは、アイヌとの共生、共闘もゆたかに実現している。

北海道に生まれ、北海道を活動の拠点にしてきた佐々木譲にとって、北海道は、近代のはじまりに「共和国」が圧殺された忌まわしい場所であるとともに、「共和国」の記憶がかすかに残り、圧殺の力に逆らい「共和国」を夢見ることが可能な場なのだろう。あるいはここには、一九七〇年前後の政治運動で、権力に抗し闘い敗北した佐々木譲の孤立感がかかわり、敗北と降伏をけっしてうけいれられぬ孤独な思いが、荒野を疾駆する「残党」や「群盗」を作品に登場させたか。

作品内の時間からすれば、「幕末幕臣三部作」から、「蝦夷地三部作」あるいは「五稜郭三部作」へ、ということになる。しかし執筆の時期からは逆である。執筆の時期にそくして考えるなら、まず、水平的な連帯のもと、ともに生き、ともに闘うなかまこそが「共和国」という夢が執拗にかかげられ、それにひっぱられるようにして、榎本武揚の自治州政権があらわれ、そこに加わった中島三郎助の討ち死にがつづき、そして、幕末の若者たちに、新しい時代と社会に参加するためのさまざまな機会を惜しげもなく提供した、江川英龍のめざましい活動が出現する。

敗走しながらも物語のなかで「共和国」の夢を維持してきた作者のつよい思いが、歴史上の人物に共闘を求めたのだろう。

佐々木譲は「近代化路線の代表的な人格的表現として」三人を呼びあつめたと書くが、同時に三人は、近代のはじまりで断たれ、今なお実現しないどころかますます遠のいている感のある、ありうべき「共和国」の夢の人格的な表現でもあったにちがいない。

＊

「幕末幕臣三部作」にあって、佐々木譲がもっとも苦労したのは『英龍伝』だったろう。連載から刊行まで、十四年もかかっていることからもそれはうかがえる。

三部作への江川英龍の登場は、早かった。『武揚伝』の第一章のはじまり近くにあらわれ、英龍の塾に加わった三十歳以上年下の若い榎本釜次郎（のちの武揚）につよい印象を残しながらも、英龍はたちまち作品から退場してしまう。その死はこう記されている。「ときに太郎左衛門五十五歳。この時代、どの日本人よりも早く目覚め、誰よりも遠くを見つめていた者の、早すぎる死であった」。

英龍より二十歳年下の中島三郎助をえがく『くろふね』では、第二章が「江川太郎左衛門のまなざし」と題され、異国船打払令に則りモリソン号を砲撃しながらも撃ち込むのは本意ではなかったと悩む三郎助に、「これからの世、中島さまのような役人が必要となります。お達しを杓子定規に振りかざすのではなく、大局を知って、機に臨んでその都度もっとも適った道を選びうる役人が。中島さま、そうなられませ」とはげます人物として英龍は登場する。時に応じて従来の常識は破られねばならないのだ。

なぜ佐々木譲は、先行する『武揚伝』、『くろふね』で英龍をはやくから登場させ最大級の賛辞を送っていたにもかかわらず、『英龍伝』完成にてまどったのか。しかし、こうした問いはまちがっている。逆である。

黒船来航によってもはや従来の幕藩体制が維持できぬことがはっきりする激動期に、三郎助、釜次郎らの活動は開始される。対して英龍のいたのは激動期をはるか以前に予期し、備え、従来の制度や学問、常識を疑い、改めていく、そうしたことのはじまりだった。三郎助、釜次郎にとって志を同じくするなかまはすでに多くいたが、英龍はほとんど孤立無援の状態から出発するしかなかった。

しかも代々の世襲代官であり、けっして厭わしいものではなかったとはいえ、ながくつづく仕事としきたりの捕囚であった。幕藩体制という垂直的な秩序にあって、上位の者の命には従わざるをえない。そして、変革を受けいれぬ頑迷な鳥居耀蔵ら保守派の、陰湿で執拗な攻撃の矢面にたった。

そんな悪条件をはねのけ、はねのけ、一歩また一歩と、「どの日本人よりも早く目覚め、誰よりも遠くを見つめていた者」、江川英龍の歩みはつづけられたのである。おどろきの転倒がくる。次から次へ、また次から次へ、さらに次から次へ。

今につづく明治維新史観、薩長史観という歴史の常識に抗い転倒し、変革にむけた江川英龍の静かで着実な歩みをついにえがききった佐々木譲のよろこびは——最後の四ページ近くつづく、おなじみの短文連射、すなわち「ジョー（譲）舌」のいつにない高揚に、よくあらわれているにちがいない。

この作品は２０１８年毎日新聞出版より刊行されました。

著者略歴

佐々木譲（ささき・じょう）

一九五〇年、北海道生まれ。七九年「鉄騎兵、飛んだ」でオール讀物新人賞を受賞しデビュー。九〇年『エトロフ発緊急電』で山本周五郎賞、日本推理作家協会賞、日本冒険小説協会大賞、二〇〇二年『武揚伝』新田次郎文学賞、一〇年『廃墟に乞う』で直木賞、一六年日本ミステリー文学大賞を受賞。著書に『ベルリン飛行指令』『ストックホルムの密使』『天下城』『くろふね』『笑う警官』『警官の血』『沈黙法廷』『抵抗都市』『サーカスが燃えた』（絵本）『図書館の子』『降るがいい』など多数。

装画　浅野隆広
装丁／地図デザイン　大武尚貴
地図作成　千秋社

毎日文庫

英龍伝《えいりゅうでん》

印刷 2020年10月10日

発行 2020年10月20日

著者 佐々木譲《ささきじょう》

発行人 小島明日奈

発行所 毎日新聞出版
東京都千代田区九段南1-6-17 千代田会館5階
〒102-0074
営業本部：03(6265)6941
図書第一編集部：03(6265)6745

ブックデザイン 鈴木成一デザイン室

印刷・製本 中央精版印刷

 ISBN978-4-620-21031-5